譚達先著

# 民間文學與元雜劇

臺灣學生書局印行

謹以此書紀念

我的雙親

並作爲撫育我的微小報答

# 自序

一九八五年十月，我有機會再入香港大學攻讀哲學博士學位，論文題目是《民間文學與元雜劇之關係》。此次是我過去的老師黃兆漢博士再一次擔任我的指導老師，我感到極大的喜悅。黃老師學貫中西，馳譽中外，早已是我敬佩的學者。在整個攻讀過程中，他對我提示極精，要求極多嚴，督促極多，使我深感興奮，得益不少。此文得以寫成，首先要感謝他將近四年的悉心培育。

回憶起來，從入校時起，我便細心閱讀《元曲選》、《元曲選外編》兩書及幾十種主要的參考書。一面細心推敲研究，一面寫作筆記，到一九八八年七月止，搜集資料及寫作筆記完畢；八月起，我停止了別的工作，幾乎是晝夜不停地進行寫作和修改論文。不少的章節，修改了四次，其中有的章節，則修改了五、六次，即使如此，我仍然感到寫的不夠深入，精警之處甚少，自己也很不滿意。

本來，就民間文學和元雜劇的關係來說，可以研究的理論問題很多，但限於篇幅、時間、學力三不足，我只能著重就民間故事、民間歌謠、民間諺語（包括歇後語）、民間謎語四方面和雜劇的關係粗略地探討一下。就我所知，目下中國、香港、台灣乃至外國的學者，似乎還沒有人寫過我這一類論文。即偶爾見之，也是較片段的。我得到黃老師的多番啓迪和鼓勵，感到我的寫法比較新穎，因此就設想，即使寫的欠深入，也是新的嘗試。反正從寫作和探索中，總可以得到某種有益教訓，有助於將來提高研究工作的質素，於是我就確定這個選題。

進入寫作後不久，我逐漸感到涉及的問題著實繁多；其中有不少問題，確難很好解決，這使我的寫作信心發生了動搖；懷疑是否得把題目範圍大大縮小。後來感到，不必要求自己太高，即使寫的不好，也總會得到某方面的深入，於是又鼓舞自己按原來的計劃寫下去。

由於在寫作上遇到困難不少，因此，在必要時，我嘗試用上了一些比較研究的方法，企圖使問題的分析，多具備一點民間文學科學的色彩，而且也可談的更切實些。我感到這寫法也許有些特色，於是就堅持用到底。此文約二十五萬字，由一九八八年八月起，從寫作、修改到謄清，先後連續花我整整九個月，但仍感到剖析問題不深入，新意不多。這使我深感自愧。古人云：「學然後知不足」，信然。我的水平不高，已無能力再修改了，文中的錯誤、缺點不少，就只好敬請高明的學者們和同道者們多多指正罷。內子徐佩筠女士在大學畢業參加工作後，長期地勇擔一切繁瑣家務，使我不必分心，並熱情地支持我的一切研究工作，如說我能取得一點小小成績的話，也應感謝她，在此特向她表示謝意。是為序！

香港大學哲學（中國民間文學）博士 譚達先

一九八九年六月二十日於香港

一九九四年四月五日校畢於澳洲雪梨市

# 例言

一、本文引用的書，一般在第一次出現時，說明它的出版地點、出版社名稱、出版日期後，以下再引用時，如爲同一版本，就只引作者、書名、冊頁數，其他從略。例如：引及台灣商務印書館《影印文淵閣四庫全書》（一九八六），第二次出現時只提《影印本文淵閣四庫全書》冊頁數，其他從略。引及宋李昉等撰《太平御覽》（北京：中華書局，一九七九）時，第二次出現，也只提著者及書名、冊頁數，其他從略。引及漢司馬遷著《史記》（北京：中華書局，一九五九）時，第二次出現，亦只提著者及書名、冊頁數，其他類推。引元雜劇之無名氏作品，一般省去「無名氏」三字。

二、爲使年號一致，台灣版本的年號改爲公元。

三、凡本文中引及的重要人物，大多注明生卒年。如不知生卒年，可推知其大致活動年限，亦注明。有些人物在工具書中未有很確切的年限者，如：閔子騫，注爲「春秋」人，本文亦習用之。有的人物，只知爲某朝代人，而不知其更具體活動時間者，則只注朝代，如：「明末程羽文《詩本事》」，在附注中引及的人物，一般不注出生卒年。

四、本書所引雜劇，出自明臧懋循（晉叔）《元曲選》一至四冊，一九五八年北京中華書局版，和今人隋樹森編《元曲選外編》一至三冊，一九五九年北京中華書局版。爲了篇幅所限，引書只列篇名，不再詳注出自何書何頁，原稿第六章後，有長文「參考及引用書文目舉要」，存於香港大學馬平山圖書館，從略。

# 目錄

第四節　其他民間故事被元雜劇吸取的情況……九六

## 第四章 民間諺語、歇後語和元雜劇

# 第一章　緒論

## ——民間文學性是元雜劇最重要的藝術特徵之一

中國戲劇的起源頗早，可以上溯到原始時代的歌舞❶，但完整的戲劇——即有故事、歌曲、對白、表演，可供欣賞的戲劇，據有的著名學者推測，應當在建都於汴京的北宋時代已經出現❷。當時這種戲劇，大概還比較簡單幼稚。人們稱之爲「雜劇」。後來，女眞族滅了北宋，建立金朝，也有其戲劇，當時人們稱爲「院本」；南宋建都於臨安（今杭州）後，北宋時代的戲劇仍流行於南北中國的民間，南宋人仍稱爲「雜劇」。北宋和南宋的「雜劇」，金的「院本」，至今並沒有任何腳本流傳下來❸。至如宋末元初的「南戲」已十分成熟，劇本不少，達二百三十八本之多❹，

---

❶ 張庚等主編《中國戲曲通史》（北京：中國戲劇出版社，一九八〇），上冊，頁三。

❷ 日人吉川幸次郎著、鄭清茂譯《元雜劇研究》（台北：藝文印書館，一九八二），頁二。

❸ 在宋周密（一二三二—一二九八？）著《武林舊事》卷十《官本雜劇段數》內，收入了南宋「雜劇」劇目二七八篇；元陶宗儀（約一三六〇前後在世）著《輟耕錄》，卷二十五《院本」名目》內，收入金「院本」劇目二三四篇。但均無劇本流傳至今。

❹ 錢南揚認爲，劇本很多，「究竟有多少，無從知道」，但可考知名目的有二百三十八本，見錢著《戲文概論》（上海：上海古籍出版社，一九八一），頁七三—八二。

是戲劇史上第一個高峰，但流傳者不到十分之一❺。雖然有腳本流傳下來，由於種種歷史條件（如：可能缺乏專業作者，演出不夠普及，舞台過於簡陋，又得不到官府的重視等）的限制，也不可能是很充實的。到了元雜劇，才能在音樂上以整套的北曲（金元時流行於北方的雜劇、套曲、散曲所用曲調的統稱，據元周德清《中原音韻》用韻，無入聲）爲主，通過大型歌舞，表演人生種種悲歡離合，呈現出相當充實的形態，且留下前此戲劇發展史上較多的腳本。對於它，近人王國維（一八七七—一九二七）在《宋元戲曲考．元劇之文章》中，評價很高。他說：「彼但摹寫其胸中之感想，與時代之情狀，而其眞摯之理，與秀傑之氣，時流露於其間。故謂元曲（按：指雜劇）爲中國最自然之文學，無不可也。」❻至今，這種評價，仍然正確。據此，足可見出它在中國古典戲曲史上的重要地位，是毋庸置疑的。

蒙古人自其未入主中國時（一二三四）起，至入主中國成立元王朝（一二七一），乃至滅亡（一三六八），在這一百三十多年中，無名氏的不算，有名可考的雜劇作家有一百〇八人❼，至於有名字和完整作品流傳下來的，則只有四十九人❽。到底當時創作了多少劇本，由於文獻不足，資料不全，至今已難於得到準確的統計了。如元代鍾嗣成（約一二七三—約一三四五）在至順元年（一三三〇）編成的《錄鬼簿》所說，共計四百五十二種，今人羅錦堂統計所得是七百三十三種，傅惜華認爲是七百三十七種，清李調元（？—一七三四）認爲應在千種以上❾，而隋樹森則認爲現存的只有一百六十二種而已❿。如認爲隋氏意見合理，那末他提出的數目就是今天能看到的劇本確數了。這麼多的完整劇本，已有人編入下列二書中：一是明臧懋循（一五五〇—一六二一）編《元曲選》⓫中收入一百篇；二是今人隋樹森編《元曲選外編》⓬，則又收了六十二篇。此外，近人趙景深（一九〇二—一九八五）輯有《元人雜劇鈎沉》⓭所收入的只是四十五種殘缺不全的佚文，這裏就暫不計入一百六十二篇之內。本文所研究的範圍，我只限於前二書中的劇作。

---

❺ 錢南揚認爲「流傳者不到十分之一」，可分兩類：㈠保持原本面目的，有五本，即：《張協狀元》、《宦門子弟錯立身》、《小孫屠》、《白兔記》、《琵琶記》。㈡經明人修改過的，有十三本，即：《荊釵記》、《拜月亭》、《殺狗記》、《趙氏孤兒》、《東窗記》、《破窰記》、《蘇秦》、《金印記》、《黃孝子》、《三元記》、《牧羊記》、《尋親記》、《臙脂記》。見錢著《戲文概論》，頁八三—九六。參❹。

❻ 王國維著《戲曲論文集》（北京：中國戲劇出版社，一九八四），頁八五。

❼ 羅錦堂著《錦堂論曲》（台北：聯經出版事業公司，一九七七），頁五七—六〇。

❽ 此爲羅錦堂意見，參❼羅著。隋樹森認爲是五十一人，見隋樹森編《元曲選外編》（北京：中華書局，一九五九），冊三，頁一〇三七—一〇四二。《外編》共三冊，以下各章引用時，只注書名。

❾ 羅氏意見，見所著《錦堂論曲》，頁六四。傅氏數字，轉引自顧學頡著《元明雜劇》（上海：上海古籍出版社，一九七九），頁九七。李調元著《劇話》：「元人劇本，見於《百種曲》，僅十分之一。」

❿ 同❽，《元曲選外編》，冊三，頁一〇三七—一〇四二。

⓫ 《元曲選》（北京：中華書局，一九五八初版）共四冊。臧懋循，字晉叔。以下各章引用此書時，只注書名，出版的地址、書局名稱、時間從略。此書也叫《元人百種曲》，明萬曆丙辰年間，即一六一六年編成。

⓬ 參❽。

⓭ 《元人雜劇鈎沉》，中華書局上海編輯所編輯。（北京：中華書局，一九五九）。

元雜劇的體制，是它由有宮調的北曲譜成，把歌曲、賓白（對話和獨白）、舞蹈和表演結合起來，每本常分爲四折（四段）扮演一個完整的故事，每折由一套宮調相同的曲子和若干賓白組成，只有個別的劇本才是一本五折、六折（如《趙氏孤兒》、《秋千記》），或多本的連台戲（如《西廂記》爲五本二十一折）。每折曲子，限定由主角的正末或正旦一人獨唱，其餘腳色，如冲末、副末、外、貼旦、外旦、色旦、搽旦、淨、副淨、丑等，已具備。賓白由主角或配角分別念或說，在唱曲外，還有動作，稱「科」。如感到四折不足鋪叙時，可以另加小段，以作簡單介紹之用，稱爲「楔子」，一般放在第一折之前較多，這和後代的過場戲相似。

由於元雜劇具有鮮明的時代精神，近人王國維在《宋元戲曲考·序》中給予了高度評價：「凡一代有一代之文學：楚之騷，漢之賦，六代之駢語，唐之詩，宋之詞，元之曲，皆所謂一代之文學，而世莫能繼焉者也。」又說「獨元人之曲，爲時既近，托體稍卑，故兩朝史志與《四庫》集部，均不著於錄；後世儒碩，皆鄙棄不復道。」[14]前一段話，是王氏對元雜劇思想與藝術給予的高度評價；後一段話，則是他指出它在《元史·藝文志》、《明史·藝文志》及清代《四庫全書總目提要》[15]中，都未見著錄，它受傳統文人的輕視，可以想見。

對於元雜劇的作家，清李調元早有「馬（致遠）、王（實甫）、關（漢卿）、喬（吉）、鄭（光祖）、白（樸）」六家之說，近人周貽白（一九〇〇—一九七七）認爲：自明至清，「一般地都推崇四個人：關漢卿、馬致遠、白樸、鄭光祖，即所謂關、馬、白、鄭四大家。……即以文詞而論，比較地看來，除了這四大家，還應該算上王實甫、喬吉、費唐臣等幾個人。」[16]自然，這七個作家不過是其中佼佼者而已，如前所述，有名字和作品流傳下來的作家至少有四十九人，至於那些佚名的，就還不算在內。元代，蒙古貴族建立政權後，採取了民族歧視政策，把全國人民分爲四大類：一、蒙古人；二、色目人，泛指西域各族人、西夏人、海外來的阿拉伯人；三、漢人，包括北中國的漢人、契丹人、女眞人、高麗人；四、南人，指原南宋統治區的漢人。這樣，漢族人民已變成了卑賤者。加上，蒙古統治者還要再根據人的身份職業，強分爲十級，元代鄭思肖（一二四一—一三一八）在《所南集》中稱是「七獵八民九儒十丐」，謝枋得（一二二六—一二八九）在《叠山集》稱是「七匠八娼九儒十丐」，⑰兩人所記雖稍有不同，但是，「儒」即文人的社會地位，是在普通百姓即「獵人」、「工匠」、娼妓和一般平民之下，而且僅僅比乞丐高一級，是顯而易見的。再加上，除去元代太宗九年（一二三七）即滅金後第三年舉行過一次科舉外，以後廢去了科舉七十七年。直至建國後第四位皇帝仁宗延祐元年（一三一四）再恢復科舉取士時，在待遇上仍是對蒙古人與漢人有厚薄之分。因此，文人（不僅僅是漢族文人）作家失去了政治上的進身之階，又受到當時環境的種種刺激，如明王圻（一五八〇前後在世）的《續文獻通考．選舉考》載：「凡蒙古由科舉出身者，授從六品，色目漢

---

⑭ 王國維著《戲曲論文集》（北京：中國戲劇出社，一九八四），頁三。

⑮ 《元史》，明宋濂（一三一〇—一三八一）等撰。《明史》，清張廷玉（一六七二—一七五五）等撰。《四庫全書總目提要》，清紀昀（一七二四—一八〇五）纂定。

⑯ 李氏的話，見《中國古典戲曲論著集成》冊八，頁七。周氏的話，見周著《中國戲曲發展史綱要》（上海：上海古籍出版社，一九七九），頁一五四。

⑰ 同⑯周著，頁九九。

人遞降一級」。在官場上漢人比蒙古人低；在科舉考場上，漢人南人也比蒙古人色目人難得多⑱。一直到了近人王國維，也在《宋元戲曲考》中說：「余謂元初之廢科目，却爲雜劇發達之因。蓋自唐宋以來，士之競於科目者，已非一朝一夕之事，一旦廢之，彼此才力無所用，而一於詞曲發之。且金時科目之擧，最爲淺陋。〔觀四部叢刊劉祁（一二〇三—一二五〇）《歸潛志》卷七、八、九數卷可知。〕此種人士，一旦失所業，固不能爲學術上之事，而高文典冊又非其所素習也。適雜劇之新體出，遂多從事於此；而又有一二天才出於其間，充其才力，而元劇之作，遂爲千古獨絕之文字。」⑲由上所述，不難明白，當時的知識分子、落魄文人，在政治上學術上找不到出路，自有不少人走上悲觀消極的路上去；但也確有不少人悲憤不平，去接近或投身於市井平民一邊，由於地位低下，成了下層平民的代言者，又由於他們有比較敏銳的觀察力，比較了解群衆的生活文化、民間藝術趣味，而且文學才能又很高，因此藉新興雜劇以抒胸中幽憤時，就使劇作善於表達世態，富有人情味和民主性，而爲平民所喜愛，這也就促進了元雜劇的繁榮。

元末明初人對於元雜劇的思想內容與藝術特色的評價並不多。但也有評及者，如元人夏伯和（一三一六—一三七九）在《青樓集》中說：「（金）院本大率不過謔浪調笑，雜劇則不然，君臣如：《伊尹扶湯》、《比干剖腹》，母子如：《伯瑜泣杖》、《剪髮待賓》，夫婦如：《殺狗勸夫》、《磨刀諫婦》，兄弟如：《田眞泣樹》、《趙禮讓肥》，朋友如：《管鮑分金》、《范張鷄黍》，皆可以厚人倫，美風化。又非唐之傳奇，宋之戲文，金之院本，所可同日語矣。」這是就上述劇作每二種可先後分別在啓迪觀衆如何對待君臣、母子、夫婦、兄弟、朋友關係上，得到一定的教育，有助於端正人倫關係，淳厚風俗教化。唯其能有教育作用，而且藝術趣味也爲平民所喜愛，所以爲當時各城市平民歡迎。故夏文又說：「內而京師，外而郡邑，皆有所謂构欄者，辟優萃而隸樂，觀者揮金與之。」「辟優萃而隸樂」：辟，召也；萃，同卒，衆也；全句指聘請許多演員和樂師。此段文字說明當時各城市的戲院，爲了滿足市民娛樂要求，曾聘請過許多演員和樂師。而且，也說及觀衆慷慨捐助金錢；如果市井觀衆認爲這些雜劇上演的藝術水平很低下，却要求他們「揮金與之」，便是不大可能的。同一文章又說：「我朝混一區宇，殆將百年，天下歌舞之妓，何啻億萬，而色藝表表在人耳目者，固不多也。」這是說明蒙古人統一中國後，雜劇女演員很多，各城市的靑樓都有，大多成了教坊妓女，雜劇成了平民化藝術。如說這種演員「何啻億萬」，則未免是過份誇張，至於說「色藝」特優者不多，仍是可信的。有許多歌妓演唱雜劇，又爲市民觀衆歡迎，這也說明了許多雜劇正是爲市民所需要的最佳娛樂性藝術。

由於雜劇作者處於社會下層，和市民階層有很多的聯繫，有的還是書會才人和民間藝人，具有一定的文化修養與歷史知識，並非不學無術之輩，因而其題材來源就是多方面的。許金榜

---

⑱ 同⑰周著，頁一〇一。

⑲ 同⑭王著，頁六七。劉著《歸潛志》收入《影印文淵閣四庫全書》，一〇四〇册，卷七至卷九，頁二六七—二九二。如卷八有云：「金朝取士，以詞賦爲重，故士人往往于暇讀書爲他文。嘗聞先進故老，見子弟輩讀蘇黃詩，輒怒斥。故學者止工作律賦，問之他文，則懵然不知，間有登第後始讀書文者，諸名士是也。」當時科目之學的淺陋，可以想見。見上書，頁二七五。

就指出：有的根據《左傳》、《史記》、《吳越春秋》、《漢書》、《後漢書》、《三國志》、《隋書》、《新唐書》、《舊唐書》、《宋史》等正史，加以修飾發展而成；有的取材於童蒙婦女啓蒙讀物，如《蒙求》、《列女傳》、《群書類編故事》等；有的取材自筆記小說，如《世說新語》、唐宋傳奇等；有的取材於唐人詩歌如《琵琶行》等⑳；其實，這部分是來自古典作家文學，即使是這一部份題材，也給予一定的平民化了，具有新的大衆化的美學趣味，因而多少和古典書面作家吸取它們有所不同，這雖非本文析述重點，但也在下文有關地方略作說明。另一方面，就是取之於民間文學的題材，即或取自「說『三分』」（《三國志平話》）等宋人講史和話本，或攝取民間故事，二者屬於民間文學（即民間口頭文學）範圍。對於這些，下文將作較全面而深入的析述。此外，也有少量作品是取材於元代現實社會生活之中的。

羅錦堂曾歸納現存元雜劇的題材，不外是：宋官本雜劇、金人院本、諸宮調、宋人話本、南宋戲文、筆記小說、歷史傳記、民間傳聞、當時情事㉑。又指出：「元人雜劇的題材，大多數都是有所本，幾乎沒有一本是作者杜撰的。即拿考證不出的幾本雜劇而言，如《謝天香》、《緋衣夢》等，都還是敷演的前人事跡，不過是找不出確乎出於何經何典的證據而已！另外尚有一少部分也是無法考證的，然大都是出於當時民間的傳聞，劇作者掇拾了這些傳聞，譜入曲辭，搬上勾欄，便以新興的面目出現於聽衆之前了。」㉒羅氏這兩層的析述，以我看來，似可以從兩方面的話來概括，一方面從內容上說，就是這種題材、題旨、人物形象、故事情節、環境描繪、思想感情，不管自何方吸取，書本上的，現實中的，或虛構的，一經雜劇作家的加工，都基本上能爲平民及市井群衆所理解、喜愛，感到親切，乃至傳頌。這就和好些古典詩詞、古文的內容，即使爲平民而寫，但平民並不理解，是完全不同的。因而可以說，雜劇的內容基本上是大衆化的，主要是爲下層平民提供服務的。正是由於如此，雜劇在內容上，就具有較鮮明的民間文學性；另一方面，又從雜劇的藝術特點說，它採用的是平民大衆喜聞樂見或較易理解的藝術形式、戲劇結構，而且注意矛盾分明，線索清晰，人物性格突出，語言通俗化和歌舞結合，這些，也爲下層平民所歡迎。因之，便可以說，雜劇在藝術上也同樣具有較鮮明的民間文學性。由于雜劇內容上的民間文學性常常和藝術上的民間文學性有機地結合在一起，也就構成了一種通俗深刻，而又新鮮活潑的廣場性藝術，叫觀衆感到平易好懂，親切有味，因而爲元代的平民大衆所喜愛。而王國維僅僅評爲「元曲（按：指元雜劇）之佳處何在？一言以蔽之，曰：自然而已矣。」㉓他說的自然沒有錯；不過，現在深一層來看，他的評述，仍不免使人感到有過於簡單乃至含糊之處。

我認爲：王氏評雜劇爲「自然」，細分起來，應同時包括內容上的自然，和藝術表現的自然二者在內。他說的含糊，是因他主要是就後者而言。日本漢學家吉川幸次郎（一九〇四—一九八〇）這樣評價元雜劇：「在中國的戲劇文學中，元曲是最優秀的。另外，它在口語文學的作品中，不僅是最古老的，而且也可說是最優秀的作品之一。從明代至清代的戲劇，盛行的是南戲（傳奇、南曲），但從文學的趣味上看，很難說南戲在元曲之上。」又認爲，元雜劇得到

---

⑳ 許著《元雜劇概論》（濟南齊魯書社，一九八六），頁六—七。

㉑ 同注❼《錦堂論曲》，頁九九。

㉒ 同注❼《錦堂論曲》，頁一一二。

㉓ 同注⓮，頁八五。

元末羅宗信、明初葉子奇很高的評價，是在於它的「精彩新奇」。其表現「首先是其大膽的寫實性」，即在「顯示外在的寫實能力的同時，也寫出了人類內在的眞實的感情。」㉔這裏對元雜劇評之爲「最古老的」口語文學，並不確切，但評爲精彩新奇，是別具文學趣味的口語文學，能寫出人類眞實的感情，却說的相當確切。我認爲；元雜劇中所用的散行文字，可以上繼宋代話本小說優秀白話文的藝術傳統，是元代漢族人民生動活潑的口語結晶，和當時蒙古族官方公布的希奇古怪、佶屈聱牙的白話文截然不同㉕。因此，如再作進一步的補充，我就可以說，民間文學性是元雜劇最重要的藝術特徵之一。正是這種民間文學性，讓讀者或觀衆通過劇作或從正面、或從側面窺見眞實的時代風貌，感受到平民階層的直接或間接的心聲，並且欣賞到平民化劇作的藝術情趣。

上面既說到了民間文學性，就有必要對民間文學是什麼?它有何價值?它對作家文學有何關係?等三方面，作一簡要說明，才便於下面各章析述它對元雜劇的具體影響。

所謂民間文學，主要指社會大多數的體力勞動者（包括工農大衆、手工業者）千百年來用口耳相傳、經過集體口頭加工的各種散文故事（民間故事）、民歌、民謠、諺語、謎語、曲藝說唱、民間小戲等作品。這是代表一個民族的大多數平民的文學。俄羅斯文學批評家車爾尼雪夫斯基（一八二八—一八八九）有過這樣的評論：「民間文學永遠充滿了清新、活力和眞正詩意的內容。民間文學永遠是崇高的、智慧的……它純潔、滲透了各種美的因素……民間文學屬於全體人民，它與各種各樣的瑣屑、空虛是格格不入的……民間文學總是充滿了生命、活力，它純樸、眞實，總是發散著健康的道德氣息。」㉖這就是對俄羅斯優秀民間文學的價值和優點的總評價。他又指出：「民間文學的形式和它的內容一樣：純樸、自然、高尚、有力。」「形式的價值取決於它的內容的清新、鮮明和獨立性。」㉗這就是對俄羅斯優秀的民間文學是內容與形式相統一的典範很高的美學評價。其實，把上述的話移用過來，作爲對中國優秀的傳統民間文學的評價，也同樣合適。民間文學不但有文學教育、文學欣賞的價值，而且對優秀作家的創作，也有重要的借鑑、吸取的價值。正如蘇聯著名作家高爾基（一八六八—一九三六）所說：「沒有民間文學知識的作家，是蹩腳的作家。在民間創作裏蘊藏著無限的寶藏，一個態度認眞的作家應該掌握這些寶藏。」㉘近人魯迅（一八八一—一九三六）也說：「偶有一點（按：指民間文學作品）爲文人所見，往往倒吃驚，吸入自己的作品中，作爲新的養料。舊文學衰頹時，因爲攝吸民間文學或外國文學而起一個新的轉變，這例子是常見於文學史上的。」㉙車爾尼雪夫斯基也指出過英國文藝復興時期偉大作家莎士比亞（一五六四—一六一六）創作和民間文學的重要聯繫說：「迷人的童話的情調深深地影響著莎士比亞的詩歌：他的詩歌中所有光輝東西

---

㉔ 吉川幸次郎著、陳順智等譯《中國文學史》（成都：四川人民出版社，一九八七）。頁一八六—一八七。

㉕ 馮承鈞編《元代白話碑》（上海，商務印書館，一九三一），就收入大量難懂的皇帝白話聖旨，可參看。

㉖ 中國民間文藝研究會編《蘇聯民間文學論文集》（北京：作家出版社，一九五八），頁一五四。

㉗ 同㉖，頁一五五。

㉘ 蘇聯尼，皮克薩諾夫著，林陵、水夫、劉錫誠譯《高爾基與民間文學》（北京：中國民間文藝出版社，一九八一），頁一二三。

㉙ 《魯迅全集》（北京：人民文學出版社，一九八一），卷六，頁九五〇。

都是在這種影響下發展的。」㉚以上的著名論述，說明了古今中外的偉大作家，都善於吸取民間文學的藝術營養來豐富自己的作品，使作品獲得更多的民間文學性，以增強作品的民族色彩。中國元雜劇作家，又何嘗例外呢？如最偉大的雜劇作家關漢卿（約一二一三—一二二三前後在世），他最能創造性地大量吸取各類民間文學作品，如神話、傳說、生活故事、童話、笑話、寓言、民歌民謠、諺語、歇後語等，就是極爲典型的例子。其他劇作家，也是在不同程度上吸取民間文學作品，以增強劇作的民間文學性的，這就留待下文析述了。

自然，民間文學作品有精華，也有糟粕，甚至有的作品在精華中還雜揉著糟粕成分，作家只要創造性地吸取精華以豐富自己，便能增強民間文學性。中國文學發展到了元雜劇，其作者比之前此任何歷史時代的作家，更能自覺或不自覺地重視吸取民間文學，作爲自己劇作的有益養分。在許多的雜劇作品中展現這樣的事實：大量的各類型的民間文學作品，被濃縮爲簡短的典故性名句或成語，在曲詞或道白中運用著，有助於表現精細入微的人物的思想、感情、性格，以塑造人物形象；另一方面，也有助於豐富作品語言的形象性、音樂性、動作性、地方色彩和生活色彩。元雜劇中鮮明的民間文學性成爲它最重要的嶄新的藝術特徵之一，這也是它取得劃時代的重大意義和能夠達到古典戲曲藝術頂峰的最重要因素之一。近人胡適（一八九一—一九六二）曾否定元雜劇的藝術成就，那是徒勞的㉛。雜劇中的一些名作，如《趙氏孤兒》、《漢宮秋》、《竇娥寃》等，早在十八、九世紀已被介紹到歐洲去㉜，而它的「場景一到高潮，則馬上變成歌唱」這種藝術特點，也有學者認爲曾影響過日本的「能」㉝，這就說明，元雜劇在十八世紀以後，確曾產生過世界影響，爲世界文學藝術寶庫增添過光輝，這是中國人引以自豪的。

元雜劇的民間文學性，在思想內容和藝術特點上，各涉及不少方面的複雜問題；由於本文字數限制，下面只能從民間文學角度出發，就涉及的思想感情、人物刻劃、語言成分、劇本結構、戲劇氣氛等重要方面，試作一個初步的分析；爲避免行文繁瑣，同一論題的例句，能說明觀點便足，沒必要全引。元雜劇各種版本，頗有不同。本文只根據明臧懋循編《元曲選》、今人隋樹森編《元曲選外編》兩種版本，進行分析。前書收入的作品最多，共百篇，雖有缺點，但它的「曲和白却極流利，不通的地方也比較少」，㉞徐朔方還認爲，如和元刊本相比，前書「所收作品質量最高」，「校勘和刊刻最精，訛誤最少」，「比元刊本更接近元代雜劇的眞面目。」㉟後書則是前書的補充，也不可缺少。本文就依據這兩個本子，順次從民間故事、民歌民謠、諺語、歇後語、謎語等方面作出剖析，較次要的或過於繁瑣的問題或考證，就不涉及了。

---

㉚ 同㉖頁一六〇。B・古雪夫在《車爾尼雪夫斯基論民間文學》一文中解釋說：「光輝的東西」，「車爾尼雪夫斯基所指的是偉大戲劇家創作中的人道主義和肯定生活的激情。這種激情是在民間創作的土壤裏產生發展的。」頁數同前。

㉛ 胡適說：「元人的文學程度實在很幼稚……即如關漢卿、馬致遠兩位最大的元代文豪，他們的文學技術與文學意境都脫不了『幼稚』的批評。」見胡著《中國古典章回小說考證》（上海：上海書店，一九八〇），頁三〇——三一。

㉜ 一七三五年，法國傳教士狄・普雷馬雷（Joseph marie de prèmare）介紹了《趙氏孤兒》的內容梗概，伏爾泰（Volfaire）的《中國孤兒》即其翻版。一八二九年，英國約翰・戴維斯（John Francis Davis）除歌唱部分之外，全譯了《漢宮秋》。一八三二年，斯塔尼斯拉斯・茹蓮（Stanislas Julien）翻譯了《灰闌記》，一八三四年，翻譯了《趙氏孤兒》。昂圖安納・巴齊恩（M・Bazin aîne）翻譯了《㑳梅香》、《汗衫》、《貨郎旦》、《竇娥冤》。參㉔，頁一七六——一七七。

㉝ 有人認為，日本的「能」，從中國雜劇變來，如江戶時代（一六〇三——一八六七）新井百石的《俳優考》，荻生徂徠的《南留別志》。據荻生徂徠說：『能』是模擬元雜劇而制作的，是由元朝僧侶來傳授的」參㉙，頁一七六。

㉞ 元代的刊本最富人民性，最接近原作面目，但說白過簡，很難懂。明代各種刊本和只選曲文的《雍熙樂府》、《詞林摘艷》等選本，大致相同，比元刊本又稍差。參邵曾祺選注《元人雜劇》（上海：春明出版社，一九五五），頁一五《導言》。

㉟ 徐著《臧懋循和他的『元曲選』》，見趙景深主編「中國古典小說戲曲論集」（上海：上海古籍出版社，一九八五），頁七六—七七，頁六一—六二。

# 第二章 民間故事和元雜劇

## 第一節 民間故事和元雜劇的關係

廣義的民間故事，主要是指在平民大衆口頭創作和流傳的各種散文體的故事，包括：神話、傳說、民間童話、動物故事、生活故事、寓言、笑話、評書（評話）等種形式。在各大類之間，有大致的分類法。如進一步來說，有的特別的作品，宜屬何類，各學者看法並不一致。如明馮應京（一五五五—一六〇六）《月令廣義，七月令》所引《小說》的《牛郎織女》說：「天河之東有織女，天帝之子也。年年機杼勞役，織成雲錦天衣，容貌不暇整。帝憐其獨處，許嫁河西牽牛郎，嫁後遂廢織紝。天帝怒，責令歸河東，但使一年一度相會。」❶這是文獻可考的故事情節較完整的早期神話記錄。它反映了男耕女織的古代農業社會中封建家長統治的殘酷，婚姻被拆散的牛郎、織女成了不合理社會制度下的犧牲品。對於它，有人稱爲神話，有人稱爲傳說，有人稱爲神話傳說，也有人只稱爲民間故事❷。

---

❶ 轉引自袁珂《古神話選釋》（北京：人民文學出版社，一九七九），頁一六〇。

❷ 袁珂、羅永麟當它爲神話，見❶，袁著，頁一六〇；羅著《論中國四大民間故事》（北京：中國民間文藝出版社，一九八六），頁一。趙景深（一九〇二—一九八五）、張紫晨、王孝廉當它爲傳說，見趙著《民間文學叢談》（長沙：湖南人民出版社，一九七九），頁五七；張著《中國古代傳說》（延邊：吉林文史出版社，一九八六）頁三七；王著《中國的神話與傳說》（台北：聯經出版事業公司，一九七七），頁一六五。中國高等學校民間文學教材組和殷登國詳稱爲神話傳說，見該組編《民間文學作品選》（上海：上海文藝出版社，一九八〇）上冊，頁一九—二九；殷著《中國神的故事》（台北：世界文物出版社，一九八四），頁一二五。只稱爲民間故事的，見紀維一發行《灶神》（台北：龍江文化事業有限公司，未署年月）頁八。

上引故事，在解釋星體的牛郎星、織女星的由來上，思想樸素原始，幻想天眞美麗，和現實生活聯繫的痕跡不很直接，也不夠顯著，自屬典型的神話。近代，在內蒙古又流傳著長篇的曲折故事《天牛郎配夫妻》❸，它的題材，已和後代農耕社會生活有了更多的直接聯繫，思想感情更社會化，農家生活的人情味和地方色彩更濃，現實主義成份更多，因此就有不少人把它歸入傳說。再如，有的寓言，也可當成笑話❹，可見，學者們分類的標準不一致，加上有的作品較特殊，的確也難於同劃入一類。因此，過份地爭議某一故事僅可劃入某類作品，對於析述它和元雜劇的關係就毫無裨益。

元雜劇是供舞台（或廣場）演出的，必須劇本符合戲劇的組織結構，其曲詞要合乎曲牌格律，道白要合乎角色的個性；因此，吸取民間故事就有兩種途徑：其一，作爲劇作的基本題材來吸取，即全劇以它爲故事核心（或架構），增加別的成分，進行再創作。曾有過大量的民間故事，被古代的「蒙求」之類童蒙婦女啓蒙讀物，或類書、話本、演義小說等吸收，並由文人作過加工，使民間故事原形有了一定的改變。但就這些讀物的淵源來說，也可說大多來自民間故事。紀庸在《元劇之題材》❺一文中，有過較中肯的分析說：「元劇取材，以流行故事爲主。」是可信的。其二，把原來民間故事的主旨或某一點意思，加以濃縮，使之組成典故性名句、成語，或局部的情節，安排在劇作中。對於通過後一途徑吸取民間故事，過去學者們探索的不多，正是本文要探索的。吸取民間故事既要符合劇情要求，自然要有所改動，使之符合劇情和舞台表演的規律，有的還可以反其意而用之。由於元雜劇的演出，有一定的時間限制，因此其語言從曲詞到說白，都必須是十分精鍊，而且是能繼承前此宋雜劇、金院本的藝術的。這樣，它們常用的古詩詞名句和詩詞化句式，以及一些歷史逸典、古典散文乃至駢文的句式，只要是市民大衆喜愛或易於接受的，也自然被元雜劇繼承下來，靈活地運用它們。

再者，雜劇的主要聽衆有三：第一種是平民；第二種是蒙古族朝廷官員；第三種是當時的知識階級，❻爲了使劇本爲更多的新觀衆所愛看，「所寫的事情也大都是屬於市井的，或即使故事跟市井無關，也都附帶著市井的感情。」❼既然如此，要是作者採用了歷史逸典、古書題材時，就得使之通俗化、民間化，以適合元代市民大衆情趣。由于創造性地吸取民間故事時，「使用的口語，是以當時的大都（今北京）爲中心的北方話」，❽就能在思想感情乃至藝術風格上，取得更多的時代化、社會化、大衆化的特色。也正是由於雜劇作者大多在不同程度上使劇作或深或淺地吸取民間故事爲養分，就給劇作注入了新的藝術色彩。又由於這種養分，與古詩、詞、古文乃至俗語等句子有機地融合在一起，成爲不可分割的整體，這正是元雜劇在中國戲劇文學史上的重大發展。

---

❸ 參注❷《民間文學作品選》。

❹ 美籍華人學者丁乃通著、鄭建成等譯《中國民間故事類型索引》（北京：中國民間文藝出版社，一九八六），頁三三九，即列寓言《刻舟求劍》、《守株待兎》爲笑話。

❺ 見郭紹虞等編《國文月刊》（上海：上海國文月刊社，一九四八），七十一期，頁一四—二一。

❻ 日本吉川幸次郎著、鄭清茂譯《元雜劇研究》，頁四四—六二。

❼ 同❻，頁四四。

❽ 同❻，頁二四四。

# 第二節 神話被元雜劇吸取的情況

神話，「是古代人們為了表達他們自己企圖認識自然、征服自然的思想願望、鬥爭業績，表達對於社會生活的認識，對於自然現象的解釋，通過幻想構成的神奇的口頭故事。」❶即它「是初民對於自然現象的解釋，反映人類和自然界的鬥爭」❷的口頭故事，下面分為五節，剖析一下元雜劇吸取神話的情況。

在元雜劇中，重要的神話被相當廣泛地吸取，並以多采多姿的形態出現著。它常被濃縮為精鍊的詞語、格言式警句，從而豐富了曲詞或對白的思想和藝術，也更好地渲染了戲劇氣氛。下面分為六小類析述之。

## (一) 天象神話的吸取

這是解釋天體、自然現象的神話，常被靈活地以再創造過的單詞、短語或簡要故事形式來引用，呈現一種強烈的口頭典故色彩。先析述採用日、月、玉兎、金烏、三足烏等神話的劇句。

例一：無名氏《連環計》一折，漢殿中太尉楊彪詩云：「漢室江山誓共扶，肯容賊子有狂圖，計就月中擒玉兎，謀成日裏捉金烏。」

例二：無名氏《博望燒屯》一折，諸葛亮唱《油葫蘆》：……我則待日高三丈我便矇頭睡，一教烏兎走東西。」

例三：王實甫（約一二七九—一三〇七前後）《西廂記》三本二折，書生張珙看天云：「再等一等咱，無端三足烏，團團光爍爍，安得后羿弓，射此一輪落。」

例四：楊景賢（約一三八三前後在世）《西遊記》四本十六齣，灌口二郎神上場詩云：「不周山破戮天吳，曾把共工試太阿，誰數有窮能射日，某高擔五嶽逐金烏。」。

以上四例，先後分別用了「玉兎」、「金烏」、「兎烏」等詞❸，都是對遠古有關日、月神話的吸取。在例三中，「安得后羿弓，射此一輪落」，就是用西漢劉安（前一七九—前一二二）所編書中記錄過的《后羿射日》❹神話。例四中的《有窮射日》❺，則是它的異文，流傳

---

❶ 譚達先著《中國神話研究》（香港：商務印書館香港分館，一九八〇），頁二。

❷ 劉大杰（一九〇四—一九七七）著《中國文學發展史》（香港：學林有限公司，一九八二），上冊，頁一三—一四）。

❸ 玉兎：月亮，晉傅玄（二一七—二七八）《擬天問》：「月中何有？白兎搗藥。」故世以玉兎爲月之代詞。南宋郭茂倩（約一一八〇前後世）編《樂府詩集》古辭《董逃行五解》：「教敕凡吏受言，採取神藥若木端，白兎長跪擣藥蝦蟆丸。」金烏：太陽。北周康孟《咏日應趙王教》「金烏升曉氣，玉檻漾晨曦。」漢畫像鏡或畫像磚上，西王母之旁，多見手持樹枝狀搗藥的白兎，有的作人立搗藥狀。見重慶市博物館編《重慶博物館藏四川漢畫像磚選集》（北京：文物出版社，一九五七），頁八二，圖三九。三足烏：東漢王充（二七—九七？）著《論衡》《說日》篇：「日中有三足烏」。西漢劉安《淮南子》《精神訓》云：「日中有踆烏。」高誘注：「踆，猶蹲也，謂三足烏。」《春秋元命包》曰：「日中有三足烏。」漢代以前，以三足烏代表日，一如以蟾蜍代表月。

❹ 同❼《淮南子》，頁一一七—一一八《本經訓》：「堯之時，十日並出，焦禾稼，殺草木，而民無所食，……堯乃使羿（按：堯時射官）……上射十日……萬民皆喜。」漢高誘注曰：「堯時十日並出，草木焦枯，堯命羿仰射十日，其九烏皆死，墮羽翼。」

❺ 有窮，指「有窮后羿」，有窮，夏代國名。《書經．五子之歌》：「有窮后羿。」傳：「有窮，國名；羿，諸侯名。」又：司馬遷著《史記》《夏本紀》正義引《帝王紀》云：「帝羿有窮氏，未聞其先何姓羿學射於吉甫，其臂長，故以善射聞。」可見有窮射日、后羿射日，二者是相類而又不同的古神話，故云「異文」。

傳於漢代前，爲西漢司馬遷（前一四五或前一三五？—？）《史記》中所徵引過。如深入分析，可看出雜劇作者採用和日、月有關的神話時，並非僅從某種意義上作生硬的引用，而是靈巧地作創造性的採用，有所變化。例一「月中擒玉兎」、「日裏捉金烏」，是以擬物手法寫作，當月亮是白兎，太陽是金烏，用於道白中以表示說話人擒拿賊人的計謀，必能手到拿來，很有魄力。「烏」字又與上句末尾「兎」字押韻，說法形象而新穎。例二受到曲牌只用二字的限制，用了「烏兎」的簡稱，能使曲詞更洗鍊、明快而有力，見出別具匠心。例三在道白中「無端」句下，用了五言詩，從詩句形式出發，首句稱太陽爲「三足烏」。「后羿射日」神話原爲正面敍事，但第三句却用三字詞「后羿弓」和反詰法，以組成「安得后羿弓，射此一輪落」兩個出人意表的誇張句，表現劇中張生急於見到鶯鶯的細緻心情，說來更鏗鏘、更新穎有力，而且波瀾起伏，也更吸引人。例四共四句，寫唐僧被妖怪攝去，二郎神奉觀世音法旨，要和孫行者前去救出唐僧時的上場詩，頭二句「不周山破戮天吳，曾把共工試太阿」❻，每句吸了兩個神話。此詩三、四句「誰數有窮能射日，某高擔五嶽逐金烏」的前句明用《有窮后羿射日》神話，後句暗用元代廣泛流傳的《二郎擔山趕太陽》神話❼。四句結合起來，意思是：我二郎神在那神奇的不周山下面，曾經擊敗過兇惡的水神天吳；又曾像古代大力士共工一樣，善於揮動太阿寶劍；如有人要推舉出后羿那樣的射日英雄，那麼就要數到我了。我力大無窮，能肩挑五嶽，並追趕太陽呢！綜合四句，就充分表現了二郎神自誇本領巨大，氣慨非凡，洋溢著強烈的幻想性。把六個神話的精華部分巧妙地鎔鑄在一起，對於原旨，或遙從，或發揮，却能組成一個完美的新比喻，注入劇作者新的思想和藝術養分；這比之原來個別的神話，積極浪漫主義的幻想色彩更濃郁，具有更多的民間文學性，因而其藝術魅力更迷人，足見劇作者善於加工神話，起了「借舊出新」的作用。

❻ 不周：山名，《山海經》《大荒西經》：「西北海之外，大荒之隅，有山而不合，名曰不周。」又《淮南子》《天文訓》：「昔者共工與顓頊爭爲帝，怒而觸不周之山，天柱折，地維絕。」天吳：水神名。《山海經》《海外東經》：「朝陽之谷，神曰天吳，是爲水伯。在虹虹北兩水間。其爲獸也，八首人面，八足八尾，皆青黃。」太阿：古寶劍名，東漢袁康撰《越絕書，外傳記寶劍》：「楚王……乃令風胡之吳，見歐冶子、干將鑿茨山，洩其溪，取鐵英，作爲鐵劍三枚：一曰龍淵，二曰泰阿，三曰工布（一作市）。」

❼ 《元曲選外編》《二郎神醉射鎖魔鏡》一折，二郎上云：「怒後擔山趕太陽，……三千里外總城隍，吾神姓趙名昱。」唐崔令科著《教坊記》卷八《曲名》項下，已有「二郎神」的名稱，可見唐時已有記載此神的痕迹。南宋周密著《武林舊事》卷十「官本雜劇段數」記下了有關名稱《二郎神變二郎神》。宗力、劉群編《中國民間諸神》（石家莊：河北人民出版社，一九八七），頁五四二按語說：「二郎神始見於宋時僞書《龍城錄》。」達先按：這說法不確。此書署唐柳宗元著，實北宋王銍（約一一二六前後在世）僞作，但收入神話傳說《趙昱斬蛟》，故事曲折，二郎神即趙昱，起源當不會太晚。該文謂：他持刀入江中斬蛟，左手執蛟首，右手持刀，奮波而出，州人事爲神。達先按：此故事從戰國時水利家李冰（約前二五六—前二五一，秦昭王任爲蜀郡守）鬥江神衍化而來。明吳承恩著《西遊記》六十七回孫行者的對話，引用自己善於「擔山趕太陽」的神話。今四川灌縣仍有「二郎擔山趕太陽」之說，見袁珂編《中國神話詞典》（香港：商務印書館香港分館，一九八六），頁二二四；河北潮白河魏家店有同樣篇名神話，見譚達先著《中國神話研究》，頁七〇—七二；河南也有《二郎擔山撵太陽》，見中國民間文藝研究會等編《河南民間故事集》（北京：中國民間文藝出版社，一九八五），頁一六—一七。後二篇說的正是古時有七或九個太陽，給爲民除害的二郎，捉去六或八個，終使大地氣候由高熱變爲溫和，適於人類，故事曲折動人。據上，可見這神話自唐代流傳至今。蘇雪林認爲它「與后羿射落九日，亦頗相類。」見蘇著《屈賦論叢》（台北：國立編譯館中華編審委員會，一九八〇），頁二六〇。依常理推測，此神話當在唐代前已流傳。

再看神話在長段道白中的活用之妙。爲了把角色性格塑造得更有奇趣，使劇詞更有神話色彩，吳昌齡（約一二三〇—一三一〇）在《張天師》中把「金烏」、「九烏」❽乃至和「后羿射日」有關的故事情節和詞兒全用上了。

他在第一折寫到洛陽太守的姪兒秀才陳世英，上朝取應，於八月十五夜，在太守後園書房中，和月中桂花仙子不意歡會過一宵後，她約他來年八月十五日再相見，但他竟害了相思病。第二折說：到了約會那天，陳世英抱病上說：

……害的我一病不起，朝則忘餐，夜則廢寢，看看致死。……今日正是中秋節令，我只得掙扎病軀，到此後花園中等，便怎麼這早晚還不見來。仙子，則被你想殺我也。天也，每番家（註：每次）小生要做些兒功課，不曾拿起筆來，可又早淹淹的晚了。今日小生害些拙病，他百般的不肯就晚。且待我吟詩一首：（詩云）：「金烏振翼上扶桑，何故遲遲晝景長，可嘆書生情意迫，老天偏不下斜陽。」呀，這早晚還是午時也，我央及你波，我與你唱喏，怎生不動；我與你下跪，又不動；我與你下拜，也不動。釘子釘著你哩，潑毛團（注：罵禽獸之詞）是好無禮也。小生不才殺者波（注：語氣詞，同「呵」），也是國家白衣卿相，你則道我不認得你哩。想當初堯王時有十個日頭，被后羿在崑崙山頂上，射落九烏，止留的你一個，你曉來夜去，催逼了多少好人。你若是歡喜呵，腆著你那紅馥馥的臉兒；你若惱了呵，雲生四野，霧罩八方。你則道我不認的你哩。你聽者。（詩云）『無端三足烏，團團光閃爍，安得后羿弓，射此一輪落。』便好道『人有所願，天必從之。』頭裏（注：剛才）未曾鬧時，還是午時；方才鬧了，他可是交酉時了。罷罷罷，熬定心腸，且再耐著些兒，仙子，則被你想殺小生也。

這一段，是秀才陳世英的獨白，用了有關太陽神話的兩個詞「金烏」、「三足烏」；又用了《后羿射日》的神話。全段先由陳世英自我表白，因極度思念桂花仙子，又未能即見，萬分心急，眞是想壞了他。心頭鬱結解不開，遂把天咒罵：平時他做功課，光陰過的快；此刻他有相思病，要早見仙子，太陽却又老是不肯下山。接著，用「金烏振翼上扶桑」一詩大罵太陽，把神話掌故夾入其中，什麼「扶桑」、「書景」、「斜陽」等，逼肖書生口吻。他很心急，再分六層罵下去：太陽呵！我等了很久，爲何仍是午時？一層；我求你，作揖，你不動，二層；跪你，你不動，三層；拜你，你也不動，四層；你是禽獸，對我無禮，五層；我雖未得志，是認得你的，六層。以下，從「想當初」起，至訓斥它「你聽著」一小段，儼然是《二郎捉太陽故事》一類神話內相似情節的改寫❾。他又如此當太陽是人罵下去：「你獨身了，還日夜害人；高興時對人扮紅臉，不高興時，就放雲霧害人；我是認識你的劣性的。」接著，以《無端三足烏》（見本節例三引）這首民間短謠訓斥太陽一頓。他未鬧時，是午時；他一鬧，忽到了酉時（下午五至七時）。太陽似乎忽然聽話了。好，索性再等一下。老想仙子，心急得很呵！

陳世英的一長段獨白，把太陽寫的很人格化：初時，他很頑固，捉弄人，老是不願下山；接著，陳世英傾述相思苦況，盼他盡快下山，好早會心上人；繼而罵他爲何不早下山；又罵他爲何總是午時；再引后羿神話揭穿他害人醜態；最後，仍以詩教訓他。這樣，多次向太陽說情

❽ 九烏：九日。宋洪興祖著《楚辭補注》《遠遊》：「朝濯髮於湯谷兮，夕晞余身兮九陽。」洪興祖補注：「仲長統（一八〇—二二〇）云：……九陽，日也；陽谷上有扶木，九日居下枝，一日居上枝。」

❾ 罵太陽一段，似河北口頭神話中第二段及末段，參❶譚著，頁七〇—七二。

說理和鬥智，果然太陽屈服而下山，以自己將見仙子作結。這一大段，陳世英自我剖白急於會見桂花仙子的心情，陳述得曲折、細緻、複雜而又變化多端，把他當時的內心世界刻劃得立體化了。三次活用神話，並按劇情需要以合理想像補充之，把他戆直、天眞、痴情、迷戀的書生性格表現無遺。而太陽初則惡作劇，給他爲難；繼而有所領悟；終則早交酉時，好助他實現心願。如此刻劃，不但帶有神話般的幻想性、趣味性，也巧妙地推動了劇情的發展。明朱權（一三七八—一四四八）在《太和正音譜・古今群英樂府格勢》中評「吳昌齡之詞，如庭草交翠。」即僅就上引一大段道白活用神話之巧妙多姿來看，也可看出所評的確切。

現在，再轉過來看看和月亮有關的「吳剛」、「嫦娥」神話在元雜劇中的活用。如吳昌齡在《張天師》第四折中說到桂花仙子下凡被害，得到秀才陳世英相救，便到他的書齋致謝；而身居九霄之上，掌管一切修眞悟道之仙的長眉大仙，硬逼她承認到書齋中去，定幹過「淫邪之事」，拒絕她的辨白，她被值日功曹驅趕到陰山左側待罪，遂唱出了《七弟兄》：

我可也左猜，右猜，端的是爲誰來，現放著砍桂的吳剛巨斧風般快，只問他奔月的嫦娥曾否下瑤台，更和那搗藥的兎兒那日當何在？」⑩

這段加以反駁的曲詞，吸取了「吳剛砍桂」、「嫦娥奔月」、「白兎搗藥」三篇神話。全曲說：我的前去，是爲了誰？吳剛未用巨斧砍過桂樹，隱喻陳世英是爲人正派，和她沒曖昧之事；末二句是隱喻：她和陳行爲清白，這只要問身邊的人便知道。以神話人物吳剛喻爲正人君子，以「嫦娥未下瑤台」喻己行爲光明正大；以「搗藥兎兒」喻作公證人。如此，以三個神話角色，比喻眼前的人，對神話原意並非照搬，語意含畜，新穎，尖銳，而且饒曲詞韵味，既增強了情節的詩意，又保持了一定的神話掌故色彩。應該說這是雜劇作者的新創造。

此外，還有在元雜劇的詞語中，吸取了大量爲人喜聞樂見的此類神話爲典故，有時也出以新意，成就是可觀的。聊引數例如下。如無名氏《連環計》四折，「錯怪東君有殺心」句中以「東君」代日神⑪；吳昌齡在《張天師》二折，「把鏡中花生扭做蟾宮桂」句中，以「蟾宮桂」指「月中桂」⑫；尙仲賢（約一二三〇—一三一〇）在《柳毅傳書》一、二折，寫有能行雨的「雨工」，

---

⑩ 吳剛砍桂：《太平御覽》卷四引《（晉）虞喜安天論》：「俗傳月中仙人桂樹，今視其初生，見仙人之足，漸已成形，桂樹後生焉。」見《太平御覽》卷四。唐段成式（？—八六三）《酉陽雜俎》《天咫》：「舊言月中有桂，有蟾蜍。故異書言，月桂高五百丈，下有一人，常砍之，樹則隨合。人姓吳，名剛，西河人，學仙有過，謫令伐樹。」可見漢晉以來，已提月中桂；至唐人小說，又增益成吳剛砍桂之說。吐魯蕃古冢所出唐畫，月輪中除蟾蜍及玉兔搗藥外，還有桂樹，可見一斑。見張金儀《漢鏡所反映的神話傳說與神仙思想》（台北：國立故宮博物院，一九八一），頁五一。嫦娥奔月：《周易歸藏》曰：「昔常娥以西王母不死之藥服之，遂奔月爲月精。」見梁蕭統選、唐李善注《文藝》王僧達《祭顏光祿文》注引嫦娥亦作姮娥，《淮南子》《覽冥訓》：「羿請不死之藥於西王母，姮娥竊以奔月。」高誘注：「姮娥，羿妻，盜食之得仙，奔入月中爲月精。」白兎搗藥見❸。

⑪ 《元曲選》，冊四，頁一五六四。東君：屈原《楚辭》有《九歌・東君篇》洪氏補注云：「《博雅》（按：魏張揖選）曰：東君，日也。」

⑫ 《酉陽雜俎》言及「月中有桂」，見⑩。根據古神話月中有蟾蜍、桂樹之說，後人綜合之稱月爲「蟾宮」。金李俊民《莊靖集・中秋》：「蟾宮風散桂飄香。」「蟾宮桂」，月中桂樹的美稱，是對月中陰影的一種神話式的解釋。

轟雷掣電的「雷公」，及兩手持鏡的「電母」⑬；等等；這些都是當作神話典故來採用的，含意和原意相差不遠。

自然，劇作家引用神話時，也喜歡給以推陳出新，賦予新意。如對風神「封姨」給予人格化的形象描繪就是好例⑭。看！她是「春則吹花擺柳，夏則驅暑生涼，秋則飄枝墜葉，冬則糝雪飛沙，順四時不失其序，與天地並奏其功」，並無做「淫邪之事」的「塵凡之心」；⑮她品格高尚，使人間四季各有鮮明的節奏，給造物者立下了不少功勞。這就完全是由劇作家按自己的想像補充過，並給以大大發展了的有益於人的風神。她個性突出，能力非凡，叫人喜愛，和原來個性比較模糊，有時又有些惡作劇的風，就有較大的區別。這樣的創新，就使風神的形象更豐滿，也便於推動劇情的發展了。

---

⑬ 雨工：一折有：「這那裏是個羊，都是些懶行雨的雨工。」雨工，指雷霆，見《楚辭補注》。屈原《天問》：「萍號起雨。」王逸注：「萍，萍翳，雨師名也。」補注曰：「《山海經》：屏翳在海東，時人謂之雨師。」又《楚辭補注》，頁一七一「左雨師使徑侍兮」。雨工爲雨師俗稱。雷公：司雷之神。屈原《楚辭·遠遊》：「右雷公而爲衛。」見《楚辭補注》，頁一七一。東漢王充《論衡》《雷虛篇》：「圖畫之工，圖雷之狀，累累如連鼓之形。又圖一人，若力士之容，謂之雷公。使之左手引連枝，右手推椎，若擊之狀。其意以爲雷聲隆隆者，連鼓相扣擊之意也；其魄然若敝裂者，椎所擊之聲也；其殺人也，引連鼓相椎，并擊之矣。」電母：司電之神。宋蘇軾《蘇東坡全集》《次韻章傳道喜雨詩》：「揮駕雷公訶電母。」又明宋濂《元史》《輿服志》云：「電母旗，青質，赤火焰腳，畫神人爲女子形，纁衣，朱裳，白褲，兩手運光。」

⑭ 封姨：由司風之神「風姨」音轉而來。《河圖帝通紀》曰：「風者天地之使。」見《太平御覽》卷九《龍魚河

圖》曰：「風者天之使也。」風神也稱「封十八姨」，在劇中被簡稱爲封姨。唐鄭還古《博異記》《崔玄微》條略云：唐天寶中，處士崔元微，夜與女子楊氏、李氏、陶氏、石氏及封家十八姨共飲。石氏忤姨，皆起去。明夜諸女復來，云諸女皆住苑中，每歲多被惡風所撓，常求十八姨相庇。昨石氏忤姨，故不能應難取力。求元微歲旦且作朱幡，圖日月星辰之文，於苑東立之，則可免。至期，元微依言立幡。時東風振地，折樹飛沙，而苑中繁花不動。乃知封十八姨，風神也。楊、李、石諸女，乃楊柳及李花、桃花、石榴也。

⑮《元曲選》，冊一，頁一八八「封姨」自述。

## (二) 開闢神話的吸取

這是解釋天地何時開闢和人類由來的神話❶。至於涉及原始人類集團之間的鬥爭的神話❷，和它性質有些相近，但又有不同，不想另立新類，也附在本小節末介紹。

先說元雜劇對開闢神話的吸取。這類神話是說人類最初是如何開闢天地及造人的。

例一：王實甫《西廂記》第五本第三折：紅娘唱《紫花兒序》：……當日三才始判，兩儀初分，乾坤，清者爲乾，濁者爲坤，人在中間相混。(張)君瑞是君子清賢，鄭恒是小人濁民。

---

❶ 譚達先著《中國神話研究》，頁五五—五七。

❷ 同❶，頁四八—五五。

例二：王伯成（約一二七九前後在世）《貶夜郎》第三折，李白帶酒上唱《中呂粉蝶兒》：

……今日醉鄉中，如混沌，初分天地，恰辨得個南北東西．被子規喚回春睡。

例一的「三才」指天地人；「兩儀」、「乾坤」，均指天地，都是來自《易．繫辭》的說法❸，例一的「兩儀」，例二的「混沌」也似來自下文的有關說法：

宋張君房《雲笈七籤卷二．混沌》：《太始經》云：『昔二儀未分之時，號曰洪源，溟涬濛鴻，如鷄子狀，名曰混沌』。

上引兩段曲詞，是由吸取下面古代文獻上《盤古》神話來的：

天地渾沌（注：清濁未分貌）如鷄子（注：鷄蛋），盤古生其中。萬八千歲，天地開闢，陽清爲天，陰濁爲地，盤古在其中，一日九變，神於天，聖於地。天日高一丈，地日厚一丈，盤古日長一丈。如此萬八千歲，天數極高，地數極深，盤古極長。後乃有三皇❹。

可見，例一的「三才始判，兩儀初分；乾坤，清者爲乾，濁者爲坤，人在中間相混」，顯然是吸取了古神話的「天地開闢，陽清爲天，陰濁爲地」和「盤古生其中」；後者「醉鄉中，如混沌，初分天地，恰辨得個南北東西」，也顯然是吸收了古神話「天地渾沌如鷄子，天地開闢，陽清爲天，陰濁爲地」，並稍變其詞，也可能多少吸收過如下列《淮南子》之類的書所說道家的某些「仙話」說法而成：

西漢劉安《淮南子．精神訓》：古未有天地之時，唯像無形，窈窈冥冥……有二神混生（高誘注：二神，陰陽之神也。），經天營地……於是乃別爲陰陽，離爲八極。

前面段曲詞，從盤古神話中吸取其中一部分說法，又吸取上引這段有仙話色彩的神話中某些說法，加以變化、補充，因而能更好地表達出劇作家的特定的思想感情。例一贊美君子張君瑞是古代天上清氣變來，貶斥小人鄭恒則是地下的濁氣變來；例二則是李白自述喝醉酒時腦子昏昏沌沌，如人們處在太古時代一般。二例因吸取了神話作爲典故，又有創新，增強了曲詞的古樸美和民族色彩。

此外，如楊景賢在《西遊記》三本九齣的開頭，寫孫行者上云：

一自開天闢地，兩儀便有吾身，曾教三界費精神，四方神道怕，五嶽鬼兵嗔，六合乾坤混擾，七冥北斗難分，八方世界有誰尊，九天難捕我，十萬總魔君。

頭二句，概括了盤古神話的某些內容，由孫行者自述和天地一樣，出生很早，來歷不凡，以此組成了一首由一至十順次在各句首排列的仿童謠數字歌的上場詩，便於自報自己有十個惹人注意的特點，以此作爲開端，也很適合於孫悟空自負具有特異才能的性格，寫的恰當。

下面，介紹元雜劇對原始人類集團之間鬥爭的神話的吸取。在原始社會晚期，出現了人與人之間的矛盾，即出現了國家產生前原始的氏族與氏族之間、部落與部落之間的激烈鬥爭。這

---

❸　舊說孔子著《易·繫辭下傳》「《易》之爲書也，廣大悉備，有人道焉，有天道焉，有地道焉，兼三才而兩之。」又：《繫辭上傳》、「《易》有太極，是生兩儀。」乾坤：原指乾坤二卦，《繫辭下傳》：「黃帝、堯、舜垂衣裳而天下治，蓋取諸乾坤。」又按：《易·說卦》：「乾，天也，故稱乎父；坤，地也，故稱乎母。」按：傳說《說卦》爲孔子贊《易》所作，可見孔子時也有把天地稱爲乾坤的叫法。

❹　原刊宋李昉等撰《太平御覽》，卷二引徐整（三國時吳人）《三五曆紀》。又：卷一「《三五曆紀》曰：未有天地之時，混沌如鷄子溟涬始牙……清輕者上爲天，濁重者下爲地，冲和者爲人，故天地含精，萬物化生。」

反映在著名的神話《黃帝戰蚩尤》中。這則神話，影響後代深遠，常見於今的有八則。❺遠古，大約是由於爭奪生活資料，以黃帝爲首的一族，和以蚩尤爲首的九黎族，進行了大戰，雙方邀請別人助戰，衝突尖銳，戰爭激烈，有一則是晉人虞喜《志林》所記的：

黃帝與蚩尤戰於涿鹿之野，蚩尤作大霧，彌三日，軍人皆惑，黃帝乃令風后法門機作指南車，以別四方，遂擒蚩尤。❻

在遠古，蚩尤是炎帝後裔，原居於南方，他雖施放大霧，但居於西北方的黃帝，終令人製指南車，看清了方向，便活捉他而得勝。黃帝是勝利者，蚩尤是失敗者，❼應該說，這是贊美黃帝的英雄神話。

再看在無名氏《昊天塔》第二折中，孟良唱《鬥鵪鶉》：

哎，那廝須不是布霧的蚩尤，又不是飛天的夜叉。那廝便藏在雲中，躲在躲在地下。我也翻過乾坤若見他，說那廝能變化，我呵喝一喝骨碌碌的海沸山崩。𢠵𢠵赤力力的天摧地塌。

孟良在劇中是北宋眞宗時期（九九八—一〇二二）抗遼傳說楊家將六郎楊景手下的大將，上劇的曲詞，只吸取上引神話有關反面人物的句子，改變爲「布霧的蚩尤」之句，和有梵語色彩的「又不是飛天的夜叉」句聯繫起來，作爲他對敵人性格好戰、本質兇殘的猜想，就很符合大將孟良逞強的性格。這是僅選其中一點作爲比喻，也能增強劇作的某種神話色彩。

---

❺同❶，頁四九，《有係昆之山》、《東海有流波山》、《蚩尤出自羊水》、《蚩尤伐空桑》、《有蚩尤兄

第八十一人》、《黃帝與蚩尤戰於涿鹿之野》、《蚩尤帥魑魅與黃帝戰於涿鹿》、《黃帝與蚩尤九戰不勝》。

❻ 同❶，頁四九。

❼ 對虞氏所引神話分析，見❶譚著，頁四九。說到蚩尤被應龍殺死的神話，見袁珂《山海經校注》，頁三五九，四二七；說到蚩尤被黃帝殺死的神話，見袁著頁三七三晉郭璞注文及頁四三〇。

### ㈢ 人文神話的吸取

人文神話是表現遠古某種英雄人物創造人類文化的❶。由於古代文人對這類神話往往有意無意地施過較多的手術，因之用文字記下時已缺少飽滿的血肉和較強的故事性，有的還被濃縮為一般的敘事性句子，它們大多被歷史化了。由於它們是民間喜愛的，所以，也被戲劇家所重視。

在元雜劇中，這類神話中的英雄人物，常被作為歷史人物來提及。僅舉數例如下。

首先，看對伏羲、神農神話的引用。鄭光祖《㑳梅香》一折：

樊素背云：「小姐剗的（注：還是）待要講書哩！」小蠻云：「樊素，我想河出圖，洛

❶ 譚達先著《中國神話研究》，頁六一——六九。

出書❷，陰陽判而八卦生，自伏羲神農❸，傳至孔孟，到秦始皇坑儒焚典，其禍烈矣！魯共王壞孔子故宅，於壁中得詩書六經，以傳後世。」

這段後半是已逝相國的小姐小蠻，對丫環樊素講解書理時說的一段話。講的全是中國文化史的有關知識，小蠻一開頭說到「河出圖，洛出書」，就兩次採用了有關人文神話，如謝大荒所說，依次分別指的是「相傳伏羲之世，有龍馬背負圖案，出於黃河；夏禹治水時，有靈龜背負文篆，出於洛川；往古聖人，因而觀象悟理，效法該項圖篆以畫卦作易。」❹可見上引兩則人文神話，先後依次說明伏羲時代，看見黃河中龍馬湧現的圖案而後畫八卦；夏禹治水時代洛川湧現靈龜背上有文字的文章，正是所謂上天賜與的《洪範》九疇（大法九類）的來歷。至於小蠻道白稍後，又用上「伏羲」、「神農」兩個神話人物來代表兩個遠古時代。如此引用神話及其英雄人物，正符合了當時出身官宦家庭的相國小姐的身份和口吻，善於講文史知識，就恰切地反映了她具有較好的文化教養。

其次，看對軒轅、蒼頡神話的引用。楊景賢《西遊記》五本十齣，花果山神上云：

……小聖花果山神，奉觀音法旨，看著這通天大聖，我想自盤古至今，輕清者爲天，重濁者便有俺山水之神，俺見了多少興亡呵。（唱）《南呂一枝花》……兎走烏飛，看古今興廢，茫茫闢兩儀，有軒轅製造衣裳，有蒼頡流傳書史。

此劇爲著名的神話故事戲，採用大量的神話或傳說故事中的人物爲掌故，成爲重大的藝術特色之一。上引的花果山神上場的道白中的「盤古至今，輕清者爲天，重濁者」口吻，即由《盤古》神話「天地開闢，陽清爲天，陰濁爲地」（參㈡項引例）等句化出。曲詞中的「兎」、「烏」，即是「玉兎」、「金烏」兩個神話角色的簡稱。以上，是開闢神話和天象神話的合用。到了曲詞末尾「有軒轅」二句，就是依次由下面兩則人文神話概括而來，先看：

《易・繫辭下傳》：黃帝、堯、舜垂衣裳而天下治。

黃帝，號軒轅氏、有熊氏，在古神話裏是中原各族先民的共同祖先。相傳古代許多有關文化的創造物，如養蠶、舟車、文字、音律、醫學、算數等，均創始於他的時期。在《楚辭・遠遊》中，東漢王逸注云：「軒轅，黃帝號也，始作車服，天下號之為軒轅氏也。」魏曹植（一九二—二三二）《黃帝贊》曰：「衣裳是制。」上引雜劇曲詞中，「有軒轅製造衣裳」，即由上述人文神話概括而成。再看：

《淮南子・本經訓》：昔者，蒼頡作書而天雨粟，鬼夜哭。

---

❷ 河圖洛書：極古之圖書。《書・顧命》：「天球（注：雍州所貢之玉如天色者）河圖。」傳：「河圖，八卦；伏羲王天下，龍馬出河，遂則其文以畫八卦，謂之河圖。」《易・繫辭下傳》曰：「古者庖犧氏之王天下也。仰則觀象於天，俯則觀法于地，觀鳥獸之文，與地之宜，近取諸身，遠取諸物，於是始作八卦。」《易・繫辭上傳》：「河出圖，洛出書，聖人則之。」西漢劉歆以為「伏羲繼天而王，受《河圖》，則而畫之，八卦是也；禹治洪水，賜《雒書》，法而陳之，《洪範》是也。」見東漢班固《漢書》卷二七上《五行志第七上》。《易・繫辭下傳》曰：「神農氏作，斲木為耜，揉木為耒，耒耨之利，以教天下，蓋取諸益，日中為市，致天下之民，聚天下之貨，交易而退，各得而退，各得其所，蓋取諸噬嗑。」

❸ 舊題周列禦寇撰《列子》《黃帝第二》：「庖犧氏……神農氏……蛇身人面，牛首虎鼻，此有非人之狀。」《淮南子》《修務訓》云：「神農……嘗百草之滋味……一日而遇七十毒。」

❹ 謝大荒編著《易經白話注釋》（香港：文昌書店，未署出版年月），頁三二。

按：蒼頡亦作倉頡，舊傳他是黃帝的史官和漢字創造者。東漢許愼《說文解字序》就有所說明：「黃帝之史倉頡，見鳥獸蹄迒之迹，知分理之可相別異也，初造書契，百工以乂（注：治），萬品以察。」可見倉頡可能是古代整理漢字的一個代表人物。上引曲詞「有蒼頡流傳書史」，就是從此類神話概括而來。

在上引的一段劇詞中，一共採用了兩則人文神話和別的三則神話，比較好懂，也增強了不少神話藝術色彩，爲民間所喜愛。

有的人文神話中的英雄人物，向爲不少文人和平民所熟悉和贊揚。如「羲皇」，指的是上古帝王伏羲氏，是「蛇身人面，牛首虎鼻，此有非人之狀」的奇人❺，他的特殊本領很多❻，於是他就成了後代各階層喜愛的古帝，因而作者常連帶地去贊美與他同時代的人，把他們視爲品德崇高，不汲汲於名利，而又心情愉悅的人，值得仰慕。如東晉陶潛（三六五—四二七），就首先說出「羲皇上人」，作爲象徵遠古社會風氣純樸的贊詞❼，這說法，也被宮大用（約一二八〇—一三六〇）《范張鷄黍》一折引用，范巨卿唱《賺煞》：

……遶溪上青山郭外村，您與我贌些不值錢狗彘鷄豚，每日家奉萱親，笑引兒孫，便是羲皇以上人。

這以「羲皇以上人」一詞，比喻爲人如遠古時人一樣，生活質樸，自由自在，就感舒適。在曲詞上說，它有助於唱者在個性上帶上了一定的神話人物的高尙情操。

---

❺《列子》《黃帝第二》。

❻其本領如：「始作八卦以通神明之德」，見明來知德撰《周易集註》卷一四。「太昊（注：即伏羲）師蜘蛛而結網」，見晉葛洪《抱朴子》《對俗卷》。「作瑟，造《駕辯》之曲」，見洪興祖《楚辭補注》《大招》「鳴竽張只」句王逸注。

❼《與子儼等疏》：「見樹木交蔭，時鳥變聲，亦復歡然有喜。常言：五六月中，北窗下臥，遇涼風暫至，自謂是羲皇上人。」

## (四) 仙境神話的吸取

元代以前古代文獻記錄的和元代在民間口頭上流傳的仙境神話，多彩多姿。只有一部分爲作家特別喜愛，而且又適合於表現劇情，才會被雜劇所吸取。敍述前先解釋這類作品的性質。茅盾：「所謂神話，是原始人民的信仰與生活之混合的表現，並不是一切荒唐怪誕言神仙之事的，都可以稱爲神話」❶這些話，是對產生於原始社會的上古神話的界說，至今仍爲學術界所公認。他又說：「姮娥奔月，月中有桂及仙人吳剛等等說頭雖頗美麗可喜」，但却不是「眞正的神話」。❷對於這段話，現在有的學者的看法，有和他相同處，也有不同處。如李劍國認爲：人類進入階級社會之後產生的神話和傳說，有些產生較早，在階級社會的夏、商時期；有

---

❶《神話雜論》（上海：世界書局，一九二九）中的「中國神話研究」之部，頁四八。

❷同❶，頁四八。

些產生較晚，已到封建社會，如嫦娥奔月、牛郎織女等，「從神話的本來意義上看，其實它們已不算是神話，僅僅是對神話的有意無意的模擬，可稱之為『仿神話』，但一般說法仍以神話視之。」❸這是當前大多數學者所能同意的看法。

我認為，如按茅盾後一段話和李氏的看法，界定《嫦娥奔月》、《月中有桂》、《牛郎織女》等已非原始神話，大體沒有大錯：不過，對於這類作品，宜作具體分析。如它反映的內容及藝術想像，接近原始人的生活、思想，又沒滲入後代過多的仙道思想，主題積極，大體應以神話視之；反之，如以仙道思想為主導，原始思想因素非常稀少，甚至沒有，則不是神話，可能是仙話或仙道傳說❹。要言之，是否嚴格的上古神話，主要可根據以下兩點來判斷：一是故事中的神，是否自然力的人格化；二是內容上反映的，是否原始人的宇宙觀。如屬肯定的，就是嚴格的神話。茅盾曾根據這兩點原則，斷定古代記載神仙的書，如舊題西漢劉向（前七七？—前六）《列仙傳》、東晉葛洪（二八一？—三四一）《神仙傳》及西漢東方朔（前一五四？—前九三）《海內十洲記》內的神話❺，「大都是方士的讕言，不能視作中華民族的神話。」❻這自然是合理的。不過，進入階級社會後，有些神話，如《山海經》中少數作品，被滲入一些仙話因素，也是有的，這就要具體分析了。元雜劇中，曾吸取了純粹的仙話人物為掌故，也有用的精彩的。因非本文研究範圍，從略。

《山海經》❼所記包羅萬象，其「神話傳說材料，還接近原始狀態，沒有經過多少修改。」❽它提及的一些山水，多根據傳聞和想像，敘事樸素，像是原始人民宇宙觀的表現；稍後，有些古書重新整理時，雖作過補充，仍和原意相差不大，這和後來純以長生不老為中心，而且盛贊仙人隱居處所的山水之美、具有強烈神仙思想的「仙話」並不相同。仙境神話思想較原始，產生年代較早，其中只能說滲入了一些仙話因素，和後起的「仙話」並不完全相同。如：

《山海經》有《蓬萊山》：蓬萊山在海中。❾

後來，西漢司馬遷《史記》又有：

齊人徐市等上書，言海中有三神山，名曰蓬萊、方丈、瀛洲，仙人居之。❿

《山海經》又有《弱水》：崑崙之丘……其下有弱水之淵環之。⓫

---

❶《神話雜論》（上海：世界書局，一九二九）中的「中國神話研究」之部，頁四八。

❷同❶，頁四八。

❸《唐前志怪小說史》（天津：南開大學出版社，一九八四），頁二四。袁珂認爲嫦娥奔月神話，是「中國神話幻想的最高峰。」見袁著《中國神話傳說》（北京：中國民間文藝出版社，一九八四），上冊，頁三二。又說嫦娥奔月，「是浸入神話範圍的仙話，成了神話的有機組成部分。」頁四四。這和茅盾看法不同。

❹周沐照等搜集、整理的《道教與龍虎山傳說》（南昌：江西人民出版社，一九八六），可供比較。

❺同❶，頁一〇—一三。

❻參❸，袁著《中國神話傳說》，上冊，頁二三。

❼《山海經》《海內北經》。

❽《史記》卷六《秦始皇本紀第六》。

❾《大荒西經》。

❿《海內南經》。

⓫魯迅著《古小說鈎沉》。

窫窳龍首，居弱水中。[12]

後來，《玄中記》有：

天下之弱者，有崑崙之弱水焉，鴻毛不能起也。[13]

東漢，班固（三二—九二）《漢書》，也有：

烏弋山離國，王去長安萬二千二百里……行百餘日，乃至條支，長老傳聞，有弱水、西王母。[14]。

在上引前兩則神話中，前者「蓬萊山」，或簡稱「蓬島」，原是海中的仙山名，一般比喻爲遠方海中風景優美的仙境，而在後四則神話中，「弱水」是代表承受不了輕似鴻毛的重量的河流，甚至被看爲仙人西王母的居住地，都屬於仙境神話。

在大量元雜劇中，都把上述兩詞作了出色的運用。如李文蔚（一二五一年前後在世）《圯橋進履》二折，黃石公上云：

閑遊蓬島跨黃鶴，三千弱水任逍遙，親赴蒼天朝上帝，奉承勑旨下雲霄。[15]

又如費唐臣（約一二七三前後在世）《貶黃州》二折，蘇軾唱：《滾繡球》：

……把人間番做了廣寒宮殿。……五雲鄉杳然不見，止不過隔蓬萊弱水三千。

在上引兩個劇作中，所用「蓬萊」、「弱水」兩詞含意，和原來所指不一定完全相等，已被作家仙道化、典故化，並把它們分別美化成和漢代後仙話中的仙山、仙水相似，聽來民族風格鮮明，又很好懂。如此活用，有助於烘托仙界氣氛，是一種新的創造。

「瑤池」相傳爲古代崑崙山上的池名，是西王母所居的仙境。舊題西晉郭璞（二七六—三四四）注《穆天子傳》有：

天子（周穆王）觴西王母於瑤池之上，西王母爲天子謠，曰：「白雲在天，丘陵自出；道里悠遠，山川間之。將子無死，尚復能來。」

這已是帶有仙話色彩的神話。雜劇中常把它作爲仙界聖地來引用，如關漢卿《玉鏡台》三折，溫嶠唱《二煞》：

今日咱，守定伊，休道近前使喚丫鬟輩，便有瑤池仙子無心覷，月殿嫦娥懶去窺。

賈仲名（一三四三—一四二二？）《桃柳昇仙》一折，南極仙翁上云：

太極之初不記年，瑤池紫府會群仙。

古來民間既公認西王母所在地瑤池，是「萬物盡有」的好去處，生活幸福，爲人世所無，上述兩劇中引它爲典故，就有助於渲染神仙居所的歡樂氣氛，使劇情更有神話色彩了。

---

⑫《漢書》《西域傳》第六十六上「烏弋山離國」條。

⑬《詩經．大東》：「維天有漢，監亦有光。跂彼織女，終日七襄。雖則七襄，不成報章，睆彼牽牛，不以服箱。」此詩的織女、牽牛尚爲天漢二星；七襄、服箱，或亦僅爲譬喻。

⑭袁珂《古神話選釋》（北京：人民文學出版社，一九七九），頁一六〇。

⑮內蒙古漢族也有長篇的《天牛郎配夫妻》，見賈芝編《中國民間故事傳說》（北京：作家出版社，一九五八）頁一〇〇—一〇九。

《牛郎織女》是個星辰戀愛悲劇故事。其主題歷來有兩種看法：一認爲著重反抗封建禮教；一認爲提倡勞動生產。遠在西周時代（前十一世紀－前七七一），它在《詩經》中已有雛型的文字記載，其後不繼發展至下列兩段文字，就有了完整的記錄：《月令廣義·七月令》引《小說》：

天河之東有織女，天帝之子也，年年機杼勞役，織成雲錦衣，容貌不暇整。帝憐其獨處，許嫁河西牽牛郎。嫁後遂廢織紝。天帝怒，責令歸河東，許一年一度相會。

梁吳均（四六九－五二〇）《續齊諧記》云：

桂陽成武丁有仙道，常在人間，忽謂其弟曰：「七月七日，織女當渡河，諸仙悉還宮，吾向以被召，不得停，與你別矣。」弟問：「織女何事渡河去，當何還？」答曰：「織女暫詣牽牛，吾復三年當還。」明旦，失武丁。至今云織女嫁牽牛。

南宋羅願（一一三六－一一八六）《爾雅翼》卷十三云：

涉秋七日，鵲首無故皆髡（注：禿頭），相傳是日河鼓與織女會於漢東，役烏鵲爲梁以渡，故毛皆脫去。

以上，僅僅是古代人所記的少量神話，至於現代口傳於民間的，又大不相同，其現實性、社會性大大加強，已和後代傳說近似，因之，已演變爲傳說。這個古代神話，「初時民間轉到貴族文士，甚至傳到宮庭，後又從宮庭反轉來流行於民間。」[16]

這神話在古代流傳十分廣泛，已成爲中國四大民間故事之一。因之在元雜劇中被引用尤多。如白樸（一二三六－一三〇六？）《墻頭馬上》一折，總管之女李千金上唱《牧牛關》：

龍虎也招了儒士，神仙也聘與秀才。何況咱是濁骨凡胎……却待要瑤池七夕會，便銀漢水兩分開，委實這烏鵲橋邊女，捨不的斗牛星畔客。

劇中李小姐正在月夜與前來家中的書生裴少俊幽會，却被老女僕識破，於是在上引曲詞中自述是凡胎，也要嫁人。末四句，即用《牛郎織女》神話，說明仿似七夕瑤池宴後，便給銀漢之水分隔，裴少俊如牛郎般被迫要馬上走開，李小姐也如被阻於烏鵲橋邊的織女，對河相望，依依不捨。因借用了神話，很切合身份，既委宛含蓄，又寓意鮮明，也使曲詞更親切有味。

同樣，吳昌齡在《張天師》一折，寫到八月十五夜，月中桂花仙子與書生陳世英共飲。天明時，她（正旦）和陳的對白是：

（正旦云）秀才！你牢記者：妾身此一相別，直到來年八月十五日，再與秀才相見。……

（陳世英云）既蒙仙子相許，小生怎敢負了此心，但仙子雖同織女，小生非比牽牛，怎麼也要一年一會，做這般老遠的期約也。

（正旦續唱）《賺煞尾》那七夕會牛女佳期你可也休賣弄（注：誇耀）。

（陳云）仙子若果有心於小生，便不到的來年，怕什麼那。

書生陳世英說對方是「仙子同織女」，而自己「非比牽牛」，要在一年後的中秋夜，才能相見，眞是萬分心急，怎能等到？因而責怪對方，但仙子却另有苦衷，只好如此。男角以神話爲喩，嫌相見太遲；女的也以神話爲喩，說出於無奈。「七夕牽牛會織女」，以古喩今，把二

⑯羅永麟《論中國四大民間故事》（北京：中國民間文藝出版社，一九八六）頁六。

人當時的矛盾心情，鮮明對照；同時，又把彼此糾纏的細節，刻劃入微，眞是別具民間文學的特色。這是活用神話取得的特殊藝術效果。

## (五) 神靈神話的吸取

中國的民間信仰之一是指對各種民間神靈的信仰，「那些神靈信仰又有許多是自原始宗教繼承下來的。」❶的確，對民間神靈的神、鬼、靈物等信仰形式，長期影響著民間生活，如其中來自遠古神話的海神、河神等，❷至今仍影響民間。

民間神靈雖和對中國有影響的佛、道等宗教諸神有關連，但後二者只各有一部分在民間有較大的影響，常爲雜劇引用，舉要於下。

觀世音是佛教諸神在中國民間影響最大、信仰最衆的。《法華經》說：「衆生受諸苦惱，聞是觀世音菩薩，一心稱名，觀世音菩薩即時觀其音聲，皆得解脫……以是因緣，名觀世音。」唐人避太宗李世民諱，改稱觀音，沿用至今。傳說觀音是阿彌陀的大兒子，他起誓大願，化爲三十二種形象，來到世上救人類，保護貧困病苦者，人稱他爲大慈大悲。魏晉南北朝所譯佛經，多據印度神話傳說，以爲有兄弟二人，發願修行，普渡衆生，兄即觀世音菩薩。弟即大勢至菩薩。兄弟同侍阿彌陀佛，合號「西方三聖」。❸另一種傳說：「觀世音父爲妙莊王；母爲寶德后，觀音爲三公主，名叫妙善，愛修行學佛。因去白雀寺出家，觸怒父王，把她處死，靈魂周遊陰府，回陽後再去大香山苦心修練，成了正果，又去濟度父母。因她是慈航降生，救世間萬劫，脫却凡胎後，經我國東海普陀落迦山轉往中原，普渡衆生。施藥、馬頭、持蓮、千手等觀音總號，都是中國普渡衆生時的現相。❹佛教認爲觀音無生死，無性別，在世人面前，可根據不同需要，作各種化身。❺

觀音神話影響中國民間很深，常被據之塑造其形象。如《度柳翠》楔子，觀音上詩云：

寶座巍巍法力強，慈悲極樂往西方，慧眼才開能救苦，眉間放出白毫光。吾乃南海洛伽山觀世音菩薩，這一個是童子善才，累劫修行，才離苦海，只爲慈悲心重，遍遊人間，廣說因緣，普救苦難，闡明佛法，天花天樂常臨，濟度衆生……這也不在話下，且說我那淨瓶內楊柳枝上偶汙微塵，罰往人世，打一遭輪迴。在杭州……化作風塵匪妓，名爲柳翠，直三十年之後……著第十六尊羅漢月明尊者，直至人間點化柳翠，返本還元，同登佛會。

---

❶ 宗力、劉群著《中國民間諸神》，頁五。

❷ 海神：「東海之渚中，有神，人面鳥身，珥兩黃蛇，踐兩黃蛇，名曰禺虢。黃帝生禺虢，禺虢生禺京，禺京處北海，禺虢處東海，是爲海神。」見《山海經》《大荒東經》。河神：「及秦并天下，令祠所常奉天地名山大川鬼神可得而存也。……水曰河，祠臨晉。」見《史記》《封禪書》。又屈原《楚辭，遠遊》：「使湘靈鼓瑟兮，令海若舞馮夷。」《楚辭．九歌》中有《河伯》專章。

❸ 同❶，頁八四七——八六八。

❹ 姜義鎭編著《台灣的民間信仰》（台北：武陵出版社，一九八五），頁二一〇。

❺ 同❶，頁八五二。

這是說觀音因他淨瓶內的楊柳枝葉偶汙微塵，便罰它降生人間為妓女，名叫柳翠，讓她「塡滿宿債」後，又派人下凡點化她重返天上，同登佛會。這顯然是利用觀音神話改寫而成，也是利用它宣傳佛教勸善懲惡思想的例子。

楊景賢《西遊記》一本一齣，一開頭是觀世音上云：

旃檀紫竹隔凡塵，七寶浮屠五色新，佛號自稱觀自在，尋聲普救世間人。老僧南海普陀洛伽山，七珍八寶寺紫竹旃檀林居住……見（注：現）今西天竺有大藏金經五千四十八卷，欲傳東土……著西天毗盧伽尊者托化於中國海州弘農縣陳光蕊家為子，長大出家為僧（注：陳玄奘），往西天取經闡教……

以觀音的出現，作為劇本開頭，以後她又多次出現，成了不可缺少的角色。但在劇中他（她）的大慈大悲救苦救難，普渡衆生的本性不變，這自然也是根據佛家一向的說法，加工發展而成，為民衆所樂於接受。

西王母簡稱王母，她的神話最早見於《山海經》，如：

《西山經》：玉山，是西王母所居也。西王母其狀如人，豹尾虎齒而善嘯，蓬髮戴勝。

此種似人非人、半人半獸的怪物，在原始氏族社會時代被奉為宗神，是人類文化發展必經的階段。這神話到了西晉郭璞注《穆天子傳》又演化為善歌的婦人。❻西漢，道家之說盛行，帝王追求長生不老之術。此後，便由早期「豹尾虎齒」的兇相，演變成皓然白首、長生不死的女仙，為貴族階級所崇拜，❼平民也當然受到影響。因而漢代以後，王母便成了貌美的長生不老的女神。南朝以後，她又得到了「金母」的別稱。❽此後，王母、西王母、金母，三詞並行。到了宋金，戲曲常敍述衆仙雲集，共嘗碧桃的王母蟠桃盛會，因而有關神話流傳更廣泛，或以之寫神仙生活，或成賀壽渲染吉祥氣氛之用。[9]元雜劇是很喜歡採用王母神爲掌故的。如谷子敬（約一三六八前後在世）《城南柳》四折，王母上云：

小聖乃西池（注：瑤池）金母是也。今日設下蟠桃宴，請八洞神仙都來赴會咱。

接著，是宴罷，老柳成仙，小桃成正果，也由王母主持其事，構成了「成佛昇天」喜劇，使劇作增添了喜悅氣氛。

在賈仲名的《金童玉女》中，王母又成了懲罰違反天規者，第一折王母引鐵拐李上云：

……子童乃九靈大妙金母是也，爲因蟠桃會上，金童玉女，一念思凡，罰往下方，投胎託化，配爲夫婦，他如今業緣滿足，鐵拐李，你須直到人間，引度他還歸仙界，不可遲也。

---

[6] 《穆天子傳》「吉日甲子，天子賓於西王母。乃執白圭玄璧以見西王母……乙丑，天子觴西王母於瑤池之上，西王母爲天子謠曰……」。按：此書作者不詳，舊題郭璞注，清代姚際恒《古今僞經考》認爲是僞作，今尚無定論。

[7] 司馬相如（前一七九—前一一七）《大人賦》：「吾乃今日覩西王母，皬然白首，載勝而穴處兮，亦幸有三足烏爲之使。必長生若此而不死兮，雖濟萬世不足以喜。」

[8] 南朝梁陶弘景《眞誥》云：「昔漢初有四五小兒路上畫地戲。一兒歌曰：『著青裙，入青門；揖金母，拜木公。』……所謂金母者，西王母也。」

[9] 宋官本雜劇有《宴瑤池爨》，金院本有《王母祝壽》一本，《蟠桃會》一本。元代鍾嗣成有《蟠桃會》。皆佚。見呂薇芬著《全元散曲典故辭典》（咸寧：湖北辭書出版社，一九八五），頁五三〇。

這裏，王母是執行上天仙界最高意旨的代表人物，通過她的行事，宣傳了一定的佛教的輪迴思想和報應觀念，反映出一些消極思想因素；不過，她的形象已被中國化，是具有民族特點的民間神，故又爲市民大衆所歡迎。

末了，介紹冥界神話。它主要由閻君及有關人物、故事所構成。閻君即閻羅王，原爲古印度神話中主宰陰間者，後來佛教有地獄輪迴說，便借他爲地獄主。南北朝（四二〇——五八九）時代，民間已有他的故事。[10]隋唐以後，中國民間信仰閻羅王尤爲普遍。[11]閻羅王便上升爲冥界的最高執法者，專門懲治在生作惡的鬼魂。元雜劇就常引用他及和他有關人物、故事。如《冤家債主》四折，寫張善友進入夢境後，閻神引鬼力（注：鬼卒）上詩云：

……吾神乃十地閻君是也，今有陰間張善友，爲兒亡妻喪，告著俺土地閻神。鬼力！與我攝將那張善友過來。（鬼力云）理會的……（閻君云）鬼力，與我開了酆都城，拿出張善友的渾家來。（鬼力押卜兒上見科）……（李氏做哭科云）老的也……我死歸冥路，教我十八層地獄，都遊徧了也。你怎生救我咱。[12]

隋唐以後，民間往往把佛教的冥府閻羅王、鬼力、地獄故事，和道教的「酆都是閻羅王居所」的故事，結合在一起來演述，上劇所引就是好例。吸取這種口頭故事，正反映了元代的一部分民間信仰。

有的雜劇則吸取了「大羅神仙、牛頭馬面，燒起九鼎油鑊，放上金錢，叫鬼魂自取」的說法，[13]這是採用了佛教色彩的冥界神話。也有的雜劇引入了丹霞禪師[14]的故事，也是佛道雜揉色彩的神話的改寫。

又有的小神靈，雖不很重大，但和民間關係極密切，也常被雜劇吸取。如《盆兒鬼》二折，張懺古罵門神云：

俺罵那門神户尉去，好門神户尉也。你怎生把鬼放進來了。俺要你做什麼……四折，魂子云：

老的也，不是我過不去，只被那門神户尉當住，不放過去那。

劇中，用了歷來民間廣泛信仰的神靈神話中的「門神」「戶尉」，⑮攔住鬼魂進來，把劇中寫的極爲曲折動人。不少民間神靈神話，在產生的時代上，比之原始神話要後起得多，而且大多也並非優秀作品，但在不少雜劇中均予引用；有的更帶有較多的迷信意識。這些，賦予了雜劇相當的民俗生活樣相，增添了一些民族藝術特色，但對它在思想教育上的消極作用，也決不可忽視。

---

⑩《崇眞寺》：「比邱惠凝死一七日還活。經閻王檢閱，以錯名放免。」見北魏楊衒之《洛陽伽藍記》，卷二。

⑪唐魏徵撰《隋書》《韓擒虎傳》：「生爲上柱國，死作閻羅王，斯亦足矣。」唐段成式《酉陽雜俎》《前集》卷八：「上都街肆惡少，率髡而膚劄，備衆物形狀。……時大寧坊力者張幹，劄左膊曰：『生不怕京兆尹』，右膊曰：『死不畏閻王』。宋代京師諺語：「關節不到，有閻羅包老」見元歐陽玄纂《宋史》《包拯傳》。

⑫《元曲選》冊三，頁一一四三。閻君：南宋洪邁《俞一郎放生》：「俞一郎者，荊南人……紹熙三年五月，被病困危，爲二鬼卒拽出……及一門樓，使者導入，望殿上十人列坐，著王者之服。問爲何所，曰：『地府十王也。』」見《夷堅甲志》卷六。閻羅王這個人物傳入中國後，被納入民間固有的諸神體系。至唐末，

有地府十王之說興起。十王即：秦廣王、楚江王、宋帝王、五官王、閻羅王、卞成王、秦山王、都市王、平等王、轉輪王。見王世禎編《細說中國民間信仰》，頁一三〇—一四一。鬼力：在迷信傳說中，指陰間衙役。酆都：梁陶弘景《眞誥》：「羅酆山在北方癸地……山上有六宮，洞中有六宮……是爲六天，鬼神之宮也……注：此應即是酆鬼王決斷罪人住處，其神應即是徑呼爲閻羅王所住處也。其王即今北大帝也。」按：民間向以四川酆都縣爲閻羅王所居。閻羅來自佛教，酆都來自道教。在民間已中國化，結合在一起講述。十八層地獄：後漢安世高譯《十八泥犁經》，說及十八地獄之受苦及壽命之長，並各舉其名；世間因有十八層地獄之說。

⑬《元曲選》，冊二，頁五〇二—五〇三岳伯川《鐵拐李》楔子。傳爲北宋蘇軾《艾子後語》中，曾記下宋代已流傳此冥府神話。見王利器輯錄《歷代笑話集》（上海古典文學出版社，一九五六）頁六八《艾子病熱》條。又按：清代仍有孽魂來至殿前，閻王命鬼卒至油鍋前，把它用叉挑入油鍋炸的笑話，如《嗇刻鬼》，見清程世爵《一見哈哈笑》（上海：大新圖書社，一九四〇），頁二五。

⑭《元曲選外編》楊景賢《西遊記》第一本。

⑮門神：「釋菜：禮門神也。」乃東漢鄭玄在西漢戴聖著《禮記·喪服大記》：「君至，主人迎，……君釋菜」句下的注文。東漢王充《論衡·訂鬼篇》：「《山海經》又曰：滄海之中，有度朔之山，上有大桃木，其屈蟠三千里，其枝間東北曰鬼門，萬鬼所出入也。上有二神人，一曰神荼，一曰鬱壘，主閱萬鬼。」梁宗懍《荊楚歲時記》：「正月一日，繪二神貼戶左右，左神荼，右鬱壘，俗謂之門神。」南宋陳元靚編《歲時廣記》卷五《繪門神》條引此條，於「歲日繪二神」下，尚有「披甲執鉞」四字，當據補。該條又引云：「呂原明《歲時雜記》云：『除夕圖畫二神形，傳於左右扉，名曰門神戶尉。』」可見南宋時已把門左右二神分別稱爲門神戶尉。

## (六) 仿神話的活用

從原始思想般的想像方式出發，假想出一定的人物、精怪、地名（當然，這些有的還可能有某些民間故事資料為根據），加以生發而成，而思想藝術又類似神話的故事，我姑定名為仿神話。雜劇中的仙道戲、人神同台戲，往往善於活用這類仿神話，使們更為民間所喜愛。

現在，還得先從《山海經》說起，它非出自一人之手，是研究上古社會的重要文獻。其中《海經》部分，「保存中國古代神話資料最多，是研究中國古代神話的瑰寶。」❶它共分十三卷，記下了至今仍無法作出科學解釋的三種非現實所有的怪異現象：一是怪異的國家名稱，有：結匈國、羽民國、讙頭國、厭火國、貫胸國、交脛國、岐舌國、三首國、長臂國、三身國、一臂國、奇肱國、丈夫國、女子國、白民國、長股國、一目國、深目國、無腸國、大人國、君子國、黑齒國、玄股國、毛民國、勞民國、鬼國、卵民國、不死國、長脛國等；二是怪異的人物名稱，有：不死民、一身三首的人、名為「菌人」的小人，❷一臂民、連臂民、面上有翼的人、人面鳥身的人、三面一臂人、深目民、一目人等；三是怪異的動物名稱，有：比翼鳥、九尾弧、如牛面赤身、人面鳥足、聲如嬰兒的窫窳；❸等。上述的國家、人物和動物的敘述，帶上了那超

---

❶ 袁珂著《中國神話傳說》，上冊，頁一二五。

❷ 袁珂校注《山海經校注》（上海古籍出版社，一九八〇）；頁三八四。

❸ 同❷，頁七六。

自然的性質，表現出天眞、怪異、荒誕、幻想性強和吸引人的特點，符合於先民口頭創作的實際，就大體而論，可說是全是按神話式想像創造出來的。

爲更好地刻劃人物和渲染劇情，有的雜劇就活用了上述神話式想像的方法，創造出與上述怪異現象相類的三類物象來，即使放到眞正的神話中，也可亂眞，使人難以看出其爲劇作家的仿作。雜劇中活用仿神話有三種情況：

第一種是活用仿神話式的國家名稱。如楊梓（約一三〇二前後在世）《不伏老》第三折，寫一個久鎭高麗國的大將上場後，自誇有「文通三略，武解六韜」等本領，接著說了自負話：

俺這海東有十六國、辛羅國、卯日國、辛定國、文直國、落難國、門神國、大漢國、小漢國、蛤麻國、三漢國、日本國、扶桑國、矮人國、丁香國、了奠國、富麗國。惟有這一國，不服大唐。聞知唐朝病了秦琼，貶了尉遲，將老兵驕，我手下有一大將，名喚鐵肋金牙……着他領兵十萬，前去鴨綠江邊，白鶴坡前，單奈（注：只對付）尉遲出馬……

上面的十六國名稱中，只有辛羅、大漢、高麗、日本、扶桑等五國，是有歷史根據的，❹其他十一國，全是虛構的。其中的大漢國、小漢國、三漢國、矮人國，也許是對《山海經》的大人國、小人國（或焦僥國）、❺三首國（或三身國）的仿作；文直國、落難國，也許是由君子國、勞民國的啓發而來。門神國可能由有關傳說生發而來，辛定國、蛤麻國、丁香國、了奠國，大概爲劇作者所虛構。把神話中的國名與仿神話的國名並列，就可襯托出遼遠異國的神奇背境，具有神話般的古老時代色彩，因而就可以增強浪漫主義的幻想性迷人的藝術氣氛。

第二種是活用仿神話式的人物。

袁珂認爲：原始人有一種「萬物有靈論」思想，把自然界的一切都看成是有生命與意志的。

他們又把自然界的一切事物，如火、水、太陽、月亮、石頭、大樹、牛、蛇等擬人化，都可能成爲崇拜對象。❻如《山海經・五藏山經》中《海經》所記火神祝融、水神河伯、海神禺虢、禺京等，都是顯示原始社會自然崇拜思想的神話人物。而「神話作者的一種不窮不竭的情節，乃是對於人與動物以及一般的自然現象的形質上的特質的幻想的解釋。這可適用於各個氣候及各個時代。」❼古代中國人，由於受到「萬物有靈論」和神話式想像的影響，便創作出一種爲儒道釋三教內難歸入固定編制的「雜神」，約可分爲兩大類：一是自然雜神，如認爲高山、茂林、河川、沼澤、奇巖、異石、動物、植物、貓狗、蟲蛇等，都有精靈存在，都能成爲妖精、鬼怪，對人或降福，或施禍。二是人鬼雜神。如枉死鬼、無嗣孤魂、無人收歛的不幸者的枯骨，都可能對人降福施禍。❽

---

❹ 辛羅：即新羅的改寫，它和高麗是公元三世紀已出現的朝鮮國名，見唐李延壽著《北史》，卷八二《新羅列傳》。高麗；後漢時稱高句驪，見宋范曄著《後漢書》卷八五《東夷列傳・高句驪》。大漢：見李延壽《南史》卷七九《夷貊列傳・大漢》。日本：見後晉劉昫等著《舊唐書》卷一九九上：「日本國者，倭國之別種也。」又見北宋歐陽修等撰《新唐書》卷二二〇《東夷列傳・日本》：「日本，古倭奴也。」扶桑：「扶桑在大漢國東二萬餘里，地在中國之東。」見《南史》卷七九《夷貊列傳・東夷》。

❺ 同❷，頁三四二《大荒東經》：「有小人，名靖人。」注云：郭璞云：「《詩含神霧》曰：東北極有人長九寸。殆謂此小人也。」焦僥國：同❷，頁三七六《大荒南經》：「有小人，名曰焦僥之國。」郭璞云：「皆長三尺。」

❻ 同❶袁著，頁九。

❼ 英・柯克士（M・R・COX）著、鄭振鐸譯《民俗學淺說》（上海：商務印書館，一九三四），頁二六三。

❽ 劉昌博《台灣搜神記》（台北：黎明文化事業股份公司，一九八一），頁三二—三四。

尚仲賢的《柳毅傳書》，正是帶上了「萬物有靈論」思想的人神結合的愛情戲。其主旨在於贊美書生柳毅的正義感，樂於助人，及其與龍女三娘的高尚愛情。故事略云：落第書生柳毅，路過涇陽，於道旁見一少婦牧羊，容色雖美，但却憔悴，自述是洞庭湖龍女三娘，父母將她配嫁給涇河小龍爲妻，爲他所棄，又得罪舅姑，因而被黜，每日在涇河岸上牧羊受罪，柳毅仗義代她帶家信給其父洞庭君老龍王。柳抵龍宮，老龍王之弟錢塘君火龍聞姪女遭遇悲慘，很氣憤，直往涇河岸殺婿，迎姪女歸。他又向柳爲姪女求婚，被婉拒。柳辭別時，龍女以珠寶相贈。柳歸家後，先後娶妻均死去，三娶至盧氏，不意竟是當年的龍女。這是喜劇性的浪漫主義色彩的故事。

此劇的故事最早見於唐李朝威（七五七前後在世）的《柳毅傳》。文末云：「嘏常以是事告於人世。」可知這是「當時吳楚地方流傳的民間故事」，[9]由李加工潤色才成文。又考之古書上雖提到龍，[10]但未提到「龍王」「龍女」，此篇所述的龍王這個人物，大約在東晉譯述印度佛經時開始出現，[11]並在民間流傳。唐代即在公元六六七至七三〇年間，可能民間已結合《求如願型故事》[12]而產生了《龍王與龍女故事》，[13]唐岑參（七一五—七七〇）《龍女祠》詩云：「龍女何處來，來時乘風雨，祠堂青林下，宛宛如相語，蜀人競祈思，捧酒仍擊鼓。」可見在唐代，龍女既爲民間奉祀，則必流傳民間已久。再說，在晉代傳入印度佛教龍王故事前，中國早在民間也流傳大量水神故事，如魏酈道元（—?五二七）就記下了「傳書」故事：

> 晉中朝時，縣人有使至洛。事訖，將還，忽有一人寄其書云：「吾家在觀岐前，石間懸藤，即其處也。但叩藤，自當有人取之。」使者謹依其言，果有二人出外取書，並延入水府，衣不霑濡。言此似不近情，然造化之中，無所不有，穆滿西遊，與何宗論寶，以

此推之，亦爲類矣！⑭

---

❾ 廖玉蕙《柳毅傳與我國水神故事》語，見胡嘯主編《中華文化復興月刊》（台北：中華文化復興運動推行委員會，一九八三年九月版），一六卷九期，頁六六―七〇。 按：唐宋時代民間流傳的傳說已很多。《太平廣記》卷四一八―四二五已收錄了八十一節。卷四二四，收入唐康駢《劇談錄》的《柳子華》篇，記龍女來與都城令柳子華成親，文末云：「俗云：入龍宮，得水仙矣。」又《濛陽湫》條說：四川成都平原西北彭州濛陽縣的「鄉俗」說，有一水池的「龍與西山慈母池龍」結婚，又說：雲安縣西「土俗」說，當地小湯溪「龍與安溪龍爲親」，並評爲「不經之談」，「有柳毅洞庭之事，與此相符」（達先按：明鈔本云：此條出《北夢瑣言》），可見在中國西部的四川，至少有兩處流傳過和唐代《柳毅傳書》相類故事。這些可證明李朝威所記，確有民間故事爲根據。

❿ 西漢戴聖編《禮記・禮運》有「麟鳳龜龍，謂之四靈。」《易・上經乾卦文言》：「雲從龍，風從虎。」

⓫ 東晉、天竺佛馱跋陀羅譯《華嚴經》，已載有毗樓博叉等十一龍王，見師澄觀疏鈔、比丘道霈纂要《華嚴經疏論纂要》（台北縣：修訂大華大藏經會，一九五六），冊一，頁一三四。後秦・鳩摩羅什譯《妙法蓮華經》，提出了八個龍王，見明應吳澫益智旭科《大乘妙法蓮華經冠科》（香港：香港佛經流通處，一九八二），上冊《敍品第一》。此爲「龍王」最早見之文字者。

⓬ 此類型故事梗概是：一、一人救了龍王的太子或女兒；二、龍王欲報德，使手下邀之進水府；三、他以手下（或王子、王女）的密囑，向王指索某物；四、他終獲得美妻或巨大財富。見鍾敬文《中國民間故事型式》一文，刊於美・艾伯華主編、婁子匡編校《民俗學集鐫》（台北：國立北京大學、中國民俗學會民俗叢書本，東方文化書局，未署年月，第一期，頁三六七。

⓭ 眞正中國化龍王之稱和佛經說的行事不同，他最初見於古書者爲北宋《梁四公記》，原著已佚，散見于《太平御覽》、《太平廣記》。它略言：震澤中東海龍王第七女掌龍王珠藏，尤嗜燒燕。梁武帝以燒燕獻龍女，龍女食之大喜，以大珠三，小珠七，雜珠一石以報帝。詳見李昉等撰《太平廣記》卷四一八《震澤洞》。又《太平廣記》卷四一九《柳毅》條引《異聞集》略云：「柳毅見涇川婦人牧羊，問之，女曰：『此非羊，雨工也。』『何謂雨工？』曰：『雷霆之類也。』」云云。故事似《柳毅傳》。

⓮ 酈著《水經著》卷三八。

這是十足的民間傳說，已說到「代爲書」「水神延入水府」等事件，李朝威很可能受到上述古代水神故事、佛教龍王傳說的影響，才創作出自己的《柳毅傳》來。

元尚仲賢《柳毅傳書》，吸取了前此各種民間有關的龍王、龍女、水神、柳毅故事，加上自己的優美想像，進行再創造；另外，又創造了水晶宮的背景，和火龍、夜叉、蝦元帥、鱉相公、雷公、電母、龜相公及小龍、水卒等配角。第二折，火龍和龍女夫婿小龍惡戰那一場，各顯神通；火光燦燦，風雨颼颼，江翻海沸，地震山搖，熱鬧得很，後來小龍被趕的慌，變做小蛇，藏入淤泥，被水龍一口吞入腹中。這使用了神話中具有原始思想因素的「變形法」，眞是把劇情渲染得十分動人。可見此劇活用了神話般的題材、故事、人物及有關手法，又有所發展、創新，在藝術特點上，別開生面；從某種學術角度上看，成了一種神話色彩濃厚之作。今人王季思贊美此劇和《張生煮海》是「神話戲的雙璧」，[15]是十分恰切的。

第三種是活用仿神話式的精怪。原始人具有「萬物有靈」的信仰。「將靈魂賦予一切有生物或無生物」，「相信在自然界中的萬物皆具人性，具備了他的經驗與教訓，萬物或爲害者，或爲無害者。每一個死亡總在精靈世界裏添加了一個鬼。這些鬼有神通能到生人所住的所在來，而他們爲善或作惡的神通則是超自然的。每一株樹木花草，每一個木頭，每一個石塊，每一座森林與小山都有住於其中的精靈……空中擁擠著可見及不可見的精靈。到了後來，這些精靈發展而成爲民衆幻想中的仙人們、小妖們、地神們及巨人們，以及家中的精靈們、棕仙們……」[16]由於初民具有上述一切信仰，就在古神話或仿神話中，出現了種種式式精怪，[17]自然會認爲在特定情況下，有的物類（甚至人）也可以變形，動植物變人，人變爲動植物等。這類例子很多，如：人可變鳥、鯉魚；[18]鮫魚可變美女、男子；[19]人可變虎、鴨；石頭可變美女；女人變爲狸；

千年樹精變為青羊，萬年樹精可變為青牛；五十歲狐可變為婦人，百歲狐則變為美女、神巫或丈夫，千歲的狐則變為通天的天狐；百歲鼠可變為神，為蝙蝠；千歲龜能與人語；而禹也可娶九尾白狐為妻，⑳等等，不一而足。這些都是精怪，其中不少還是有人性的。

在雜劇中，有善於學習以精怪為主要角色的。用花木精怪的，如馬致遠（約一二五一前後在世）《岳陽樓》一折：

---

⑮ 王季思等《元雜劇選著》（北京：北京出版社，一九八〇），下冊，頁三八四。

⑯ 同⑦，頁一三二。

⑰ 如舊題春秋左秋明作《國語》《魯語下》：「木石之怪，曰夔、魍魎。」原注：「魍魎，山精，傚人聲而迷惑人也。」戰國魯尸佼撰《尸子》卷下「地中有人……名曰無傷。」《山海經・海內北經》：「袜（郭璞云：即魅），其為物人身黑首，從目。」同②袁注《山海經校注》，頁三一四。西晉葛洪《抱朴子・登涉》：「山中有大樹，有能語者，非樹能語也，女精曰雲陽，呼之則吉。」

⑱ 魯迅著《古小說鈎沉》（北京：人民文學出版社，一九五〇），頁一二七斷木條，頁一六〇獨角條。

⑲ 同⑱，頁一三九蘆塘條。

⑳ 漢趙曄《吳越春秋》：《越王無余外傳》：「禹三十未娶……恐時之暮，失其制度，乃辭云：『吾娶也，必有應矣。』乃有白狐九尾，造於禹。禹曰『白者吾之服也，其九尾者，王者之證也。……』禹因娶涂山，謂之女嬌。」按：九尾狐象徵子孫繁息，亦禹娶涂山神話之遺意。

（柳樹精上）……小聖乃岳陽樓下一株老柳樹是也，我在此千百餘年，又有杜康廟前一株白梅花，此作祟，我上樓巡綽（注：巡查）一遭，可是爲何，恐怕他傷害了人性命。今日天晚，須索上樓巡綽一遭。……（正末扮呂洞賓云）……土木之物，未得人身，難成仙道，兀那老柳，你聽者：你往下方岳陽樓下，賣茶的郭家爲男身，名爲郭馬兒，著那梅花精往賀家托生爲女身，著你二人成爲夫婦，三十年後，我再來度你。

劇中，經歷了千百年的老柳樹，屢積陰功，可成爲柳樹精；而白梅花也可變爲梅花精；其後，前者托生爲男身郭馬兒，後者托生爲女身賀臘梅，結爲夫婦，構成了動人故事。這就是採用了仿神話中的精怪擬人化寫法。㉑

同樣，吳昌齡《東坡夢》二折，也是好例。它按劇情需要創作出廬山東林寺佛印和尚趁東坡學士大睡時，密遣花間四友隋堤柳、湘妃竹、羅浮山的梅樹、武陵溪畔的桃樹，分別變爲嫩柳娘子、翠竹娘子、紅梅娘子、夭桃娘子，去給東坡學士勸酒，迷惑他。三折又創作出廬山松神前去追趕，她們才一個個消失。把五種樹擬人化，把劇情渲染得別開生面，甚至還帶上了某些仙話的色彩，極爲動人，這是學習仿神話中精怪的寫法，才取得的藝術效果。

㉑ 唐馮贄《雲仙記》，有《柳神九烈君》，言古柳成神，能使士子狀元及第，與此柳樹成精有類似處。又：中國民間有梅花神的神話傳說，大致說宋武帝劉裕（四二〇—四二二前後在世）的女兒壽陽公主，是梅花精靈所托，死後祭祀她爲梅花神，是人可變神的例。見王孝廉《花與花神》（台北：洪范書店有限公司：一九八〇），頁一三六—一三七。

## 第三節 傳說被元雜劇吸取的情況

傳說被元雜劇吸取，約有兩種情況：一種是作爲題材吸取，吸取後由作家加工、補充，進行再創作。另一種是作爲曲、白中的詞語成分來吸取。不管是哪一種，均非簡單的照抄，往往由劇作家發揮很大的創造，對原文作出必要的改動、創新，情況相當複雜，下面依次析述。自然，也應承認有的雜劇的題材，雖受過傳說的啓發，但並非據之進行再創作；也有的雜劇的題材，全出自作家的新創，和傳說無關，非本文範圍，就不涉及了。

### (一) 傳說被元雜劇吸取的特殊意義

傳說是歷史性較強的一種民間故事。它一般有一定的歷史人物、歷史事件和鄉土風物爲依據，幻想性色彩比神話少一些，和人民生活和社會現實也有較多的聯繫，因而現實性、地方性、時代性、民族性和風俗性較強。它提到的主要人物，大多在歷史上實有其人，但其事不一定全眞；有時也可能根本無其人其事，但流傳地的人，却十足相信其爲有。不管怎樣，它總是虛構的故事，較易激起聽衆的愛民族、愛祖國、愛鄉土的高尙感情。它一般比神話曲折，生活氣息更濃，具有現實主義和浪漫主義相結合的藝術特色。自古以來，它在衆多的民間故事中，被記錄在古文獻中和保存於口頭上的作品數量最多，因而成爲元雜劇創作題材上最重要的來源之一。

學者們指出傳說與雜劇關係密切的論述很多。羅錦堂指出元雜劇題材的來源是以下九大方面：一、宋官本雜劇；二、金人院本；三、諸宮調；四、宋人話本；五、南宋戲文；六、筆記小說；七、歷史傳記；八、民間傳聞；九、當時情事。❶又認為現存元雜劇一百六十一本的題材，「大多數有所本，幾乎沒有一本是作者杜撰的。」尚有一小部分無法考證的，也「大都出於當時民間的傳聞。」還說楊景賢的《西遊記》雜劇，曾「把元代以前民間流傳有關西遊記的各種故事，作了一個綜合性的敘述。」❷這是可信的。

日人吉川幸次郎也認為元雜劇題材，「大都取自以前流傳下來的故事，而尤以改編以前的戲劇題材為最多……每件故事的全部由作者自創的，並不多見。」❸他認為《元曲選》劇作取材於《東周列國志》前身的七國講史，《三國演義》前身的三國講史，《兩漢演義》前身的兩漢講史，《說唐演義》前身的隋唐講史，《飛龍全傳》前身的五代講史，《楊家府演義》、《楊家將北宋志傳》前身的楊家將故事；而這些歷史故事，北宋以來，已成了「說話人」和「諸宮調」的重要題材。取材於這一類歷史故事的雜劇，在《元曲選》百種中佔了十六種。至於水滸戲題材，來自元時民間「小水滸」故事，《酷寒亭》頗似當時的俠客故事；《陳州糶米》等九種，來自民間包公故事；《殺狗勸夫》、《救孝子》的判官，似是「說公案」中的人物，《魔合羅》、《勘頭巾》的判官張鼎，似取材於「說公案」雜劇。《謝天香》、《東坡夢》分別是有關文人柳永、蘇東坡的故事，是取材於「說話」或民間故事的。在《元曲選》中，取材於「說話」的佔三十多種，約等於全書的三分之一。《鐵拐李》等五個八仙戲和長篇《西遊記》雜劇，來自「說話」，❹《西廂記》來自由故事改編的諸宮調《董西廂》；《范張雞黍》襲用《蒙求》❺，《秋胡戲妻》來自《列女傳》。❻總之，吉川幸次郎認為雜劇題材，來自「說話」的佔最大多數。又指出有的雜劇作者，也同時是「說話」作者，如元陸顯文（約一二七九前後在世）有話本《好兒趙正》，趙子雲所作「詞話」極多。可見雜劇題材與「話本」關係的密切。如《老

生兒》、《兒女團圓》之類憑空構成的雜劇很少，「總而言之，雜劇的題材，大部分還是出自過去已經存在的故事。」❼

羅錦堂、吉川幸次郎二人的意見，是較切實的。依羅氏的結論來分析，可以認為元雜劇的題材，大多直接來自民間傳說及話本，其中有的雖來自前人雜劇、院本、戲文、書面記載，恐怕也是民間傳說故事的加工品，換言之，就其淵源說，也是來自民間傳說或與傳聞有關。依吉川幸次郎的結論，則認為元雜劇題材大多來自「話本」——一種被說書藝人加工過的民間故事即傳說或民間史實掌故。譚正璧經過精細考證後證實，大量元雜劇的題材來自唐人傳奇、宋元話本和宋金院本，有不少古話本、古劇本已佚，但從其篇目上，也不難想見它們都較多出自民

---

❶《錦堂論曲》頁九九。

❷同❶，頁一一一—一一三；頁四二九。按：現代民間流傳的西遊記民間故事仍不少。見陳民才選編《西遊記外傳》（杭州、浙江人民出版社，一九八六）。

❸《元雜劇研究》頁一七八。

❹宋代已有《大唐三藏取經詩話》，為後來《西遊記》故事起奠基作用。元代也有《西遊記平話》，可能被同名雜劇吸取，因已失傳，無法推測二者之關係。

❺《范張雞黍》來自話本，見於馬廉校《清平山堂話本》（台北：世界書局，一九五八），頁二一六—四五四《雨窗欹枕集》。唐李翰著《蒙求》二卷，為中國古代蒙學課本，廣集歷史人物言行故事，編為四言對偶韻語，以便童蒙記誦。宋徐子光著《蒙求集註》，注及後漢范式、張邵交友重信約故事。

❻以上一大段原文，同❸，頁一八五—一八八。

❼見譚正璧著、譚尋補正《話本與古劇（重訂本）》（上海：上海古籍出版社，一九八五）。

間傳說與民間故事。❽總上而言，傳說、民間故事經過說書人或文人的加工，使之故事更曲折，情節更複雜化後，由劇作家吸取、生發之，有增刪，有補充，再創作而成雜劇，這正是合乎元雜劇取材的歷史情況的。

既然，在題材上，傳說影響雜劇創作之大且深，是民間文學中別類作品形式所較少比得上的，這就具有特別重大的意義。這種意義最主要的在於：有助於豐富元雜劇取得更多為民間大衆喜聞樂見的題材，重要人物形象的雛型、一些故事情節的梗概、某些重要題旨，乃至某種戲劇場面和大量的民間典故。雜劇「為什麼要取材於膾炙人口的故事呢」？吉川幸次郎說的好：「與其用聽衆不熟悉的故事，毋寧用衆所周知的故事來得方便一些。」雖如此，「如果把既存的題材照樣襲用，自有許多困難，所以不能不加以變化或潤色，以求適合於雜劇的用途。」❾當然，優秀的傳說和元雜劇，各有其自己的藝術特點。這二者的特點，有相同處，也有相異處。雜劇的藝術結構，講求故事的開端、發展、高潮、結局四部分的完整和有機結合；故事情節的組織，要求環環相扣，伴隨故事情節逐步開展；戲劇矛盾與衝突也逐步尖銳，並最後得到合理的解決；而人物角色的性格也相應地逐步鮮明與深化。在角色組成上，配角要烘托主角，做到主次分明；人物語言要求個性化，有動作性。而且全劇要求佈景、音樂、歌舞等緊密配合，營造戲劇氣氛，有助於舞台表演的需要。這些就是雜劇的藝術規律。因此，傳說被吸取到雜劇中時，劇作家必然要進行合乎劇作要求的某種加工和發展，絕不能把傳說照搬。

雜劇吸取傳說，有三種途徑：一是作為全劇的故事梗概或題材的一部分來吸取，關於這方面，名家羅錦堂、吉川幸次郎已有論及，不是本文重點，這裏只想略作分析；二是吸取到曲詞和對白中，加以活用，這在本節第㈡項中再作全面析述。當然，如劇作者能創造性地吸取傳說，加以創新，就能使雜劇藝術更有民間文學性，演出效果更佳；反之，就不一定。要之，吸取傳說後藝術水平較高的雜劇的產生，重要條件之一就視乎劇作家掌握民間傳說藝術有較大的深度，及有較高的戲曲創作才華，二者缺一不可。

下面，只能舉關漢卿《竇娥冤》、王實甫《西廂記》、無名氏《合同文字》、朱凱（一三三一前後在世）《昊天塔》，作爲四個有代表性劇作的例，粗略分析一下劇作家在劇中，是如何創造性地吸取傳說作爲題材，以見傳說和雜劇關係密切的一個側面。

關漢卿《竇娥冤》正是古典悲劇的典範，「以表揚孝道及剷除污吏爲主題，是元雜劇的壓卷之作。」⑩王國維贊爲「即列之於世界大悲劇中，亦無愧色。」⑪王季思認爲，「它的題材是從民間長期流傳的『東海孝婦』的故事演化而來的。」蘇雪林說：「《竇娥冤》乃演孝媳代姑受戮事，蓋亦取古書中故事敷衍爲之。」⑫祝肇年還進一步指出，它曾大量採用有關古代傳說：「總觀孝婦傳說的全部歷史，若從先秦算起經歷兩千餘年，流傳不衰，曾見於正史、野史、

---

⑧ 同❸，頁一九〇。

⑨ 叢靜文著《元雜劇析論》（台北：台灣商務印書館股份有限公司，一九八七），上冊，頁一八。

⑩ 王著《宋元戲曲考》。

⑪ 王氏主編《中國戲曲選》（北京：人民文學出版社，一九八五），頁二。

⑫ 轉引譚正壁編《元曲六大家評傳》（上海：上海文藝聯合出版社，一九五五），頁四七。曾永義說，此劇「乃是憑藉六月飛霜和東海孝婦的故實」來「改編」而成。見《說戲曲》（台北：聯經出版事業公司，一九七六），頁二五。

筆記、疏奏、詩歌、戲劇、地方志。應該說它是中國最有影響的傳說之一。」[13]又說：「（女主角）竇娥的大膽反抗精神，是關漢卿的創造性在思想性格上的突出表現，竇娥成爲兩千年孝婦傳說發展的最高典型。」[14]因此，我們可以說，《竇娥冤》是中國元代以前歷代人民思想、生活、智慧的藝術結晶，要是沒有前此豐富多采的孝婦和庶女傳說，作爲再創造的堅實基礎，關漢卿就絕不可能創造出《竇娥冤》來。

王實甫《西廂記》是一齣偉大的喜劇，它對父母之命、媒妁之言的封建婚姻制度表示不滿，正面的提出「願天下有情的都成了眷屬」的主張。[15]它的「故事原本於《唐人小說》元稹（七七九—八三一）的傳奇小說《會眞記》。」[16]文中，張生對崔鶯鶯的戀愛是有始無終的。末段，以爲張生拋棄了鶯鶯，是善於補過，曾引起唐後不少有正義感的讀者反感。北宋時，《太平廣記》收入此文，易名《鶯鶯傳》，此後，成了民間說書、說唱的題材，聽衆主要爲市民階層，因不滿於其結局，便自然改爲團圓收場。南宋時，北方淪入金人之手，這樣此故事在當的的中原和江南，各以不同的說唱或戲曲形式演出。金代，董解元（約一一六〇—一二二〇）寫了一部有重大文學成就的《西廂記諸宮調》，成爲在崔張故事的文學作品中重要性僅次於《西廂記》的說唱名作。至元，王實甫正是在董著的基礎上，改編成雜劇《西廂記》，達到了高度的藝術成就。若再推究崔張故事的淵源，「可追溯到卓文君、司馬相如的《鳳求凰》，更遠的可以追溯到《詩經》中許多被朱熹罵爲淫奔的詩。」[17]總之，此劇最初是文人的傳奇故事，再變而爲長篇說唱，回到民間去，給說書說唱藝人加工，再吸取聽衆意見，有所改作，被傳說化，然後由王氏再創作，給以寫定。應該說，此名劇是由民間傳說、說唱吸取更古遠的戀愛故事成分創作而成。

無名氏的公案戲《合同文字》，主題是贊美宋代清官包公懲治壞人，爲被壓迫的弱小人物主持正義的。此劇題材來自見於文字的傳說《合同文字記》，早就收入宋代的《清平山堂話本》中。⓲後來，晚明淩濛初（一五八〇—一六四四）改寫的擬話本《張員外義無螟蛉子，包龍圖智賺合同文》，⓳基本上採用了宋人話本，但只更換了個別人物，並把故事情節改的更爲豐富。至於較淩著出現更早的雜劇《合同文字》，各個人物的名字、故事梗概和重要情節，基本上和淩著相同。這說明在元代早有淩氏所記的那類民間傳說，爲雜劇創作提供了較好題材，所不同者，後者是通過戲曲形式寫成的，戲劇性細節更多一些。

---

⓭《竇娥冤故事源流漫述》，見中國藝術研究院戲曲研究所編輯部編《戲曲研究》（北京：文化藝術出版社，一九八二），第六輯，頁一三九—一四九。按：在上文中，祝氏引出關劇吸收的種種傳說，計有《淮南子，覽冥訓》的《庶女叫天》；唐李善引用已佚的《淮南子》許愼注《庶女》故事；西漢劉向《說苑》的《東海有孝婦》；南朝宋范曄《後漢書．霍諝傳》的「昔東海孝婦，見枉不幸，幽靈感格，天應枯旱」條，及劉宋時王紹的《孝子傳》等。並認爲關劇和王書關係較密切。

⓮同❸，《戲曲研究》，第六輯，頁一三九—一四九。

⓯元王實甫著、王季思校注、張人和集評《集評校注西廂記》（上海：上海古籍出版社，一九八七），頁三一三。

⓰同❺，頁三一二王季思語。

⓱同❺，《集評校注西廂記》，《代序》，頁七王季思語。

⓲明洪楩編《清平山堂話本廿七篇》按：宋後贊美包公的傳說、話本頗多，見李秋漢編《包公小說選》（合肥：黃山書社，一九八四），上下冊。

⓳明淩濛初著、章培恒整理、王古魯注釋《拍案驚奇》（上海：上海古籍出版社，一九八二），頁五八一—五九五。

當然，上述三個雜劇採用的傳說，其人物與事件多少有一定的歷史因素。但也有的傳說，絕無其事，却說的如眞有一般。許多產生於南宋的楊家將傳說組成的一個故事群，就是好例。如朱凱《昊天塔》，熱情歌頌北宋楊家將爲國殺敵的英雄氣概，譴責奸臣叛國的罪惡，反映了強烈的愛國思想。邵曾祺贊美其第四折，「主要是描寫楊家弟兄們愛國的熱情，與對侵略者的仇恨，並且刻劃出楊五郎的英雄性格。」又認爲劇中「故事原是『楊家將傳說』中的一個重要環節。」[20]所說入情入理，但根據近人余嘉錫考證結果，認爲所寫「（楊家將主要人物）楊業（？—九八六）骨殖懸於昊天寺塔上，本無其事。」[21]其實，即使後來明人的講史小說《楊家府演義》和對後世戲劇影響很大的《北宋志傳》，也未提及此事。[22]可見，雜劇在整體上採用傳說時，只要它符合於廣義的歷史眞實，就可據之進行再創作，不必深究其人是否眞有其事。

由上，可以大致看出，如果沒有大量優秀傳說存在，許多雜劇的題材就缺乏最重要的來源之一，創作家也就無法創作出許多優秀劇作，這裏，就可以看出傳說在哺育雜劇藝術上具有特殊意義了。

---

[20] 邵曾祺選注《元人雜劇》，頁一一八—一一九。

[21] 《余嘉錫論學雜著》語，見佚名《北宋志傳》（北京：寶文堂書店，一九八〇），頁三四六轉引。按：楊業爲北宋名將，曾任建雄軍（今山西代縣）節度使，守衛北方，號稱「無敵」。太宗雍熙三年，奉命撤退，在主帥潘美和監軍王侁的錯誤指揮下，他孤軍被陷於陳家谷口（今朔縣南），重傷被俘，絕食而死，年約六十。

[22] 明無名氏著、竺少華標點《楊家府演義》（上海：上海古籍出版社，一九八五），明人講史小說，初刊於一六〇六。寫楊家將傳說的書，以明熊大木（約一五七三—一六二〇在世）《北宋志傳》影響最大。前書未提及楊業骨殖事；後書二十三回提及楊業在瓜州之戰，喪身於胡原谷，曾暫埋骸骨於李陵碑下。降宋不久的孟良獲知此事，曾偷出營寨，擬前去取回骸骨。可見，元雜劇中的傳說，不合史實。

## (二) 傳說被元雜劇吸取的情況

傳說如何分類，目下各家說法不一；而且有的種類，雜劇中極少吸取。因此，只能僅依己見，另作分類，並按雜劇實際吸取情況，作出剖述。

這一節，且就專門探討雜劇在曲詞或對白中吸取的傳說。在各種民間故事中，傳說常被廣泛地吸取到曲詞或對白裏，或獨用，或和別的民間故事兼用，被採用之多，令人吃驚。可以說，它幾乎成為雜劇語言中不可或缺的因素，其地位，就可以想見了。下面分為三項來分析之。為避免繁瑣起見，先述傳說篇名（或大致篇名），再引出劇中曲詞或對白的原句，次述出自何劇何折，非十分必要的，就不注出傳說來源。無名氏劇作，則一般省去作者名稱。

### 1. 歷史性人物傳說的吸取

這是以敍述歷史人物的事跡為中心的傳說。傳說中，對於主角的品德或行動，或贊美，或斥責，一般態度公正鮮明，也有的屬於中性，僅述其事（如某些解釋事物來源傳說），不加臧否。下面，先列舉引用傳說的篇名（或大致篇名）、劇名及折數（以數字代折，如以「一」代「第一折」；以「楔」代開頭的「楔子」；以「一後楔」代「第一折後楔子」，「二後楔」代「第二折後楔子」；餘類推），以窺概貌。原出冊數頁數，為行文簡要計，從略。

#### ① 先　秦

許由瓢：博得一個乞化的許由瓢。秦簡夫《東堂老》一。　巢由（唐堯時高士巢父、許由）：1.巢由洗是非。《博望燒屯》一。2.洗了耳覓許由。《馬陵道》二。　桀犬吠堯：桀之犬吠了帝堯。尚仲賢《單鞭奪槊》一。　宜僚弄丸：弄丸的宜僚。《隔江鬥智》二。杜康造酒：不強似你供養，那招財的杜康。馬致遠《岳陽樓》一。　知音：1.我則道是聽琴鍾子期。馬致遠《青衫淚》三。2.鍾子期訪伯牙。石子章（一二七一前後）《竹塢聽琴》二。

藍橋會：1.水淹斷了藍橋。《爭報恩》一。2.水淹藍橋。王子一（一三六八前後在世）《誤入桃源》四。3.焉能夠玉杵會藍橋。喬吉《金錢記》四。4.遲到藍橋淹了尾生。張壽卿《紅梨花》二。　莊周夢蝶：蝴蝶夢莊周。范子安《竹葉舟》二。　太公垂釣（或渭水垂釣）：1.姜子牙……八旬餘，才得把文王遇。《漁樵記》一。2.太公垂釣磻溪岸。鄭光祖《王粲登樓》一。3.姜太公下釣魚台。尚仲賢《單鞭奪槊》一。4.姜太公八十遇文王。李直夫《虎頭牌》三。5.渭水邊呂望將文王遇。《舉案齊眉》一。6.姜太公渭邊推著釣鉤。武漢臣《三戰呂布》二。7.夢非熊的姜太公。《馬陵道》一。❶　甯戚飯牛：1.甯戚空嗟白石爛。鄭光祖《王粲登樓》一。2.有一個甯戚曾歌牛角。《漁樵記》二。　百步穿楊：養由基善穿百步楊。張國賓（一二八七前後）《薛仁貴》一。　高唐神女：1.宋玉待赴著高唐。吳昌齡《東坡夢》三。2.宋玉襄王，想像高唐。關漢卿《玉鏡台》一。3.襄王一枕高唐夢。王子一（一三六八前後在世）《誤入桃源》二。　秦青善歌：秦青善歌能唱。劉唐卿（一二八三前後在世）《降桑椹》一。

蕭史弄玉吹簫：1.鳳凰台秦女吹簫。《梧桐葉》三。2.玉人在何處吹簫。康進之（一二八三前後在世）《李逵負荊》四。3.不學他簫史台邊乘風客。尚仲賢《柳毅傳書》一。　西施美貌：1.西施的妖嬈。鄭光祖《㑳梅香》一。2.西子枉傾城。關漢卿《玉鏡台》二。　3.我道你是俊俏西施。楊顯之（約一二四六前後）《瀟湘雨》四。　范蠡泛舟：1.遂范蠡一葉舟。《馬陵道》二。2.范蠡駕扁舟遊那五湖的這烟浪。《來生債》三。3.范蠡歸湖。王實甫《麗春堂》三。4.歸湖的越范蠡。馬致遠《青衫淚》三。　西施嫁范蠡：1.進西施歸湖范蠡。關漢卿《魯齋郎》二。2.五湖西子嫁鴟夷。馬致遠《青衫淚》三。　屈原投江：1.不學屈子投江。王實甫《麗春堂》三。2.怎學他屈原湘水。王子一《誤入桃源》一。3.氣的我粉臉兒三閭投汨羅。《貨郎旦》一。4.汨羅江楚三閭醉的來亂跌。宮大用《范張雞黍》二。5.笑三也波閭，楚大夫，如今這汨羅江有誰曾吊古。谷子敬《城南柳》一。❷　河伯娶婦：西門豹會投巫。《冤家債主》三。　田單火牛陣：便似佈牛陣舉火田單。《貨郎旦》四。　偉人降生瑞象說：「妾身年當二十歲……夜作一夢，夢見斗來大一塊紅光，從天降下，落在妾身房門前，滾入房內，漸漸小了，被妾身擎在手中，不由的吞入腹中，撒然驚覺，可是南柯一夢，日久漸覺腹懷有孕。」鄭光祖《伊尹耕莘》一。❸

❶ 古代姜太公傳說頗多，見衛聚賢《封神榜故事探源》上冊，（香港：偉興印務所，一九六〇，）頁五五—六四。

❶ 參考湖南人民出版社編輯、出版《屈原的傳說》，一九八一。

❸ 古代，偉人降生異象傳說很多，如《史記·五帝本紀第一》的「黃帝」一段《正義》云：「案：黃帝有熊國君……母曰附寶，之祁野，見大電繞北斗樞星，感而懷孕，二十四月而生黃帝於壽丘……生日角龍顏，有景雲之瑞……」。又：「（吳）孫堅夫人吳氏，孕而夢月入懷，已而生策，及權在孕，又夢日入懷。以告堅曰：『妾昔懷策，夢月入懷；今又夢日，何也？』堅曰：『日月者，陰陽之精，極貴之象。吾子孫其興乎？』」見晉干寶撰、汪紹楹校注《搜神記》卷十，現代陝西傳說《黃帝降生》云：附寶生黃帝時，「只見天上有道電像蛇一樣繞著北斗七星轉」，見李延軍選編《軒轅黃帝傳說故事》（西安：陝西人民美術出版社，一九八六），頁四—五。可見，雜劇中說法，是吸收了漢、三國時代的傳說。

②漢、三國

火燒連雲樓：1.便似子房燒了連雲棧。《貨郎旦》四。2.管什麼張子房燒了連雲棧。馬致遠《岳陽樓》二。　霸王（前二三二—前二〇二在世）別姬：1.別虞姬楚霸王。馬致遠《漢宮秋》三。2.別霸王自刎虞姬。關漢卿《魯齋郎》二。　項羽烏江自刎：至烏江曾棄重瞳。楊景賢《西遊記》第二本六齣。❹　昭君出塞（或昭君怨）：1.嫁單于出塞明妃。關漢卿《魯齋郎》二。2.爲你引商婦到江南，送昭君出塞北。馬致遠《青衫淚》三。3.抱著面紫檀槽彈不的昭君怨。喬吉（一二八〇—一三四五）《兩世姻緣》一。4.薄命昭君青塚恨。《碧桃花》一。❺

東海孝婦：東海曾經孝婦冤。關漢卿《竇娥冤》三。　張騫（？—前一一四）浮槎：1.乘著這浮槎而去。范子安《竹葉舟》一。2.牛斗星畔盼浮槎。馬致遠《漢宮秋》一。3.漢張騫泛浮槎探九曜星台。《來生債》三。4.張騫天上浮槎。鄭光祖《倩女離魂》二。　三國傳說：劉關張桃園結義（例句很多，詳見本項後部）。❻　劉備騎的盧躍檀溪：1.這馬跳青溪曾救蜀主。楊景賢《西遊記》第二本六齣。2.坐下的盧馬，把檀溪河也跳過去了。《黃鶴樓》一。

左慈術：左慈術踢天弄井。秦簡夫（約一三三六前後在世）《東堂夫》二。帝王特異狀貌說：1.「俺漢王（劉邦）……生得隆準龍顏，豁達大度，所居之處，常有五色祥雲，籠罩於上，小官想來，這是帝王氣象。」《氣英布》一。2.「我看劉玄德（劉備）生的目能顧耳，兩手過膝，眞有帝王儀表……只見他目睛轉盼能過耳，手臂垂來直至膝。」《隔江鬥智》二。❼

司馬相如和卓文君：1.香車私走的卓文君。喬吉《金錢記》三。2.攜文君逃走琴三尺。馬致遠《青衫淚》三。3.當壚卓氏心何愧。鄭光祖《㑳梅香》二。4.你個題詩的相如，休問我聽琴的文君。《碧桃花》一。5.效文君私奔相如。王子一《誤入桃源》二。6.本彈的是一曲鳳求凰。

石子章《竹塢聽琴》三。7.似卓氏般當爐滌器。關漢卿《竇娥冤》二。8.莫不是漢相如作客臨邛，也待要動文君曲奏求鳳凰。李好古《張生煮海》一。9.又不是卓文君撫琴悲。《舉案齊眉》二。

司馬相如題橋：1.有志題橋漢司馬。張壽卿（一二七一前後）《紅梨花》一。2.他又不曾昇仙橋題柱。《舉案齊眉》一。3.俺秀才每比那題橋人無那五陵豪氣。關漢卿《蝴蝶夢》三。

三顧茅廬：再誰承望三顧茅廬。馬致遠《薦福碑》一。

③ 晉至元

周處（?－二九七）除三害：1.周處也曾除三害。馬致遠《薦福碑》三。2.射虎的皆稱周處強。楊景賢《西遊記》第一本一齣。

石崇（二四九－三〇〇）送窮：1.我不比那晉石崇送窮船葬萬頃波瀾。《來生債》三。2.怎比的他石崇家誇金谷。《漁樵記》一。

李白（七

---

❹ 現代仍流傳項羽、虞姬傳說，見浙江人民出版社編輯、出版《楚漢名人傳說》（杭州，一九八七）。

❺ 王昭君：西漢人。元帝時被選入宮，竟寧元年，匈奴呼韓邪單于入朝求和親，她自請嫁匈奴。參吳一虹等編《王昭君傳說》（蘭州：甘肅人民出版社，一九八三）。

❻ 至今民間三國傳說頗多。講及人物有諸葛亮、劉備、關羽、張飛、周倉、趙雲、龐統、孫權、魯肅、曹操、司馬懿等。見浙江文藝出版社編輯、出版《三國名人傳說》，一九八四。又：湖北咸寧地區群衆藝術館編印有《三國故事傳說》，一九八三。

❼ 元無名氏《三國志平話》：「說起一人，姓劉名備，字玄德……生得龍準鳳目，禹背湯肩，身長七尺五寸，垂手過膝，語言喜怒不形於色，好結英豪……關（公）、張（飛）二人見德公生得狀貌非俗，有千般說不盡底福氣。」（上海古典文學出版社版，一九五五）頁一一－一二上三段劇詞當來自上引一段之類的文字。

〇一—七六二）嚇蠻書❽：1.書嚇南蠻。鄭光祖《王粲登樓》一。2.李白醉寫平蠻稿。鄭光祖《倩女離魂》二。3.當日嚇蠻書。關漢卿《玉鏡台》四。　李白摸月❾：1.李白捫月在江心喪。馬致遠《岳陽樓》一。2.我勝似泥塑來的投江太白。武漢臣《玉壺春》三。　包公（宋包拯，九九九—一〇六二）：1.開封府包龍圖。《陳州糶米》一。2.包待制白日裏斷陽間，他也會夜斷陰司路。《冤家債主》三。3.告你個葫蘆提的包待制。李致遠《還牢末》一。

水滸人物、楊家將人物、西遊記人物，在宋元傳說中，流傳頗多，和明後被寫進三部小說中的，多少有別。❿聊引數例於下。

水滸人物：宋江、關勝、花榮、徐寧。《爭報恩》一。　梁山好漢：謝得你梁山泊上多忠義。同前。　李逵、宋江、吳用。《李逵負荊》一至四。　李逵、宋江、吳學究。高文秀《黑旋風》一至四。　燕青，李文蔚《燕青博魚》一至四。　梁山泊：1.我不向梁山泊裏東路，我則拖的你去開封府的南衙。同前劇，一。2.半席地恰便似八百里梁山泊，抵多少月黑風高。秦簡夫《東堂老》一。

楊家將人物：1.普天下那一個不識的他是楊無敵。《謝金吾》三。2.楊六郎、佘太君、焦贊。同前劇，楔至四。3.楊六郎、七郎。《昊天塔》各折。

西遊記人物：各種重要角色，均見楊景賢《西遊記》各本。　唐三藏：走不了你個撮合山師傅唐三藏。康進之《李逵負荊》二。　李靖：恰便似托塔李天王下兜率臨凡世。武漢臣《三戰呂布》三。　那吒：1.你這無端弟子恰便似惡那吒。楊顯之《酷寒亭》一。2.可可的與那個惡那吒打個撞見。關漢卿《魯齋郎》一。　二郎神：比及問五陵人，先頂禮二郎神。李文蔚《燕青博魚》二。　（引用的人物極多，不再舉。）

以上所引劇句並不完全，已足以證明吸取歷史性人物傳說之多了。

下面，只能舉幾個劇作的句子爲例子，試行剖析劇作者運用傳說是何等別具匠心！

關漢卿《竇娥冤》三折，竇娥唱〈一煞〉：

---

⑧ 李白嚇蠻書：不見於唐人筆記及史書。元散曲、雜劇中常用，大概是金元間傳說，《李謫仙醉草嚇蠻書》疑是據元代傳說寫定。見明馮夢龍《警世通言》（台北：文化圖書公司，一九七九），頁八三—九四。

⑨ 捉月沉江：「世俗多言李太白在當塗采石，因醉泛舟於江，見月影俯而取之，遂溺死，故其地有捉月台。」見宋洪邁《容齋隨筆》（上海：上海古籍出版社，一九七八），頁三三。宋鄧椿《畫繼》：「宋喬仲常……工雜畫，……有……《李白捉月》……等圖。」《影印文淵閣四庫全書》，冊八一三，頁五二三上。宋戴昺《東野農歌集．五松山太白祠堂詩》：「 捉月仙水呼不醒」，見前書，冊一一七八，頁七〇二下。元辛文房《唐才子傳．李白》：「白晚節好黃老，度牛渚磯，乘醉捉月，遂沉水中。」見前書，冊四五一，頁四二一上。今南京秦淮區仍有《李太白跳月》，大意說：李白趁酒興，在南京文德橋上走，忽見月亮掉在河裏，就跳下去，水中月亮即剖成兩半個。見祁連休編《歷代文學藝術家的傳說》（上海：上海文藝出版社，一九八一），頁六四—六五。

⑩ 水滸人物：水滸戲中的人物，和元代流傳的大量傳說有關。楊憲益說：「水滸的故事發源地却似乎是杭州……（胡適）考證過元曲裏的《水滸》故事是江淮以北的另外一些民間故事，與施（耐庵）本《水滸傳》內容不同……元曲裏的水滸故事，則大多來自京東和太行（山）一帶，與《水滸傳》裏的故事不同。」見楊著《零墨新箋》（上海：中華書局，一九四六），頁九二—九五。至今民間仍流傳水滸口頭傳說，見徐華龍編《水滸英雄外傳》（杭州：浙江人民出版社，一九八五）。又：王少堂口述、孫龍父等整理《揚州評話水滸．宋江》（淮陰：江蘇人民出版社，一九八五），即以大量水滸故事加工創作而成。　楊家將人物：至今仍盛傳楊六郎、楊文廣、穆桂英等傳說，見趙福和等整理《楊六郎威鎮三關口》（石家莊：河北人民出版社，一九八四）。西遊記人物：至今仍盛傳西遊記人物傳說，見陳民牛選編《西遊記外傳》（杭州：浙江人民出版社，一九八六）。

……不知皇天也肯從人願。做什麼三年不見甘霖降，也只爲東海曾經孝婦冤……⑪例一。

馬致遠《青衫淚》四折，興奴上唱《快活三》：

……他便似莽張騫天上泛浮槎，可原來不曾到黃泉下。⑫例二。

例一「東海孝婦」傳說的原意是敍東漢寡婦周青，對婆婆很孝順，後來她因事自縊而死，周青被姑女誣告，是她殺死；受刑前，立誓於衆：我如有罪，甘願被殺，血順著車上十丈竹竿流下；若枉死，血當倒流上竿。行刑後，血果倒流，以後，東海一帶三年枯旱，其後丁公替她雪了冤，才下雨。傳說中周青的遭遇，和元代少年寡婦竇娥被誣告殺死公公而受刑逼肖（至少也可說十分相似），因之作者借此爲平民耳熟的典故，以使後者自況，就加深了她控訴當時社會吏治黑暗，表達了善良婦女受盡摧殘的痛苦。例二是演托終身給白居易侍郎的妓女裴興奴，被「假信」欺騙，說白氏已死，又被老虔婆硬逼嫁與江西茶客。她十分難過，某夜在船上彈過琵琶後，忽在無意間見到了白，便唱上引曲詞。其上句的「張騫天上泛浮槎」，也不過是借西漢張騫傳說爲喻，述說白侍郎飄泊遠方，行蹤難測。下句說見他未死，無比興奮。前例竇娥以傳說自況，後例興奴以傳說喻人。各能切合劇中人物的身份、性格，同時增強了戲劇語言的民間文學色彩，妙甚！

又如：東漢劉備（一六一—二二三）、關公（？二一九）、張飛（？—二二一）桃園三結義傳說，在雜劇中很常用。如：《博望燒屯》一折，劉備云：

……俺（劉、關、張）三人結義在桃園，宰白馬祭天，殺烏牛祭地，不求同日生，只願當日死。

和這幾句幾乎字字相同的話，也出現於關漢卿《單刀會》三折關公的道白，武漢臣《三戰呂布》

一折劉備領卒子上的道白，和無名氏《千里獨行》二折正旦對關公所唱《紅芍藥》曲詞中，這是在劉、關、張自述或別人針對他們之中一人時說的，都是作爲正面英雄人物之用，也各能符合說者的性格，各極其妙。

同時，這篇傳說也被劇作家巧妙運用，用來刻劃互相勾結的反面人物，作爲比喻語。如無名氏《殺狗勸夫》二折，孫大員外特邀兩個會騙吃喝的酒肉朋友，同到了謝家樓上，擺下酒席「酘一酘」（注：酘以喝酒醫酒病）。自己時，柳隆卿、胡子轉說：

哥哥！咱三人結義做兄弟，似劉、關、張一般，只願同日死，不願同日生，兄弟有難哥哥救，哥哥有難兄弟救，做一個生死文書。（孫大云）：兩個兄弟說的是。

---

⓫按《東海孝婦》：大意說漢代東海一孝婦被太守誣殺，蒙冤而死，於是郡中枯旱三年，後于公辯其冤，殺牛祭孝婦冢，表其墓，天立大雨。歲熟，郡中以此大敬于公。見東漢班固《漢書》卷七一《于定國傳》。又《搜神記》（同注❻），卷一一，二百九十條《東海孝婦》，意思更豐富，有近似關劇處，當亦被吸取。

⓬《泛浮槎》：「舊說云天河與海通。近世有人居海渚者，年年八月有浮槎去來，不失期，人有奇志，立飛閣於槎上，多齎糧，乘槎而去。十餘日猶觀星月日辰，自後茫茫忽忽亦不覺晝夜。去十餘日奄至一處，有城郭狀，屋舍甚嚴。遙望宮中多織婦，見一丈夫牽牛渚次飲之。牽牛人乃驚問曰：『何由至此？』此人具說來意，并問此是何處，答曰：君還至蜀郡訪嚴君平則知之。竟不上岸，因還如期。後至蜀，問君平，曰：『某年月日有客星犯牽牛宿。』計年月，正是此人到天河時也。」見晉張華著、范寧校證《博物志校證》（北京：中華書局，一九八〇），頁一一一。按：南朝梁宗懍《荊楚歲時記》引此，謂此人即張騫，曾封博望侯。

這裏，三個酒肉朋友，竟然也以富有義氣的劉、關、張相比，會令人聽了覺得是一種絕妙的諷刺，很巧妙地吐露了他們的卑鄙人格。

上述雜劇所用「桃園三結義」的傳說，完全是吸取宋代《三國志平話》的傳說來的。至今，近似說法仍一直在民間流傳呢！⓭

最後，試析述對張飛傳說的吸取。他的傳說，在晚唐李商隱（八一三—八五八）詩中已提及民間有人講說。⓮說的是三國時（二二〇—二六五）曹操（一五五—二二〇）取了荊州，劉備敗於當陽（今湖北當陽東北），張飛率二十騎立於長坂坡拒追者，敵不敢近，號「萬人敵」。從宋元話本中的片段記錄看，⓯可以推知當時必有情節豐富的張飛長坂退敵傳說流傳。不少元雜劇加以吸取，並作了適當加工。如無名氏《黃鶴樓》一折，趙雲唱《金盞兒》時，劉備兒子劉封的插話有：

> 俺三叔叔張飛，十八騎人馬，在那當陽橋上，喝了一聲，橋塌三，横水逆流，諕的曹兵倒退三十里遠。……憑著俺三叔叔坐下烏騅馬，手中丈八矛，萬夫不當之勇。

關漢卿《西蜀夢》一折，在唱詞《醉中天》有：

> ……當陽橋喝回曹孟德……

對於張飛傳說，在引用爲典故時，前例是詳述，夾敍夾評；後例是濃縮爲單句式警句，各適應於劇中道白和曲詞的不同需要。這就見出劇作者之善於按劇情需要來巧妙地採用歷史人物傳說了。

---

⓭ 元無名氏《三國志平話》頁一二，說到劉、關、張在桃園三結義時，敍過年甲，劉最長，關爲次，飛最小，

接著說：「宰白馬祭天，殺烏牛祭地。不求同日生，只願同日死。三人同行同坐眠，誓爲兄弟。」近代仍有《桃園三結義的傳說》，見林蘭編、婁子匡校《俗文學》（台北：東方文化書局東方文叢本，一九八二），冊一，頁一二五—一二六；《三國名人傳說》，同❺，頁四九—五二《桃園稱兄》。

⓮李氏有《驕兒詩》：「或謔張飛胡，或笑鄧艾吃。」

⓯樂蘅軍編《宋元話本小說》（台北：國家出版社，一九八二）頁五《簡帖僧巧騙皇甫妻》引語有「當陽橋上張飛勇，一喝曹公百萬兵。」又頁八八《崔衙內白鷂招妖》（按：原出明馮夢龍《警世通言》）云：「看那人時，生得身長八尺，豹頭燕頷，環眼骨髭，有如一個距水斷橋張翼德。」

### 2. 虛構性人物傳說及其他傳說的吸取

虛構性人物傳說，是指以表達某種思想感情爲主，進行純粹虛構的人物傳說。即使主角有具體姓名，也往往屬於一般平民，與歷史上特定的名人無涉。下面，先分爲五小類來介紹它被廣泛地用爲掌故的概況。引例方式同前項。

①情愛人物傳說

這主要是反映少男少女或已婚夫婦之間的愛慕或堅貞愛情的傳說，其主要人物大多是虛構的，即非虛構，也和其眞史不同。這種傳說，被引用爲典故的很多，有的被引用十多次。

望夫石（望夫山）：1.准備著搭救你塊望夫石。關漢卿《救風塵》一。2.送了這望夫石的玉英。《鴛鴦被》三。3.你不去望夫石上變化身。白樸《墻頭馬上》三。4.將俺那望夫石喚下山來。武漢臣《玉壺春》三。5.把巫山錯認做望夫石。鄭光祖《倩女離魂》三。6.一上青山化血軀。關漢卿《魯齋郎》三。7.望夫石上變化身。白樸《墻頭馬上》二。8.追歡買笑望夫山。戴善夫（約一二六〇前後在世）《風光好》一。9.飛上赤山更化身。鄭挺玉《楚昭公》三。10.粉碎了望夫石。孫仲章（約一二七九前後在世）《勘頭巾》三。11.把巫山錯認做望夫石。鄭光祖《倩女離魂》三。12.依著太湖石身化望夫山。關漢卿《緋衣夢》一。13.不要你桂英化做一塊望夫石。《百花亭》四。14.險化做望夫石。王實甫《西廂記》第四本二折。

孟姜女送寒衣（或「哭長城」）：1.送千里寒衣女孟姜。李致遠（一三三六—一三四〇）《還牢末》三。2.你是那孟姜女千里寒衣。楊顯之（一二九八—一三〇七前後在世）《瀟湘雨》四。3.孟姜女把長城哭倒一聲哀。《漁樵記》二。4.孟姜女不索你便淚漣漣。又：你把那長城哭倒聖人宣。《漁樵記》四。5.九烈三貞孟姜女。鄭廷玉（約一二五一前後在世）《後庭花》一。6.便恰似孟姜女送寒衣。賈仲名（一三四三—一四二三）《對玉梳》。7.昨來個那堝兒裏殺壞了范杞梁，今日個這堝兒裏沒亂殺你女孟姜。武漢臣（約一二五一前後在世）《生金閣》二。8.哪裏有奔喪處哭倒長城。關漢卿《竇娥冤》二。又：千里送寒衣。同前。9.當日范杞良築在長城內，乾迤逗的箇姜女送寒衣。馬致遠《任風子》三。10.學那曹娥女哭長城送寒衣孟姜。《小張屠》一。11.我前背殺你，大古裏孟姜女不殺了要怎末哥。《替殺妻》。

董永與天孫（牛郎織女）：1.當日那天孫和董永曾把瓊梭弄。吳昌齡《張天師》一。2.當日個七個女思凡養著俺這秀才。馬致遠《薦福牌》三。3.銀漢水兩分開，委實這烏鵲橋邊女，捨不的斗牛星畔客。白樸《墻頭馬上》二。4.若得賀氏逢王煥，便似織女見牽牛。《百花亭》二。

乞巧：你若是到七月七，那其間乞巧的，將你做一家兒燕喜。孟漢卿《魔合羅》四。

梁山伯與祝英台：1.這梁山伯也不要戀你祝英台。《漁樵記》二。2.也不唱梁山伯，也不唱祝英台，只唱那娶小婦的長安李秀才。《貨郎旦》四。

②小說、戲曲人物傳說

在唐代傳奇中，李公佐（七七〇—八五〇）有《南柯太守傳》，說淳于棼夢中當了槐安國駙馬和南柯太守，後和外國交戰失敗，公主逝世，終被遣出國；醒後大悟人生的虛幻。它被濃縮成「南柯夢」或「槐安夢」。遂有：1.怎做一枕夢南柯。《賺蒯通》三。2.南柯夢，說甚軍功。《小尉遲》一。3.都只爲半張字紙，却做了一枕槐安。馬致遠《岳陽樓》二。4.覷了這沒下稍的枯楊成何用，想你那南柯則是一夢。谷子敬《城南柳》二。5.打開這槐安路，把一枕南柯省悟。范子安《竹葉舟》一。6.思昏昏恰便似一枕槐安。楊景賢《西遊記》第四本十五齣。7.幾時再得相逢，則除是南柯夢兒裏。關漢卿《魯齋郎》二。　沈既濟（約七五〇—八〇〇）的《枕中記》，說落魄少年盧生，在邯鄲逆旅借了道士呂翁青枕入夢，歷盡出將入相榮華生活，驚醒時還未到蒸熟一頓黃粱飯工夫。這和前篇一樣，均以象徵法揭示封建社會富貴功名之變幻無常，有力地諷刺了熱中利祿者。由於廣泛流傳，也常成爲雜劇中採用的典故，它已被濃縮成「黃粱夢」或「黃粱」一詞了。如：1.驚的那夢莊周蝶飛去，尚古自蒸黃粱鍋未滾。馬致遠《陳摶高臥》一。2.曾夢黃粱一晌滾湯鍋，覺來時早五十載暗消磨。范子安《竹葉舟》四。

在宋人小說中，李石（約一一六二前後在世）曾記古傳說：「昔有一人好道，而不知求道之方，惟朝夕拜跪一枯樹，輒云乞長生，如此二十八年不倦，枯樹一旦忽生華（花），華又有汁，甜如蜜，有人教令食之，遂取此華及汁並食之，食訖即仙。」這已被濃縮爲「枯樹生花」。❶如：更勝如枯樹花開。關漢卿《蝴蝶夢》四。

---

❶《續博物志》，卷七。

有幾本元雜劇因當時流傳廣泛，劇名也成了人人易懂的術語，被當時或稍後劇作家採用爲民間典故。如李好古有《張生煮海》，遂有；1.一個張生煮滾東洋大海，却待要宴瑤池七夕會。白樸《墻頭馬上》一。2.我不曾學了煮海張生怪，我腹懷錦繡，劍揮星斗，胸捲江淮。馬致遠《薦福碑》三。關漢卿有《竇娥冤》，遂有：1.教我空捱那沒程限的竇娥冤。馬致遠《青衫泪》二。2.這的是霜降始知節婦苦，雪飛方表竇娥冤。孟漢卿《魔合羅》三。

尙仲賢有《柳毅傳書》，遂有：這秀才每都不荒唐，偏那洞庭湖柳毅傳書。戴善夫《風光好》。馬致遠有《三醉岳陽樓》，遂有：俺呵曾經三醉岳陽樓。踏罡風吹上碧云遊。范子安《竹葉舟》二。

王實甫《西廂記》在民間影響尤深，故劇中人物崔鶯鶯、張君瑞、紅娘、鄭恒、孫飛虎、白馬將軍、惠明僧被別的雜劇引用。如：1.莫不是崔鶯鶯害了你這張君瑞。吳昌齡《張天師》二。2.今日遠鄉了君瑞，逃走了紅娘，單撇下個鶯鶯。《鴛鴦被》三。3.毒心也那鄭恒。同前。4.似鶯鶯暗約張生。王子一《誤入桃源》二。5.我比待月鶯鶯不姓崔。曾瑞卿《留鞋記》一。6.俺那崔氏女正紅愁綠慘，你個張君瑞待面北眉南，著我老紅娘將兩下裏做一擔擔。賈仲名《蕭淑蘭》二。7.兀的不是把河橋的孫飛虎搶鶯鶯，今日個大人呵做了白馬將，我玉蘭呵倒做了惠明僧，賊精，看你那裏逃生。《馮玉蘭》四。8.那孫飛虎聲名大，小紅娘識見低，閃的我張君瑞自驚疑，天也知他這普救寺鶯鶯在那裏。《百花亭》三。

③　仙佛人物傳說

「金國（一一一五—一二三四）崇重道教、釋教，佔有中州（注：黃河流域）後，燕南燕北亦皆有之。」❷元代爲蒙古族人入主中國，由於太祖成吉思汗（一一六二—一二二七）的眷寵，在極端黑暗的社會中，全眞教第二代祖師丘處機（一一四八—一二二七）於公元一二二二年二謁太祖；次年得到了「管理天下出家善人」的特權。他廣招信徒，於是此教派得到了全盛，又加上「太祖起朔方時，已崇尙釋教」，❸早有過對各宗教一律平等待遇寬容的主張，故釋道等教盛行。因之，元雜劇就常採用仙佛人物傳說中的主要角色，如：

仙道人物傳說——八仙：❹八仙是民間喜愛的八位吉神，元代仍有異說，個別人名不固定，到明中葉才被確定爲鐵拐李、漢鍾離、呂洞賓、張果老、何仙姑（或作徐神翁）、韓湘子、曹國舅、藍采和。以《元曲選》爲例，有八仙登場者不少。如岳伯川（一二七九前後在世）《鐵拐李》、馬致遠《岳陽樓》、范子安《竹葉舟》、賈仲名《金安壽》、谷子敬《城南柳》等。且看一個例子：「這個是攜一條鐵拐入仙鄉，這個是袖三卷金書出建章，這個是敲數聲檀板游方丈，這個是倒騎驢登盒上蒼，這個是提笊籬不認椒房，這個是背葫蘆的神通大，這個是種牡丹的名姓香，貧道因度柳呵道號純陽。」谷子敬《城南柳》四。共八句，按形貌、行蹤不同，

---

❷ 宋宇文懋昭撰《大金國志校證》卷三六。

❸ 明陳邦瞻原編、臧懋循補釋《元史紀事本末》（台北：台灣商務印書館，一九五六），卷一八，頁一二一。

❹ 八仙：歷史上實各有其人，但其出處，多難有確考。今之八仙爲：李鐵拐、漢鍾離、呂洞賓、張果老、曹國舅、韓湘子、藍采和、何仙姑。其次序可隨便定，其得道先後和師承關係，皆是虛構。近人浦江清對八仙的起源、形成及流傳情況，有過詳盡考證。見呂叔湘編集《浦江青文錄》（北京：人民文學出版社，一九五八），頁一—四六。呂洪年有《略論八仙傳說》，見呂編《八仙的傳說》（長沙：湖南人民出版社，一九八五）頁一—一三。又浙江文藝出版社編輯、出版《八仙的故事》（杭州：一九八三）。

依次是鐵拐李、漢鍾離、藍采和、張果老、曹國舅、徐神翁、韓湘子、呂洞賓。　劉晨、阮肇天台遇仙女：1.王子一《誤入桃源》、賈仲名《昇仙夢》均全劇敍其事。2.漢劉郎誤入天台。鄭光祖《㑳梅香》四。3.漢劉郎誤訪桃源洞。谷子敬《城南柳》二。　王子喬：1.山中七日，世上千年。興亡不管，生死無憂。楊景賢《劉行首》四。2.你可什麼王子喬。康進之《李逵負荊》三。　許飛瓊：1.疑是天上許飛瓊。喬吉《揚州夢》四。2勝似那天上許飛瓊。李好古《張生煮海》一。　九天仙女：九天女鼓風驅造化。馬致遠《黃粱夢》三。　太上老君：李老君推番煉鐵爐。《昊天塔》三。　葛洪：葛仙翁採丹砂入洞府。范子安《竹葉舟》一。

赤松子：張子房追赤松別帝都。同前。　湘妃：湘娥般灑淚痕。張壽卿（約一二七九前後在世）《紅梨花》三。　巫娥：撇下這巫娥美貌難禁。楊景賢《西遊記》第四本十三齣。

洛神：描來的洛浦神仙。武漢臣《玉壺春》三。

鬼谷子：知六壬的鬼谷。《桃花女》三。　廣成子、東華仙：廣成子長生詩句，東華仙看定婚書。李好古《張生煮海》四。　安期生：尋安期，訪葛洪。賈仲名《金安壽》一。瑤池仙子：便有瑤池仙子無心覷。關漢卿《玉鏡台》三。　費長房：1.費長房縮地來學。楊景賢《西遊記》第二本九齣。2.你覷當，更懸壺的長房。馬致遠《岳陽樓》一。　蕭史、弄玉吹簫：玉人何處吹簫。康進之《李逵負荊》三。　千里眼、順風耳：千里眼離婁疾，順風耳師曠休遲。楊景賢《西遊記》三本十一齣。　玉皇大帝：偷靈丹老子怎近他，盜蟠桃玉皇難奈何。楊景賢《西遊記》第五本十九齣。　南極星：吾乃南極老人長眉仙是也，居南極之位，東華之上。賈仲名《昇仙夢》一。　鍾馗：1.這應夢的鍾馗。《盆兒鬼》三。2那裏發付你個綠袍槐簡的鍾馗。關漢卿《陳母教子》三。　海龍王：❺1.他杖著條過頭杖，恰便似老海王。馬致遠《岳陽樓》一。2.誰承望老龍王劈破面皮。馬致遠《薦福碑》四。3.待著他水晶宮裏龍王放一會兒解，這一場我直撲殺他魚鼈和那蝦蟹。《來生債》三。

佛教人物傳說——活佛：1.便活佛也惱下了蓮台。喬吉《兩世姻緣》四。2.便是那釋迦如來，被這廝惱下蓮台。《獨角牛》二。　觀世音：妙法蓮花經，觀世音菩薩。《百花亭》一。阿鼻地獄：阿鼻地獄天來大。《看錢奴》一。望鄉台：哭啼啼守住望鄉台。關漢卿《竇娥冤》四。　諕魂台：如上諕魂台。康進之《李逵負荊》四。　攝魂台：似上攝魂台。《抱粧盒》二。　鬼門關：把岳陽樓翻做鬼門關。馬致遠《岳陽樓》二。　生死輪迴：1.人生死是輪迴。關漢卿《竇娥冤》二。2.不打入六道輪迴轉，又轉著平地昇天。《來生債》四。鬼魂過油鑊：2.你無常到九泉，只願火煉了你教鑊湯滾滾煎煎，碓搗罷教牛頭磨磨研。馬致遠：《青衫淚》二。2.又要將蒯徹烹入九鼎油鑊。《賺蒯通》四。3.造業極多，褻瀆大罪神仙，牛頭馬面，燒起九鼎油鑊。岳伯川《鐵拐李》楔。　祆廟火：祆廟火烟飛浩蕩。鄭光祖《㑳梅香》三。

④　孝道人物傳說

這是宣揚爲統治者利益服務的孝道思想的人物傳說。最著名者如：郭巨埋兒、明達賣子：1.俺倒不如郭巨埋兒，也強似明達賣子。《看錢奴》四。2.我也甘心做郭巨埋兒。關漢卿《蝴蝶夢》一。　孟宗哭笋：說甚的孟宗哭笋。《哭昊天塔》二。　丁蘭刻木：丁蘭刻木圖畫在丹青上。《小張屠》楔。　王祥臥冰：孝順似那王祥臥冰。關漢卿《陳母教子》四。

---

❺ 海龍王：在中國，也有人當傳說人物或童話人物，姑置於此。

⑤　動植物傳說

這是講述一種動物或植物的傳說，故事性強弱不一。有的僅僅是對該物類的簡介，不一定有人物出現。姑附置在此大類中。先看動物類。子規聲：子規聲好教人恨。喬吉《金錢記》一。杜宇：那綠楊影裏聽杜宇，一聲聲道不如歸去。王實甫《西廂記》第五本四折。　比目魚：打的那比目魚切鱠尙嫌腥。石君寶（約一二六〇前後在世）《曲江池》三。比目鴛鴦：比目鴛鴦天生可羡。賈仲名《對玉梳》四。　鴛鴦、比翼鳥：水養成交鵁鴛，天生下比翼鳥。賈仲名《金安壽》二。　鯉魚躍龍門：1.待躍錦鱗，過禹門，才是俺男兒發憤。《合同文字》二。2.魚躍龍門播海涯。鄭光祖《倩女離魂》二。3.怎生便都能夠跳龍門。關漢卿《蝴蝶夢》楔。

再看植物類。連理枝：暗結春風連理枝。《隔江鬥智》一。　並頭蓮：恰便似並蒂蓮一處載。《金安壽》四。　斑竹、湘妃竹：1.誰許你灑淚去滴成斑竹。楊顯之《瀟湘雨》四。2.空教我淚灑徧湘江竹。關漢卿《魯齋郎》三。3.淚灑的珊珊翠竹染成斑。關漢卿《望江亭》一。

再看動植礦物綜合類。比目魚、荊山玉、比翼鳥、連枝樹：不想這火中生比目魚，石內長荊山玉，天邊有比翼鳥，地上出連枝樹。李好古《張生煮海》四。

⑥　其他傳說

這一小類，有的可歸入以上有關類別，但爲了突其中某一點意思，故置於此。

有關地域的。昇仙橋：昇仙橋上副做骷髏。喬吉《金錢記》三。　撮合山：撮合山錯了眼光。馬致遠《陳摶高臥》四。　桃源洞：1.訪天台誤入桃源洞。王實甫《麗春堂》一。2.武陵溪畔曾相識。關漢卿《救風塵》三。3.再休題誤入桃源洞。李好古《張生煮海》一。𧮰摩天：總饒趕上𧮰摩天，教他無處相尋覓。關漢卿《魯齋郎》楔。　巫山十二峰：1.夢上他巫山十二峰。王子一《誤入桃源》二。2.只在這滄海三千丈，險似那巫山十二峰。李好古《張生煮海》一。　離恨天：三十三天覷了，離恨天最高。　兜率宮、靈虛殿：牌面上青書篆著的是兜率宮，門額金字鐫著的是靈虛殿。《來生債》四。　盜泉：不飲盜泉餘。秦簡夫（約一三二六前後在世）《趙禮讓肥》四。　捨身崖：夫人自跳下捨身崖。馬致遠《黃粱夢》二。　枉死城：放我出了枉死城。《昊天塔》一。　楚陽台：兀那座讀書座，須不是楚陽台。吳昌齡《張天師》四。

有關用物或食品的。連環玉：轆軸上也打不出那連環玉。石君寶《秋胡戲妻》三。　長壽酒：飲的這長壽酒。張壽卿《紅梨花》二。　端溪硯：龍蛇影動端溪硯。喬吉《金錢配》二。　鮫綃帕：1.我特來塡還你這淚搵濕鮫綃帕。馬致遠《漢宮秋》一。2.妾有冰蠶織就絞綃帕，權爲信物。李好古《張生煮海》一。　太阿劍：1.這劍可不元是我的，想當日跟著哥哥打圍獵射，在那官道傍邊，衆人都看見，一條大蟒蛇攔路，我走到眼前，並無蟒蛇，可是一口太阿寶劍。康進之《李逵負荊》四。

採用上述傳說，並不限於一篇獨用，也可把兩三篇、甚至一連串地濃縮成掌故詞，使之如走馬燈般，不斷在眼前展開；如用的恰切，就能把角色的內心感情呈示的更具體化，極饒民間情趣，也收到了強烈的抒情效果，這裏就不舉例了。

最後，我再以五個雜劇活用《孟姜女》爲例，剖析一下劇作家吸取這類傳說的創造性和重大藝術意義。

孟姜女傳說，是中國傳統四大民間故事之一。它的淵源很早，流傳至唐代，和今天一樣的故事輪廓已大致完備。《琱玉集》卷十二引《同賢記》原文是：「杞良，秦始皇時北築長城，避苦逃走。因入孟超後園樹上，超女仲姿浴於池中，仰見杞良而喚之。問曰：『君是何人？因何在此？』對曰：『吾姓杞，名良，是燕人也。但以從役而築長城，不堪辛苦，遂逃於此。』仲姿曰：『請爲君妻。』良曰：『娘子生於長者，處在深宮，容貌豔麗，焉爲役人之匹？』仲姿曰：『女人之體不得再見丈夫，君勿辭也。』遂以狀陳父而父許之。夫婦禮畢，良往作所，主典怒其逃走，乃打煞之，并築城內。超不知死，遣僕欲往代之。聞良已死，并築城中。仲姿既知，悲哽而往，向城號哭。其城當面一時崩倒，死人白骨交橫，莫知孰是。仲姿及刺指血以滴白骨，去（云）：『若是杞梁骨者，血可流入。』即瀝血，果至良骸，血徑流入。便將歸葬之也』。❻此篇除未記及孟姜女名字外，與現代口傳的已無大差別。又唐敦煌曲子《搗練子》有：「孟姜女，杞梁妻，一去燕山更不歸。造得寒衣無人送，不免自家送征衣。……」❼又據魏建功說，故事中的「杞梁（良）」，到宋元時期已有變成「范杞梁」的。❽五代馬縞（約九二三—九二八前後在世）在《中華古今注》云：「杞殖妻……乃抗聲長哭，長城感之而頹，遂投水而死。」總之，這是一篇悠久的典型傳說。其主旨是兩方面的：一是孟姜女哭倒了秦代的萬里長城，反映了她反暴政、反徭役的頑強意志、精神；二是她由南方往千里外的燕山送寒衣，反映了對丈夫高度堅貞的愛情。在元雜劇中，這傳說被運用了十二次，可見它影響之深遠。它往往只被選其某一方面的意義，作出縮寫，然後吸取入劇句中，如無名氏《漁樵記》二折，敘述朱買臣妻子逼他寫休書，他勸她等一下，並說以後他如做了官，她便是「夫人縣君娘子」，她不聽，於是他叫她要學習一個古人，唱《快活三》道：

……你怎不學孟姜女把長城哭倒也則一聲哀，你則管哩便胡言亂語將我廝花白（注：來譏諷）……

這是提出要妻子如孟姜女哭倒長城般，絕對忠貞於丈夫，絕不能離婚；現在，她要索取「休書」，就不合婦道，是對夫道的強烈諷刺！言外，反映了朱買臣要求妻子具有「從一而終」的封建婚姻觀念。以古代孟姜之忠貞，和今日妻子之不忠貞，作鮮明對比。這顯示了當時他出於無可奈何，唯望妻子不要離去的複雜心情。這是很符合劇情發展需要的寫法。

---

❻ 孟姜女，最早之記載作「杞梁」。春秋時，左丘明著《左傳》襄公二十三年傳，記及杞梁從齊侯襲莒而死。齊侯歸，遇杞良妻。這是公元前五四九年的事，乃此類傳說最早的骨幹。後來在流傳中，又不斷豐富、發展。至唐，已如《同賢記》所記。鍾敬文認為：《同賢記》不見於歷來書目，《琱玉集》是殘卷，在盛唐時已東渡日本；又根據它的引書，可確定它於南北朝到隋代或初唐著成。見顧頡剛等著《孟姜女故事論文集》（北京：中國民間文藝出版社，一九八四），頁一〇二。《同賢記》見清黎庶昌輯刊《古逸叢書》（刊於日本東京使署；影印舊鈔卷子線裝本，一八八四），冊四三《琱玉集》卷一二《感應》。按：原書無頁碼。

❼ 袁著《中國神話傳說詞典》（香港：商務印書館香港分館，一九八六），頁二六二亦可參看。

❽ 顧頡剛等著《孟姜女故事論文集》，頁四五。

馬致遠《任風子》三折，寫至操刀的屠戶任屠已出了家，妻子找到他後，死勸他回家，他却堅決拒絕，唱《石榴花》：

……哎！你……直尋到這搭兒田地，想當日范杞良築在長城內，乾迤逗（注：牽帶）的個姜女送寒衣。

這裏，任屠說，我是丈夫，現在已出了家。累及妻子，有似當年孟姜女到千里外，追尋築城受苦的丈夫范杞良一樣，這僅僅是通過孟姜女藉以說明妻子對己死纏不休十分可厭這一點，雖然違反了原意，但這對烘托當時的戲劇氣氛和刻劃人物性格，也是切合的。

武漢臣《生金閣》三折，寫至權豪勢要龐衙內硬是無理地把書生郭成鎖在馬房裏，讓他的渾家不知下落，又叫一個老婦人去強勸她和自己成親時，她爲了表示反抗，唱了《鬼三台》：

……你道他昨來個那堝兒裏殺壞了范杞良，今日個這堝兒裏沒亂殺你女孟姜，你待要叫屈聲冤，姐姐也誰敢便收詞接狀。

這裏，是全用傳說中兩個人物自比：由第一句推知元代孟姜女故事，已有范郎被「斬殺」傳說，姓氏變成了「范杞」二字。❾以善良的范杞良比丈夫，以堅貞的孟姜女比自己。聯繫末二句，便反映了女主角的夫妻恩愛之深，與她對權豪勢要的侮辱者的頑強反抗性格，因引傳說作比，使兩個角色的性格更鮮明，也更民間化了。

關漢卿在《竇娥冤》二折，寫到主角竇娥看見婆婆和孛老（流氓張老漢）互讓吃羊肚湯時，很氣憤，唱了《賀新郎》：

……怎不記舊日夫妻情意，也曾有百縱千隨？婆婆也，你莫不爲黃金浮世寶，白髮故人稀，因此上把舊情全不比新知契？則待要百年同墓穴，那裏肯千里送寒衣。

這段曲詞，初時用對比法來抒情，先婉責婆婆全忘了和先夫相好之情，再諷刺她今天老了，還要再嫁，太不知羞。以下「因此」二句進而責備她竟想與新人流氓張老漢百年偕老；到了「那裏」句，再諷刺她全忘了死去的前夫太不應該。這是反《孟姜女送寒衣》的原意而用之，並不襲用其正面詞意，而是改造了原意，使更切合人物性格。這是一種另創新意的寫法。到了末二句，又採用對偶句，也很巧妙。這些，都見出活用傳說，使它在劇詞中得到了新的活力。

鄭廷玉在《後庭花》二折，寫至酒徒李順誤聽了妻子詭計，把被廉訪使趙忠收在手下的小娘子母女倆放走，並把她的首飾頭面，騙到了手，可以自己賣錢，便唱《梁州第七》：

……來來來，我也有成敗榮枯。（帶云）我來到後巷裏舞一回咱。（做舞科）（唱）自歌，自舞，那些兒教我心寬處，倚仗著花朵般好媳婦，說什麼九烈三貞孟姜女，他可也不比其餘。

這裏，酒徒李順依從妻子詭計，把首飾頭面（金釵）騙到手後，又歌又舞，得意忘形，還說即使具有高度節操貞烈的孟姜女，也難於比美自己的漂亮妻子那麼聰明，他性格中的狂態和沾沾自喜的氣色，活現眼前。曲詞把孟姜女的節烈情狀，特意誇大，是對傳說人物某方面品性的著意渲染，這也是創造性的運用，使人物的狡猾性格刻劃的更突出了。

以上，僅舉五例，已足以看出這類傳說，一到了劇作家的筆下，就往往被相應地按戲劇環境、人物性格的特定要求，從各方面作出靈活的運用，既吸原故事中的有益成分，又賦予新意，使它得到新的藝術生命，因而使古老的傳說，起到了古爲今用、推陳出新的作用。

⑨ 顧頡剛《孟姜女故事研究》一文語，同《孟姜女故事論文集》，頁六一。

## 3. 史實傳說化的活用

中國傳統作家文學作品的民族藝術特徵之一，喜歡引用歷史的事件或逸聞，並賦予它某種故事性、抒情性，使具有浪漫主義色彩，此種用典手法，我姑名為史實傳說化。自先秦諸子、《離騷》、漢賦、六朝駢文、傳記文學到唐人詩歌、傳奇、敦煌講唱文學、宋詞，甚至下逮萌發於北宋中葉、盛行於金代和南宋的「諸宮調」，都用此法。在元雜劇中，對這方面更有別開生面的新發展。蒙古人統治下的黑暗痛苦的元代社會生活，和複雜多變的人生世相，如光借助有幻想色彩的神話、古老傳說來表現，已是遠遠不夠。元雜劇作者絕大多數是文學修養很好而又接近下層平民的優秀作家，❶加上「所寫的故事，類多屬於市井的，即使故事不屬於市井，附帶於故事的感情，也是市井的成分居多」，❷「在原則上，雜劇不以士人階級為主要鑑賞者」，❸「聽衆，第一是平民」（吉川幸次郎語）。❹這些特點，決定了劇作者必須吸收更多的題材，採用新的創作方法，新的句式語彙，以擴大平民聽衆的視野，因此，他們就大膽創新，採用了「歷史故事」「歷史逸聞」，給予某種傳說化。如此，就既能繼承的詳細些似個小故事；有的只剩下一個故事的題旨，近似一條成語。不管怎樣，它們總蘊含著民族文化精華和民間文學質素，做到了雅俗共賞。也可以說，這是一種由雅入俗、古為今用的高明的表現手法；再者，由於歷史故事、歷史逸聞走入平民中，也促進了不少優秀的較書面化的作家文學作品向民間傳說故事轉化，從而豐富了民間口頭文學。這種新的創造，打破了純用神話、傳說的局限性，使雜劇的內容大大開拓和藝術水平大大提高了。

顯然，元雜劇作家的上述的這種新的創造，與前此一般書面作家採用艱深難懂的「死古典」

完全不同。而它在向民間普及歷史知識和進行藝術教育上，又與引用神話、傳說有同樣的良好作用。因此，可以說，這是元雜劇作家努力開拓藝術新境界的一種具有時代新精神的重大創造。

在每個雜劇作品中，這方面的例子觸目皆是，多不勝數，無法逐一引述。下面，分爲兩方面，各舉幾個例子略作介紹。

①歷史故事的傳說化

這個方法，是把史實逐一並列，借助昔日之事，以喻今日之事；借助昔日之情，以抒今日之情。有時，也可以和傳說並列，做到所謂「借古代今」、「雅俗共賞」。在雜劇創作上，有時則是暗用古人的史實故事，未有具體交代特定事件的。如：

關漢卿《魯齋郎》三折，寫至鄭州六案都孔目張珪的美貌妻子，被權勢顯赫的小官魯齋郎奪去後，一雙兒女又不知去向，魯齋郎把強奪到的銀匠渾家送給他爲妻子，他百感交集，無比難堪。最後，拋棄家產，要往華山出家，唱了《要孩兒》：

❶一般人誤認雜劇作家大多是低層人物。其實，不能一概而論，即以元前期作者而論，有些就出自高貴門第，有豐富教養。雖然，他們的官歷很低，但教養不一定低。參吉川幸次郎著、鄭清茂譯《元人雜劇研究》，頁七一—一二二。

❷同❶，頁七五。

❸同❶，頁八。

❹同❶，頁四四。

……不見浮雲世態紛紛變，秋草人情日日疎，空教我淚灑徧湘江竹，這其間心灰卓氏，乾老了相如。❺

這裏，先嘆息世態千變萬化，有如浮雲；人情淡薄衰敗，有如秋草。再述「淚灑湘江竹」，是用舜死後，二妃娥皇女英，淚灑湘江竹，成爲斑竹的傳說，❻以表示張珪失妻，悲哀至極。末二句「心灰卓氏，乾老了相如」，就是以西漢文學家司馬相如（前一七九－前一一七）、卓文君曾結爲夫妻的史實，比喻張珪夫妻，但又不全用原意，而以「心灰，乾老」來哀嘆夫妻愛情生活的結束，益見張珪自述夫妻之十分傷心。借用古人史實，加以生發，微妙地渲染、借喻目前自己的傷心事，這就是歷史故事傳說化；再加上把斑竹傳說結合起來，也就顯得「史實傳說化」的色彩更濃厚了。

另一種是明確引出古人的名字及相關事件的。這和前一種雖引古人名字，而暗引其事者有明顯的不同。如：鄭挺玉《王粲登樓》採用東漢蔡邕（一三三－一九二）和漢末王粲（一七七－二一七）爲主角，但二人所處歷史時代不相及，所敍也非特定的史實，使之組合在一起，從中可看出作者企圖虛構歷史故事，使之傳說化的巧思。就全劇來說，丞相蔡邕是善於激勵與幫助王粲去成就其事業的角色。因爲要把劇情引向深入，在一折，先故意寫丞相蔡邕對前來見他的王粲給以冷遇，之後要他說一遍有哪幾個古人曾爲窮困所逼，王粲遂唱了《寄生草》作答：

伊尹曾埋沒在耕鋤內，傳說也劬勞在版築間，有甯戚空嗟白石爛，有太公垂釣磻溪岸，有靈輒誰濟桑間飯，哀哉堪恨您小人儒，嗚呼不識俺男兒漢。❼

這裏，頭五句依次各引用了一件古人未得志時的史實：商的賢相伊尹在有莘耕過地；商王武丁的大臣傅說在傅巖做過版築工作即建築工人；春秋時甯戚餵過牛；周代呂望在渭水邊釣過魚；

春秋時靈輒在翳桑挨餓時，有人給過他飯食。而目下自己也如他們未得志時一樣，受委屈是暫時的。末二句是斥責蔡邕爲小人，沒有眼光、遠見，太不理解我王粲這個堂堂男子漢，眞是可哀可恨了。開頭用五件史實典故，在敘事時，除直說「太公垂釣」用語較平實外，以「埋沒」表惋息伊尹，「劬勞」表贊美傳說，「空嗟」表同情甯戚，「誰濟」表憐憫靈輒，五者巧妙組合，這就似連珠式小故事的串聯，含義更豐富，故事曲折，波瀾起伏，具有某種浪漫主義藝術色彩，因之，其作用就等於用五個傳說，有助於使全曲唱詞更民間化。那五個古人初時雖不得志，但最後均有很大的作爲；逐個唱來，氣魄是逐句加大，到了末尾兩句，進一步抒發斥責蔡邕卑鄙可惡之情，就更爲有力，評爲力若千鈞，並不爲過。

---

⑤ 西漢司馬相如到富商卓王孫家作客，借彈琴以表示對卓王孫新寡之女文君的愛慕，文君屛後聽琴，領會其意，遂背著卓王孫和司馬相如私奔出走。見《史記》《司馬相如傳》。

⑥ 舊題梁任昉著《述異記》：「舜南巡而葬於蒼梧之野，堯之二女娥皇、女英追之不及，相與慟哭，淚下沾竹，竹文上爲之斑斑然。」見《影印文淵閣四庫全書》，冊一〇四七，頁一〇四七—六一五上下。

⑦ 伊尹：《孟子．萬章上》九章：「伊尹耕於有莘之野，而樂堯舜之道焉。」傳說：《孟子．告之下》：「傳說舉於版築之間。」趙歧注：「傳說築傅巖，武丁舉以爲相。」甯戚：王逸《離騷》注：「甯戚，衛人……修德不用，退而商賈，宿齊東門外。桓公夜出，甯戚方飯牛而商歌，桓公聞之，知其賢，舉爲客卿，備輔佐也。」　太公：即姜太公，一名太公望，呂氏，名尙。舊題秦呂不韋《呂氏春秋．首時篇》：「太公望，東夷之土地，欲定一世而無其主，聞文王賢，故釣於渭以觀之。」　靈輒：春秋時晉國平民。「初，宣子（即趙盾，晉大臣趙衰之子）田（畋）於首山，舍於翳桑。見靈輒餓，問其病。曰：『不食三日矣。』食之，舍其半。問之，曰：『宦三年矣，未知母之存否。今近焉，請以遺之。』使盡之，而爲之簞食與肉，置諸橐以與之。」見《左傳宣公二年》。

有時，爲了敘事、議論、抒情的特別需要，把一連串（可以多至八九個乃至十多個）古人的史實，給以並列，使之傳說化，是很常見的。這種寫法，在前此的俗文學作品中，就極少見到。下面只舉一例：

無名氏《殺狗勸夫》二折，寫至正在下大雪時，爛醉的孫蟲兒說過「想起古來貧儒，也多有受苦的」後，便唱了《滾繡毬》：

> 似這雪呵教買臣懶負薪，似這雪呵教韓信怎乞食？似這雪呵鄭孔目怎生迭配（注：把犯人解送到指定地點）？昝孫康難檢書集，似這雪呵韓退之藍關外馬不前，孟浩然霸陵橋驢怎騎，似這雪呵教凍蘇秦走投無計，王子猷也索訪戴空回，似這雪呵漢袁安高眠竟日柴門閉，呂蒙正撥盡寒爐一夜灰，教窮漢每不死何爲？」❽

接著，他的獨白說：

> 這雪下的越緊了也，我待大街上去呵，風大雪緊，身上無衣難行，我打這背巷裏去，也略避些風雪。……

前段曲詞，一連用了十件史實，反複陳述十個古人也曾爲大雪所困，有力地渲染大雪嚴寒，窮漢只好等死，再用後面的道白補充，窮漢們在風雪中的處境，也只有死路一條，就易想見。如此，借用一連串古人史實爲典故，氣勢一步重一步，而角色的抒情，也一步深一步；同時也有力地推動劇情發展，這確是元雜劇新創的藝術手法之一。在雜劇中採用這種手法時，往往較扼要而明確地交代出人名及在其身上發生的事件。如「朱買臣懶負薪」、「韓信怎乞食」等等。對於未聽過這些古人名字及事跡的聽衆，也可以明白，因而聽戲興趣不衰。可見，雜劇中用歷史故事爲典故，使之具有傳說化色彩，很富有時代的創造精神。

❽ 買臣負薪：朱買臣，西漢吳縣人，好讀書。微時，家甚貧，賣薪自給，且行且讀；妻羞之，背之去。武帝時，曾任會稽太守。見《漢書》《朱買臣傳》。　韓信：漢淮陰人，漢初諸侯王，初貧甚，「釣於城下，諸母漂；有一母見信饑，飯信，竟漂數十日。信喜謂漂母曰：『吾必有以重報母。』母怒曰：『大丈夫不能自食，吾哀王孫而進食，豈望報乎？』」見《史記》《淮陰侯傳》。　鄭孔目：楊顯之《酷寒亭》演鄭州衙門把筆司吏鄭孔目（嵩）殺後妻蕭娥後，被發配到酷寒亭時，兒女曾送飯於此，時值風雪交加，寒冷無比。　孫康：「（晉）孫康家貧，常映雪讀書，清介，交游不雜。」見唐歐陽詢撰《藝文類聚》卷二。　藍關：唐韓愈曾在公元八一九年因諫阻憲宗迎佛骨，貶爲潮州刺史。途經藍關，值風雪，作一七律，有句云：「雪擁藍關馬不前。」見宋劉斧《青瑣高議・前集》，卷九《韓湘子》。　孟浩然：大約元代已有孟浩然踏雪尋梅故事流傳，在元散曲中已有採用，如馬致遠《雙調・撥不斷》：「孟襄陽（注：孟浩然），興何狂！凍騎驢灞橋上。」見隋樹森編《金元散曲簡編》（上海：上海古籍出版社，一九八四），頁一〇八。明末程羽文《詩本事》：「詩思：孟浩然詩思在灞橋風雪中驢子背上。」　蘇秦：「蘇秦始將連橫說秦惠王……說秦王書十上，而說不行，黑貂之裘敝，黃金百斤盡，資用乏絕，去秦而歸。」見漢劉向《戰國策》卷三《秦一》。　訪戴：《語林》曰：王子猷居山陰，大雪夜，眠覺，開室酌酒，四望皎然，因起彷徨，詠左思《招隱詩》，忽憶戴安道，時戴在剡溪，即便夜乘輕船就戴，經宿方至，既造門，不前便返。人問其故。王曰：『吾本乘興而行，興盡而返，何必見戴？』」見《藝文類聚》卷二。　袁安高臥：《袁安傳》：「安少傳良學，爲人嚴重有威，後舉孝廉，除陰平長、任城令，所在吏人畏而愛之。」李賢注曰《汝南先賢傳》：「時大雪積地丈餘，洛陽令身出案行，見人家皆除雪出。有乞食者。至袁安門，無有行路。謂安已死，令人除雪入戶，見安僵臥。問：『何以不出？』安曰：『大雪人皆餓，不宜干人』。令以爲賢，舉爲孝廉也。』」見南朝宋范曄《後漢書》卷四五。　呂蒙正：北宋初河南人，太平興國進士，自淳化至咸平凡三入朝，改尙寬靜，遇事敢言，時稱賢相。見元脫脫等撰《宋史》有傳。

②歷史逸聞的傳說化

歷史逸聞是與某些古人或時人有關的瑣聞事件，既無史實的根據，自非信史，又與浪漫主義色彩較強的傳說不同，有時也可能只留下事件的粗略情節，甚至有點近似於樸實的生活小故事，或者被濃縮爲成語或格言式的短句，但又有一點奇趣。應該說，這是在平民中間流傳後傳說化造成的結果。

如馬致遠《漢宮秋》第三折，漢元帝在灞橋餞別了明妃（昭君）後，云：「罷罷罷！明妃，你這一去，休怨朕躬也。我那裏是大漢皇帝！」接著唱《雁兒落》：

我做了別虞姬楚霸王，全不見守玉關征西將。那裏取保親的李左車，送女客的蕭丞相？❾

頭二句，是漢元帝（前七六—前三三）嘆息在竟寧元年即公元前三十三年捨不得王昭君去國時，竟沒有將軍能守住西北方的玉門關（今甘肅敦煌），防止外敵入侵。李左車爲秦漢之際的謀士，後歸韓信（？—前一九六），信用其策，取得燕地，蕭丞相爲漢高祖（前二五六或前二四七—前一九五）時的蕭何（？—前一九三），史書上未記有李、蕭二人做媒送親的事。邵曾祺說末二句談到的這個故事，在元雜劇常談到。「可能是關於劉邦被匈奴困在白登，陳平（？—前一七八）對匈奴使用美人計，因而把劉邦救回國的一段情節。」❿其實，末二句不必追究它是史實抑傳說，因這正是傳說化了的歷史逸聞，引用來作爲在漢元帝口中來諷刺文武大臣們，除了保親、送女客之外，毫無用處，以此隱喻百官庸碌無能，就很恰切。

又如，費唐臣（約一二七三前後在世）《貶黃州》二折，寫蘇軾（一〇三七—一一〇七）因與王安石（一〇二一—一〇八六）政見不合，上了萬言的《上皇帝書》諫主，⓫受到論劾，在漫天風雪中被貶到黃州，隨行的小童問他：「人都說你好才學，却怎生遭貶，到不知老爹與上古賢人君子，哪幾個相似？」蘇軾覺得他很懂事，便唱了《滾繡毬》作答：

我怕不文章似韓退之，史筆如司馬遷，英俊如仲宣子建，豪邁如居易宗元，風騷如杜少陵，疎狂如李謫仙，高潔如謝安李愿，德行如閔子顏淵，爲不學乘桴浮海鴟夷子，生扭做踏雪尋梅孟浩然，困煞英賢。⑫

這一段共連用了十四個古人：說的全是反語，說「不似」，實際是全似。其正面含意是：我蘇軾品德高，才華好，文章似唐代韓愈（七六八—八二四）、史筆似漢代司馬遷，英俊似漢代王粲（一七七—二一七）、魏代曹植，豪邁如唐代白居易（七七二—八四六）、柳宗元（七七三—八一九），詩歌如唐代杜甫（七一二—七七〇），疎狂似唐代李白（七〇一—七六二），高潔似東晉謝安（三二〇—三八五）唐代李愿（八〇一前後在世），德行似春秋時代閔子騫和顏淵（前五二一—前四九〇）。我不會學習那飄海而去的春秋末期的范蠡；只能學那唐代孟浩然（六八九—七四〇）去踏雪尋梅。目下環境惡劣，逼的我太難堪了。唱詩，每引一個古人，大多以兩個字概括他的主要特點，如以文章、史筆、風騷分別概括散文、史論、詩歌作品，以英俊、豪邁、疎狂、高潔、德行概括品德、行爲上的五個優點等，除末二句范蠡、孟浩然二人有歷史故事外，前面十二人並沒有提及具體歷史故事，我們視爲歷史逸聞中的人物，也許更爲恰切些。這樣地排列了一連串的古人逸聞，就有如歷歷如數家珍地把它們傳說化了。這種寫法的作用和採用傳說相同。以很少詞句，讓角色淋漓痛快地抒情，增強了戲劇氣氛，這是使劇作獲得民間文學性的好方法之一，很爲平民觀衆所歡迎。

⑨　保親的：做媒促成婚姻的人。送女客：舊式婚禮，女子出嫁，由親戚一人陪送至夫家，叫送女客。

❿ 邵曾祺選注《元人雜劇》頁四二—四三，注㉓。

⓫ 見《東坡全集》，卷五一。

⓬ 王粲：字仲宣，東漢山陽高平人。建安七子之一，以詩賦見長，多悲涼情調，代表作有《七哀》、《登樓賦》。曹植：字子建，三國沛國譙人，建安時期傑出詩人，其《洛神賦》爲歷代傳誦名作。謝安：字安石，晉陳郡陽夏人，長文學，好清淡，原隱居東山，不就官職。年四十餘才從政。孝武帝時官至宰相。李愿：隴西人，西平忠武王晟之子，曾歸隱盤谷子。閔子、顏淵：閔子即閔子騫，二人皆春秋時人，孔子弟子。《論語·先進篇》：「德行：顏淵、閔子騫、冉伯牛、仲弓。」

## 第四節　其他民間故事被元雜劇吸取的情況

汪紹楹說過：宋元話本雜劇、諸宮調等，「經常採用《太平廣記》中所載的故事。」❶這是鐵的事實。在廣義的民間故事中，元雜劇除了如上述第一、二、三節提到的吸取神話、傳說之外，還大量地吸取其他形式的民間故事，這包括：生活故事、笑話、童話（包括動物故事）、寓言等，吸取之多，運用之妙，使人不得不驚嘆元雜劇作家在學習民間故事上已作出了重大努力和取得了重大成就。對此，下面依次作初步探索、研究，並引例析述之。至於引例方法，和前節相同，就不再累述。

### ㈠　生活故事的吸取

生活故事是指幻想性較少或完全沒有，但卻是現實性較強的散文體民間故事形式之一。其主角，有的有具體的人物姓名，有的則只有含糊的名字如小王、老張之類。它較接近現實社會生活，故也稱爲世俗故事或寫實故事。但它和幻想性和浪漫主義色彩較強的神話、傳說並不相同，一般篇幅較短。

就產生時代論，這種故事有古代的、近時的。有的本是眞人眞事的故事，因流傳廣泛，加上了藝術虛構，就轉化爲生活故事，當它爲歷史故事看，也未始不可，二者有時也難於截然區分。它的主要角色，有正面的，也有反面的，也有中性的。有的生活故事，粗看似人物傳說，但由於現實主義色彩較強，就成了生活故事。

在雜劇中，生活故事被吸取的數量，如和傳說相比，是占第二位的。它們大多被濃縮成典故性句子，被吸取到道白或曲詞中。這裏，把被吸取得較多的，大致分爲唐代以前生活故事和宋元生活故事兩類介紹於下，以窺全貌。

### 1. 唐以前生活故事的吸取

和氏璧：這玉出荊山，長荊山，卞和爲此可便遭危難。高文秀《澠池會》一。　結草銜環：①日後結草銜環，做個報答。張國賓《合汗衫》二。②我可將仁兄結草的這銜環謝。武漢臣《玉壺春》楔。③小人結草銜環，此恩必當重報。李行道《灰欄記》一。　柳盜跖：①你

❶ 宋李昉等編《太平廣記》（北京：中華書局，一九七八），冊一《點校說明》，頁一。按：此書收書四百七十五種，所收爲漢至宋初的野史小說、故事，大多已散佚。

是一個麗春院柳盜跖。《度柳翠》三。②這新女婿郎君哎你個柳盜跖。康進之《李逵負荊》二。③可怎生糊突了盜跖顏濂。關漢卿《竇娥冤》三。④我是粉鼻凹柳盜跖。《爭報恩》四。

周公握髮：比周公不握髮，比陳蕃不下榻。王子一《誤入桃源》一。

長沮偶耕：不伴長沮事耦耕，王子一《誤入桃源》。

孔子絕糧：①我便似絕糧孔子居陳蔡。鄭廷玉《金鳳釵》三。②又不是絕糧陳蔡地。鄭光祖《王粲登樓》一。

顏回陋巷：①他喜居苦志顏回巷。戴善夫《風光好》二。②須不是樂道的顏回巷。鄭光祖《㑳梅香》三。③便似簞瓢巷顏回暗宿。鄭廷玉《金鳳釵》三。④那裏敬有德行顏淵。楊梓《霍光鬼諫》二。⑤咱每日一瓢飲一簞食。關漢卿《蝴蝶夢》一。⑥雖然我住破窯，使破瓢，我猶自不改其樂。馬致遠《薦福碑》二。⑦陋巷簞瓢，我可也委實難熬。《舉案齊眉》四。

伍子胥、申包胥：一個報冤仇稱了子胥，一個打賭賽去了包胥。鄭廷玉《楚昭公》二。

南冠楚囚：可不是空戴南冠你個活楚囚。同前。

介子推在綿山：恰便似介子推在綿山。《貨郎旦》四。

管鮑分金：①俺兩個勝如管鮑分金義。《馬陵道》二。②全不似管鮑分金。關漢卿《魯齋郎》三。③比管鮑分金義更別。宮大用《范張雞黍》二。④錢心重，情分少，枉辱沒殺分金管鮑。孟漢卿《魔合羅》二。⑤咱兩個非同管鮑。馬致遠《薦福碑》二。⑥分金鮑叔廉。楊景賢《西遊記》第四本十八齣。

管寧割席：①得青春割斷管寧席。馬致遠《薦福碑》四。②比著那終南山割席學管寧。鄭光祖《㑳梅香》一。③似這般發志氣，如管寧割席。鄭廷玉《金鳳釵》一。

孫臏添兵減灶：你是添兵減灶齊孫臏。《百花亭》二。

莊子鼓盆歌：①兀的不做了莊子鼓盆歌。《盆兒鬼》二。②我倒做了個莊子先生鼓盆歌。鄭廷玉《忍字記》四。③你守著業屍骸學莊子鼓盆歌。《貨郎旦》一。④抵多少南華莊子鼓盆歌。關漢卿《魯齋郎》四。

莊子歎骷髏：①恰便似莊子

歎骷髏。《冤家債主》二。②想當初莊子嘆骷髏。張國寶《羅李郎》楔。　孟母三遷：①你個擇鄰的孟母。武漢臣《老生兒》三。②一個是八烈周公，一個是三移孟母。白樸《墻頭馬上》四。③孟母爲子三遷。鄭光祖《㑳梅香》三。④俺三移的孟母，應對不塵俗。同前，楔。⑤錯認做三移孟母。《合同文字》三。⑥我有孟母三遷志。秦簡夫《剪髮待賓》二。⑦待學孟母三移教子。關漢卿《蝴蝶夢》一。⑧再休題孟母三移。《雲窗夢》四。　孟母斷機：眞乃是孟母斷機心。金仁傑《追韓信》一。　韓信乞食漂母：①想當日韓元帥，乞食那漂母。張國賓《薛仁貴》一。②我受貧，如韓信乞食。鄭廷玉《金鳳釵》一。　廉頗請罪：莽撞的廉頗請罪來。康進之《李逵負荊》四。　趙高指鹿爲馬：趙高妄指秦庭鹿。張國賓《薛仁貴》一。　蘇武牧羊：可教我在涇河岸上學蘇武。尚仲賢《柳毅傳書》一。　蕭何律：①如今那做官的，那裏是蕭何。《爭報恩》一。②俺孩兒犯著徒流絞斬蕭何律。關漢卿《蝴蝶夢》二。　鄧通錢：①總饒他銅山百座鄧通家。《鴛鴦被》一。②怎生把鄧通錢剛博得一個乞化的許由瓢。秦簡夫《東堂老》二。③休戀這轉世鄧通錢。金仁傑《追韓信》一。④我又無那鄧通鑄的錢，那裏取金珠財寶。秦簡夫《趙禮讓肥》二。　范丹窮：我如今窮范丹無錢怎了。《殺狗勸夫》三。　張敞畫眉：①狠張敞央及煞怎畫眉。關漢卿《謝天香》三。②畫眉的張敞風流。白樸《墻頭馬上》二。③冷臉的畫眉張敞。戴善夫《風光好》二。④綺羅叢遇著呆張敞。尚仲賢《柳毅傳書》四。　舉案齊眉：①俺自從做夫妻二十年幾曾離了半日……要一供十，舉案齊眉。岳伯川《鐵拐李》三。②你那些個將我似舉案齊眉待。《漁樵記》二。③學孟光自舉梁鴻。王子一《誤入桃源》二。④只情願守定梁鴻共諧老。石子章《竹塢聽琴》四。⑤這一個似孟光般舉案齊眉。關漢卿《竇娥冤》二。　馬革裹屍：常拼著馬革裹殘屍。《百花亭》四。　鑿壁偷光：①我看書，如匡衡鑿壁。鄭廷玉《金鳳釵》一。②燒地權爲炕，鑿壁借偷光。王實甫《破窯記》一。③學上古聖賢人囊螢積雪，鑿壁偷光。喬吉《金錢記》三。　蘇秦錐刺股、孫敬髮懸樑：想刺股懸頭去讀書。武漢臣《生金閣》一。　王粲思鄉：高歡避暑，王粲思鄉。馬致遠《岳陽樓》一。　晉惠帝聞蛙：①那廝分不的兩部鳴蛙。馬致遠《青衫淚》四。②堪笑他問公私惠帝聞蛙。王子一《誤入桃源》一。　劉伶荷鍤：①也不學劉伶荷鍤。王實甫《麗春堂》三。②劉伶荷鍤，在墳頭葬。馬致遠《岳陽樓》一。　陶潛歸去來：①我待陶淵明歸去來兮。馬致遠《任風子》三。②休爭氣，及早的歸去來兮。馬致遠《岳陽樓》三。　採菊東籬：①菊花秋不醉倒陶元亮。《岳陽樓》一。②就淵明籬畔，老夫酒醒時節再扶頭。《村樂堂》一。　五柳先生：①我爭如學五柳的先生懶折腰。馬致遠《薦福碑》二。②且圖個五柳婆娑。關漢卿《魯齋郎》四。　傅粉何郎：①強何郎旖旎煞難搽粉。關漢卿《謝天香》三。②無情的傅粉何郎。戴善夫《風光好》二。③羞殺我也傅粉何郎。鄭光祖《㑳梅香》三。潘安美色：擲果的潘郎稔色。白樸《墻頭馬上》二。　韓壽竊香：①幾曾見偷香庭院裏拿了韓壽。喬吉《金錢記》三。②賈充宅韓壽偷香。戴善夫《風光好》二。③休央偷香偷香韓壽。喬吉《揚州夢》一。　樂昌破鏡重圓：果然似樂昌般破鏡重圓。賈仲名《對玉梳》四。

## 2. 宋元生活故事的吸取

趙杲送燈台❷：①恰便似送曾哀趙藁不回來。張國賓《薛仁貴》二。②你道爲甚著你個丫環迎少俊，我則怕似趙杲送曾哀。白樸《墻頭馬上》二。③他也便恰似趙杲送曾哀。楊文奎《兒女團圓》二。④哥哥也恰如趙杲送燈台。馬致遠《黃粱夢》二。　王魁負桂英：①怎知他欠本分，少至誠……不值錢王桂英。李文蔚《燕青博魚》二。②一日一個王魁負桂英。關漢卿《調風月》三。③休著我為你個薄倖王魁告海神。《碧桃花》一。④怎肯教杜韋娘嫁了王魁。武漢臣《玉壺春》四。　雙漸、蘇小卿、馮魁：①你個雙卿子弟，安排下金冠霞帔，（帶云）一個夫人來到手兒裏了，（唱）却則為三千張茶引嫁了馮魁。關漢卿《救風塵》一。②則俺那雙解元普天下聲名播，哎，你個馮員外捨性命推沒磨，則這個蘇小卿怎肯伏低。賈仲名《對玉梳》二。　耕牛為主遭鞭杖，啞婦做杯反受殃❸：①你道是先打後商量，做了個耕牛為主遭鞭杖。

---

❷ 趙杲送燈台：故事異式頗多，宋代已流傳。宋歐陽修著《歸田錄》：「俚諺云：『趙老送燈台，一去更不來。』不知是何等語，雖士大夫亦往往道之。天聖中，有尚書郎趙世長者，常以滑稽自負其老也。求為西京留台御史，有輕薄子送以詩云：『此回眞是送燈台。』世長深惡之，亦以不能酬酢為恨，其後竟於留台也。」流傳至今，歇後語仍有：趙老兒送燈台——一去永不來；趙巧兒送燈台——一去不回來；趙顯送燈台——一去不回來；趙小二送燈台——一去不回來。見中國民間文藝出版社資料室等編《歇後語大全》（北京：中國民間文藝出版社，一九八七），冊四，頁五〇一。

❸ 這是兩個「恩將仇報」型民間故事。耕牛為主遭鞭杖：大意說，某牧童牧牛時，突然入睡，這時走來一頭老虎，牛急忙用角把牧童觸醒。牧童認為擾了自己的清夢，誤將牛怒鞭了一陣。見朱居易《元劇俗語方言釋例》（台北：台灣商務印書館股份有限公司，一九六七），頁一九八。啞婦傾杯反受殃：大意說，某啞婦的丈夫從遠地回來，正欲飲其有外遇之妾所置的毒酒；啞婦心知而不能說出，趕忙去把酒倒掉。夫不知，誤把她痛毆了一頓。見上書，頁二一二。

孔文卿《東窗事犯》一。②正是那耕牛爲主遭鞭杖，啞婦傾杯反受殃。《誶范叔》二。③罷，罷，罷我倒做了耕牛爲主遭鞭杖，啞婦傾杯反受殃。武漢臣《生金閣》二。④將功勞簿都做招伏狀，恰便似啞婦傾杯反受殃。《賺蒯通》四。　鄭孔目風雪酷寒亭❹：①那其間便是鄭孔目風流結果，只落得酷寒亭剛留下一個蕭娥。《貨郎旦》一。②這鄭孔目拿定了蕭娥胡做，知他那裏去了賽娘、僧住？關漢卿《魯齋郎》三。③你回窯去匆匆少不得風雪酷寒亭。秦簡夫《東堂老》二。④你本是鄭元和也上酷寒亭。石君寶《曲江池》三。⑤怕不道酷寒亭把我來凍餓殺。李文蔚《燕青博魚》一。　黑頭蟲：①那裏是有血腥的白衣相，則是個無恩念的黑頭蟲。紀君祥《趙氏孤兒》二。②怎做了背祖離宗的牛馬風，可不罵你個黑頭蟲。《小尉遲》一。③他便道：黑頭蟲兒不中救，俺也曾賫發你來。鄭光祖《王粲登樓》二。　拜月亭❺：故事見關漢卿《拜月亭》全劇。　說唱貨郎張三姑：《貨郎旦》全劇。❻

總之，在劇作中吸取生活故事爲掌故，這是元雜劇作家更有意識地從題材上和藝術上，走向民間大衆，更加民間文學化的表現，也是雜劇作爲俗文學更鮮明地反映時代精神和在藝術上趨於成熟的證明之一。

---

❹ 酷寒亭：故事說鄭州府衙孔目鄭嵩娶妓女蕭娥爲後妻後，她折磨前妻所生兒子僧住和女兒賽娘，後她和人通奸，鄭嵩殺了她，因而被流配，僧住、賽娘遂失散。元楊顯之《鄭孔目風雪酷寒亭》，即專寫其事。按酷寒亭也可專指饑寒落魄者的住所。

❺ 拜月亭：邵曾祺認爲，這是有名的民間故事，反映了古時封建社會被壓迫女性的苦悶和反抗精神。見他選

注《元人雜劇》頁二一說明。

❻ 這是元代民間故事戲。它演述長安富戶李彥和爲其妾張玉娥與奸夫謀害，家敗人離，後來說唱貨郎的張三姑在風雨中茹苦含辛，才使李家父子團圓。曾永義認爲是「社會新聞演爲雜劇者。」見曾著《中國古典戲劇選注》（台北：國家出版社，一九八三），頁三七二—三七三。

## (二) 生活故事的活用

有時，有的雜劇作家在吸取民間故事爲題材時，並非按原來形態簡單地搬用，而是既要使之具有某種民間故事韻味，又要使之符合戲劇創作和演出規律的雙重需要，因而就還得從多方面吸取其他成分，如別的民間故事、民間掌故、傳說乃至書面作品，來進一步充實、豐富它。這就是要把生活故事加以改造，給予加工和提高，如和吸取生活故事作爲典故（如前項所述）相比，這就是一種再創作，是別具匠心的活用。

下面，且以李行道的《灰闌記》爲例，探討一下優秀雜劇在題材方面活用生活故事的創造性。此劇的故事梗概是：妓女張海棠嫁給馬員外爲妾，生了個男孩。到五歲時，馬員外的正妻與趙令史合謀，毒殺丈夫。反誣張海棠爲兇手，并冒認其子爲己子，以圖強奪財產。鄭州太守蘇順，是個「雖則居官，律令不曉，但要白銀，官事便了」的糊塗官，任由奸夫趙令吏將張海棠屈打成招。案件送給開封府府尹——清官包拯復審，他命衙役，「取石灰來，在階下畫個闌兒（注：圓圈），著這孩兒在闌兒」，讓張海棠和馬妻同往拉取，海棠怕傷害親生孩子，不忍用力；那小孩卻多次被馬妻拉出闌外。包拯從中審出了眞情，辨別出眞母確是張氏，於是得出確斷，伸張了正義。此劇故事來源，有人提出是出自希伯萊的所羅門故事。見於《聖經・撒母耳記》記載中。❶考其原文，是：

一天，兩個妓女前來，立在國王前，一個女人說：「我主！我與這女人同住一屋，我在這屋內挨近她，生了一個兒子。我生產後三天，這個女人也生了一個女子；屋內只有我們兩個，我們二人外，再沒有別人。夜間這婦人的孩子死了，是她睡的時候壓死的。她夜間起來，趁著你婢女睡著，從我身邊，將我的兒子抱去，放在她自己的懷裏，將她的死孩子放在我懷中。我清早起來哺乳我的兒子，看見孩子已經死了！及至天亮，細細一看，卻不是我所生的兒子！」那婦人說：「不對，我的兒子活著，死孩子是你的。」這婦人說：「不對，是你的兒子死了，活孩子是我的。」她們在國王前這樣訴訟著。國王說：「這人說：活孩子是我的，是你的孩子死了；那人說：不對，是你的孩子死了，活孩子是我的。」國王遂吩咐說：「給我拿刀來！」人就給國王拿了刀來。國王說：「你們將那活著的孩子劈成兩段！一半給這個女人，一半給那個女人。」活小孩的母親，心痛自己的孩子，就對國王說：「我主！將這活著的孩子給那婦人吧！萬不可殺掉他！」那個婦人說：「劈了吧！不歸我，也不歸你！」國王遂說：「將活孩子給這婦人吧！不要殺死他，這婦人確是他的母親！」全伊撒爾人聽見施行的判斷，便都敬畏國王，因爲知道他心中有天主的智慧，能夠秉公斷案。❷

說《灰闌記》故事，來自上引希伯萊故事的，至今大有人在。❸我認爲，這可能是最重要的來源之一，但不一定是唯一的。對於這故事，美國教授丁乃通稱爲「所羅門式判決」型故事，並指出宋李昉等編的《太平御覽》中，早就收入了宋以前同型故事的記錄品，而且至今台灣、

雲南、西藏也還有類似的故事流傳。❹

這裏，讓我溯源罷。早在東漢應劭《風俗通》中就這樣記下了西漢（公元前二〇六—二四）時的同型故事：

> 潁川有富室，兄弟同屋，兩婦俱懷妊。大婦數月胎傷，因閉匿之。產期至，到乳舍，弟婦生男，夜因盜取。爭訟三年，州縣不能決。丞相黃霸出殿前，使卒抱兒去兩婦各十餘步，叱婦自往取之。長婦抱持甚急，兒大啼。弟婦恐傷害之，因乃放與，而心甚淒愴。霸曰：「此弟婦子也。」責問，婦乃伏也。❺

---

❶ 見辭海編輯委員會編《辭海》（上海：上海辭書社，一九七九），下冊，頁三三八〇左頁。

❷ 思高學會編輯《舊約史書》（香港：商務印書館香港工廠，一九五〇），上冊，頁四九六—四九七《列王紀上》第三章。按：這說的是古代西亞北部希伯來（Hebrews,閃族之一支）國王所羅門（Solomon?-937B.C.）的故事。

❸ 如：于華認爲：《灰闌記》溯源追始，出自古希伯萊傳說中的所羅門故事，李行道在劇中把原故事主角所羅門王改成了宋包公。後來此劇又傳到歐洲。最後又被布萊希特改編爲戲劇《高加索灰闌記》。見于氏《布萊希特的「灰闌記」》，刊香港《文匯報》，一九七八年一月十二日第九版。

❹ 美國丁乃通編著、鄭建成等譯《中國民間故事類型索引》（北京：中國民間文藝出版社，一九八六），頁二九六。

❺ 見李昉等編《太平御覽》卷六三九刑法部五《聽訟》。但今本《風俗通》未收。

後來，在元魏太平眞君六年（四四五）慧覺等譯《賢愚經》卷十二《檀彌離品第四十八》中，❻也記下了外來的同型故事。這比上引西漢的故事，要後出大約六百多年。王起認爲：「這個（西漢）故事經過千多年的流傳，情節更加豐富。《灰闌記》很可能是根據它改編的。」❼與此相類的包公巧斷家務案的母題的故事，今天仍在流傳。❽

又據我所知，至今阿拉伯國家仍流傳著一篇《公正的判決》：

兩個女人爭一個吃奶的孩子，都說他是自己的兒子。她倆抱著這個孩子來到法官面前。後面跟來了一群男人和女人，男人們想了解這樁爭執的結果，女人們想知道這個孩子到底歸誰。法官考慮了一會兒後對庭丁說：「去拿把利劍來。」他看看兩個女人，說：「我將孩子一劈爲爲二，分給你倆。」其中一個女人默不作聲，另一個却大哭起來，說：「別劈孩子，就把孩子交給她吧！」法官這時知道了這第二個女人就是孩子的母親，便對她說：「把你的孩子放心地抱回去吧！」❾

如按前面說的，這個「二母爭子」故事，最初可能來自所羅門；假如按這裏的引例來類比，則它可能來自阿刺伯，那裏是亞洲南部三大半島之一，即中國舊稱爲大食、天方，亦譯阿刺比的地方。❿如果按東漢應劭《風俗通》所記，則可能來自西漢的中國漢族故事，王起持此說。再看，在中國雲南傣族中，也至今流傳著一篇古老故事《搶娃娃》：

一天，一個女人帶著小孩到河邊。她把小孩放在沙灘上，自己下河去洗小孩的衣服。另一個女人偷偷把小孩抱走了。小孩的媽媽看見，急忙追求，兩人就搶起來，都說小孩是自己的。吵得沒有辦法，就去找召瑪賀。召瑪賀在地上畫了一個圈，讓小孩坐在圈外。召瑪賀叫她兩個搶，哪個先搶到，娃娃就判給哪個。兩個女人開始搶了，一個抱住娃娃

> 的身子，一個拉住娃娃的腳，娃娃大哭起來。她的媽媽不忍心，就放開手。那一個女人抱了娃娃就要走。召瑪賀說：「站著！娃娃不是你的！你沒有母親的心，對娃娃不會心疼！」他把娃娃斷還給了親生的媽媽。⑪

這傣族故事，和《灰闌記》中包公判小孩屬誰的情節，也十分相似。由於不少同型故事的存在，加上文獻紀錄不足，已難於確斷《灰闌記》故事，最早來源是哪一個特定的生活故事。不過按常識來推斷，可以大致確定，較大的可能，是以前引《穎川有富室》故事為基礎，後來又吸收了外國同型故事及中國民間包公審案故事，⑫然後改編而成。在改編後，這雜劇就遠比我這一小節開頭處所說的戲劇故事梗概要複雜、豐富而又曲折得多，在戲劇角色上，從包公到幾個主要人物，都具有較鮮明的元代社會風貌和生活色彩，而且有更尖銳的戲劇矛盾和衝突，也很動人。劇作者是經過了新的再創造的。從中我們可以看出了生活故事在再創造中得到了活用。從這個最典型的例子，也可以體會到生活故事對於豐富雜劇藝術的重大意義。

---

⑥ 日·高楠順次郎等編《大藏經》（東京：大正一切經刊行會，一九三二），冊四，頁四三〇—四三一。

⑦ 王起主編《中國戲曲選》（北京：人民文學出版社，一九八五），冊上，頁二四九。

⑧ 近代安徽有《包公巧斷家務案》，見安徽人民出版社編輯、出版《神農珠的傳說》（合肥：一九八四），頁一五九—一六一。

⑨ 祥京等選編《外國笑話選編》（長沙：湖南人民出版社，一九八二），頁一四二—一四三。

⑩ 阿刺伯（Arabia）：東瀕波斯灣，南面阿拉伯海，西濱紅海，北接伊拉克、敘利亞。

⑪ 中國民間文藝研究會主編《雲南各族民間故事》（北京：人民文學出版社，一九六二），頁一五八。

⑫ 民間口傳的包公審案型生活故事很多，李漢秋編《包公小說選》（合肥：黃山書社，一九八四），收入了不少。

## (三) 民間童話的吸取

民間童話也有人稱爲幻想故事，❶是幻想性較強的民間故事，它如鍾敬文所說，常把「不可能的事件，在可能或不可能的條件下，當作可能而表現出來」；❷它具有巧妙的虛構成分和積極的浪漫主義色彩。其人物、事件、寶物，多有超自然性質。如：人物有海龍王、龍女（龍王三公主）、仙子、法力特異的人、蛇郎等。事件有動物可變人，人可變爲動物、植物或別的物品等。寶物有開山的寶斧、能熬乾海水的金錢或寶鍋等。由於故事中的人物角色，多具有較多的人性，其現實性一般比神話爲強。

正因爲民間童話常保存著原始社會的許多古老的觀念、藝術形象和情節，保存著如原始人類用語言可控制自然災害，並有人獸結婚及「萬物有靈」、禁忌、變形、復活以至圖騰觀念的情況，❸就和大多數反映現實生活較明朗的元雜劇的性質，有較大的區別；但是，在有的浪漫主義色彩較濃的雜劇中，仍會部分或全部地吸收它爲題材，而且又由作者輔以別的故事，以作補充，因而放射出異樣的藝術光彩。吸收民間童話的雜劇，最典型的有李好古《張生煮海》、尚仲賢《柳毅傳書》和楊景賢《西遊記》。下面試作一定的剖析。

### 1. 「煮海寶」型童話❹的吸取

「煮海寶」型童話的梗概是：主角帶寶物到海邊，把它放在海灘上，又在海邊把它放進鍋中煮，鍋中水乾了，海水隨之；龍王請主角進龍宮去，讓他挑選喜歡的東西，他只向龍王要一件禮物，終獲允諾。❺如今天寧波的《熬海錢》，❻就講一個老實、貧困的哥哥，在海邊拾到一枚「熬海錢」，把它抛下海去，不久海水就乾了，海底現出水晶宮，海龍王請他進去，給他寶物，終於以後得過幸福日子。由於唐代以前沒有記下這類童話，只能從現存同型童話加以推測，使人設想元代以前理應有同型童話。再者，從南朝開始，已有「龍宮」、「東海龍王」、「龍

❶ 鍾敬文主編《民間文學概論》（上海：上海文藝出版社，一九八〇），頁二〇四；頁二〇五。

❷ 同❶，頁二〇五。

❸ 同❶，頁二〇八。

❹ 美國丁乃通編著、鄭建成等譯《中國民間故事類型索引》（北京：中國民間文藝出版社，一九八六），頁二〇九—二一〇「煮海寶」條下，收入各族此型民間童話篇目頗多。按：此型童話最早著錄於唐代。在本節末段敘及清黃文暘所引《幽怪錄》的《葉靜》段，即是典型的例子。參⓫。又段成式《諾臯記》上篇《平原縣西》段講及：邵敬伯在杜林中取樹葉投吳江水中，即有人出來，引他進入水府見海龍王後，憑龍宮所贈刀，可從河中出來衣裳不濕。這是此型童話的異式。

❺ 同❹

❻ 《熬海錢》：《民間文藝選輯》（上海：新文藝出版社編輯、出版，一九五四），第五集，頁五〇—五一。類似童話有《熬海豬》，見孫佳訊編《娃娃石》（上海：開明書店，一九二九），頁一〇七—一一九。一般人稱此類故事爲神話，如從民間故事學角度分析，屬童話。

女」的說法；其後，又盛行於唐、宋。❼在本文中，我從民間故事學角度出發，稱此類故事爲民間童話，而不似平常人那樣籠統地稱爲神話。

李好古的雜劇《張生煮海》，正是吸收了「煮海寶」型童話的。它說的是人（書生張羽）和神（龍女瓊蓮）的戀愛故事。書生張羽某天在古寺住下，天晚彈琴，龍女出來竊聽，因愛慕其才情，慨然以身相許，要他在八月十五日來家成親。他很心急，爲了早得龍女，便不畏艱苦，提前上山入海前往尋訪。這時，龍女變爲一個仙姑，贈他三寶：銀鍋一隻，金錢一文，鐵杓一把，以便他降服龍神，要他配自己給張羽爲妻。後來，張羽依法去做，用杓兒把海水舀進鍋裏，放金錢入內，煎一分，海水去十丈；煎二分，去二十丈；煎乾了鍋，海水就見了底。後龍王因海水被煮的滾沸，不堪其熱，坐不住了，只好央求法雲禪師爲媒，招他入龍宮爲婿。如就其故事的主要情節看，此劇顯然是吸收了「煮海寶」型童話的。

再看，此劇有石佛寺行者將身子輕輕溜下一潭渾泥水底下去坐和一個筋斗鑽入大蟲肚裏等細節，便是童話中常見的超自然性質的變形鬥爭方式。所寫滄海三千丈「大海澄澄，與長天一色」的好景緻，龍宮中有蛟、虬、黿、鼈、魚、蝦、鼉、龜等參從，「能浮波慣弄風，隔雲山千萬重，要相逢指顧中」，這些人物、事件，和講述龍宮海景及水族熱鬧的幻想性強的民間童話氣氛，十分逼肖。清代黃文暘（一七七〇前後在世）說：此劇「事出小說，在疑信之間……又《幽怪錄》：葉靜能閒居，有白衣老父來，泣拜曰：職在小海，有僧善術，來喝水，海水十涸七八，靜能使朱衣人執黃符，往投之，海水復舊。白衣老父乃龍也。觀此則仙家煮海之術，亦或有之。」❽可見，他認爲戲劇故事正如《幽怪錄》說的，來自古代道家傳說。但我認爲，他的看法，並不完全確切，劇中所引正是唐代童話。如就全劇主線看，我認爲，這雜劇正是以「煮海寶」型童話爲主，巧妙地組合了別的故事（如仙話故事之類），才構成比童話意境更爲鮮明的劇作。它歌頌了瓊蓮和張羽爲自己的婚姻自由，克服艱難險阻，終得到了幸福，成爲浪漫主義幻想色彩十分強烈的劇目。❾

## 2.「龍女爲妻」型童話的吸取

在民間，主要情節以講述窮困的少男（或書生），因自己品德高尙、心腸善良，救活過海

---

❼ 龍宮、龍王、龍女：「震澤中……至一龍宮，蓋東海龍王第七女掌龍王珠藏……龍女食之（注：「之」指燒燕）大嘉。」見宋李昉等撰《太平廣記》卷四一八。按：所敍相傳爲南朝梁武帝時事。這是最早提及「龍宮」、「龍王」、「龍女」的文獻。唐時，康駢已提都城令柳子華與「龍女」爲婚，及「入龍宮，得水仙」事，同上書，卷四二四《柳子華》條。唐鄭還古《博異志》：「水龍王諸女及姊妹六七人歸過洞庭。」同上書，卷四四二。

❽ 黃著《曲海總目提要》（香港：漢書圖書供應社，一九六七）卷一，頁八三。按：今本唐牛僧孺《幽怪錄》無此段，當是佚文。

❾ 李好古在劇作中，在吸取民間童話外，還安排了瓊蓮和張羽前世有夙緣，最後重返瑤池的情節，是當時「神仙道化劇」的通病，多少削弱了劇作的思想意義。但又描寫了釋徒法雲長老當媒人，仙姑贈寶，使儒、道、釋三教聯繫起來，向封建家長的代表者龍王鬥爭，終得勝利。這則在一定程度上淡化了「神仙道化」的因素。

龍王的女兒或兒子變成的動物，可以憑藉超自然的力量，進入水府龍宮，得到龍女（三公主）爲妻，這一類相同母題的童話很多，我稱爲「龍女爲妻」型童話。如漢族的《龍女和三郎》、⑩《龍王公主》、⑪《海龍王的女兒》、⑫苗族的《孤兒和龍女》、⑬毛南族的《譚含輝與三龍女》等，⑭各有特色。它們自然是唐代起流傳的《煮海寶》型童話的後裔。按照民間故事在口頭演變的規律，童話和傳說只有相對的界限，無絕對的界限，在流傳過程中，童話如獲得了傳說的一些藝術特點，給加上了特定（有的還是歷史的）人物名字、地方色彩的生活事件，就可能成爲有傳說色彩的民間童話，這也是常見的現象。

尙仲賢的《柳毅傳書》，其故事梗概是：洞庭老龍的女兒三娘，嫁與涇河小龍爲妻。婚後，三娘受到丈夫迫害，夫婦不和，被老龍命鬼卒剝下冠袍，送往涇河岸邊牧羊，十分痛苦。一天，和書生柳毅巧遇，便托他到洞庭湖龍宮傳書給洞庭君報訊後，洞庭君的弟弟錢塘火龍，急忙去打敗涇河小龍。得勝後，洞庭君盛筵款待柳毅，想招他爲婿。他想起龍女三娘面容憔悴，便婉謝了。後三娘出來勸酒，貌美如天仙，柳毅後悔不已。回家後，奉母命娶新婦盧氏，驚見面貌和龍女相同。細問知是龍女化身，遂喜團圓。此劇贊美了柳毅見義勇爲，入水府報訊，救助被丈夫迫害的善良女性，曲折地表現了舊時某種人民的願望。

此劇是講人（柳毅）、神（龍女三娘）相愛，男主人公可進入龍宮的。如從故事的主旨和人物、寶物、事件具有幻想性看，應劃入「龍女爲妻」型童話的范疇。至於有人稱爲神話戲，只不過是就一般意義來析述。要是從嚴格的民間故事學分析，並不算準確。

《柳毅傳書》的故事，最初見於唐代李朝威的《柳毅傳》。如從藝術特色上考察，李氏的原作，是一篇具有地方色彩的表現「人神相戀」的傳說；至今，在湖南洞庭湖一帶，仍有十分近似的傳說流傳著。⑮但只要細心分析，可以看出此劇確有不少地方，是更顯得合乎童話的藝術表現特色的。如：龍女在《鵲踏枝》中唱出她丈夫涇河小龍的兇態，有「但開口吐霧吹雲」，「輕咳嗽早呼風喚雨，誰不知他氣捲江湖」，這就是刻劃龍的怪異的兇相。寫到龍女的金釵兒，則具有十分奇特的魔法作用，柳毅得到後，用以敲擊洞庭湖洞口廟前的一株金橙樹，水府中自會有人分開水面出來；柳毅合上眼睛，跟了夜叉，竟可以闖入幽深的龍宮中去；而錢塘君火龍可

⑩《龍女和三郎》：說窮苦的王三郎，善於吹簫，得到龍王三公主為妻。見王仙民等編《孫敬修演講故事大全・民間故事卷》（蘭州：甘肅人民出版社，一九八五），頁三〇二—三一六。

⑪《龍王公主》二篇：第一篇說窮苦善良的木匠得木，因救了兩條大蛇，得兩個公主為妻。見朱雨尊編《民間神話全集》（上海：普益書局，一九三三），頁二五七—二六一。第二篇說窮苦的樵夫放生了鼈，得龍王公主為妻，頁二六一—二六三。

⑫《海龍王的女兒》：說窮苦的木匠，因放生了鯉魚，得龍王女兒為妻。見婁子匡主編《怪兒弟》（東方文叢民俗叢書，台北：東方文化書局，一九八一），一八七冊，見三六—五七。

⑬《孤兒和龍女》：說孤苦勤快的孤兒，把小蚌殼放生後，得龍女為妻。見燕寶編《苗族民間故事》（上海：上海文藝出版社，一九八一），頁三八七—三八九。

⑭《譚含輝與三龍女》：說孤苦善良的樵夫譚含輝，很勤勞，得龍王三女兒為妻。見袁鳳辰、過偉等編《毛南族、京族民間故事選》（上海：上海文藝出版社，一九八七），頁一三七—一四一。

⑮譚達先著《中國民間文學概論》（香港：商務印書館香港分館，一九八〇），頁二六〇。

在「鼻中衝出千條焰，翻身捲起萬堆雲」；他從獸類的嗅覺出發，在柳毅到來後，居然能夠嗅出「有一陣生人氣」。當向對方追打時，彼此展開了「變形」鬥爭，涇河小龍先變做小蛇，往淤泥裏躲；而錢塘君趕到，可一口將他吞腹中。以上種種事件，都是在不少民間童話中常常講到的，而在傳說中却就較少見到了。

又如：龍女改扮電母兩手持鏡上，唱《越調鬥鵪鶉》：

他兩個天北天南，海西海東，雲閉雲開，水淹水衝，煙罩煙飛，火燒火烘，卒律電影重，古突突霧氣濃，起幾個骨碌碌的轟雷，更一陣撲簌簌的怪風。

這一段描寫錢塘君火龍與涇河小龍的初戰情景，引起雲、水、烟、火、電影、霧氣、轟雷、怪風的種種突變，充滿了優美的幻想性。不久，電母再唱《紫花兒序》：

忽的呵陰雲伏地，淹的呵洪水滔天，騰的呵烈火飛空，涇河逃歸碧落，錢塘龍趕上蒼穹，兩條龍的威風，怕不喊殺了鼉大夫、龜將軍、鼉相公，這其間各賭神通，早翻過那海島十洲，只待要拔倒了華岳三峰。

這又是在激鬥中出現了一片洪水、烈火騰空的景象，小龍逃到天上，火龍緊追，越過仙界，震倒華岳，嚇倒了水族們。繼唱《鬼三台》：

兩條龍身軀縱，震的那乾坤動，惡哏哏健勇，赤焰焰滿天紅，一撞一衝，則教你心如鐵石也怕恐，便有那銅山鐵壁都沒用，錢塘龍逆水忙截，涇河龍淤泥裏便劄（注：鑽）。

這寫兩龍鬥得天地震動，赤焰滿天，錢塘君逆水去截，涇河小龍被迫鑽入淤泥藏身。

以上三段曲詞，在事件上，動作性瞬息多變；在氣氛上，幻想性強。在元代的舞台條件，缺乏複雜的佈景和相應的燈光效果，與之配合，就不易把饒有奇趣的景象一一表現出來。再從整個藝術構思和情調上看，這些完全是從民間童話中富有強烈幻想性的意境、情節和藝術手法中借用並有所創新的。至於劇中出現的次要角色，如夜叉、蝦、鼈、龜、鼉等，有助渲染水府仙境般背景，也彷如民間童話中常提到的龍宮景象。因此，可以說《柳毅傳說》是善於吸取「龍女爲妻」型童話進行再創作的。

### 3. 民間童話構思及多種藝術手法的綜合吸取

有的雜劇，爲了適合劇情需要，常綜合吸取民間童話中的構思及有關藝術表現手法。最突出的例，是楊景賢《西遊記》。由於此劇是幻想性和浪漫主義色彩濃厚的劇作，有人評爲神話戲。[17]我認爲，從民間童話學的角度來剖析，它的整個構思是童話式的。其具體表現就在於它吸收或仿作了某些童話中曾見到的近似人物形象、情節乃至表現手法。且扼要析述如下。

在人物形象上，有：小聖南海小龍、作爲護衛人的水神、巡海夜叉、沿江水神、丹霞禪師、南海火龍、木叉行者、李天王、山神、山精、紅孩兒、鐵扇公主、雷公、電母、風伯、雨師、靈鷲山神，等等。

---

[16] 此劇也吸收了大量神話、傳說及和它們有關的種種藝術表現手法。非本節範圍，從略。

[17] 彭飛說：此劇和《張生煮海》「都是描寫龍女與人相愛故事」，是「元代神話劇的雙璧。」按：他是就戲中有「神怪的詭異情節」把它劃入神話戲的。見彭著《中國的戲劇》（北京：中國青年出版社，一九八五）頁一九八－一九九。

在情節上，有：南海小龍「醉後曾化作金色鯉魚」，是動物變形；洪州知府陳萼曾買了金色鯉魚，放生於江，因可憐而把魚放生；龍王把落水的陳光蕊救入水晶宮，並派夜叉、水神守護，水卒騰雲駕霧，扛抬陳光蕊到金山寺去；龍王把陳光蕊養在水晶宮內十八年再著他回陽世；火龍三太子化爲白馬，隨唐僧西天馱經，經於東土，復歸南海爲龍，是動物兩次變形；火龍化爲白馬後，可以「云行千里乘飛鞚（注：馬勒）」；孫行者盜了太上老君煉就金丹，九轉煉得銅筋鐵骨，火眼金睛……又偷得王母仙桃百顆，仙衣一套；李天王點八百天兵，領數千員神將，直臨花果山；孫行者到天宮內盜得仙衣仙帽仙桃仙酒快活受用；等。

以上的人物形象和情節及其相應的表現手法，都是童話式的，乃至神話式的。至少有相當部分是來自民間《西遊記》口頭童話，其藝術構思往往和原始思想因素有較多的聯繫，幻想色彩很鮮明，與現實主義色彩較強的舞台人物和戲劇情節有較大的距離。可以說，此劇之所以特別吸引觀衆者，民間童話藝術色彩強烈當是重要因素之一。

此外，如馬致遠的《岳陽樓》中的老柳樹，可托生爲男身郭馬兒，梅花精托生賀臘梅爲女身，配爲夫婦，這樣的身份改變，雖是有佛家的「轉世」思想影響，但也應承認同時是民間童話中變形觀念的表現。

### 4. 動物故事的吸取

動物故事是一種以動物爲其主角的童話。它是通過擬人法，用動物的活動故事反映人類的思想感情的。其角色注入了動物性，實際上卻在反映人性，也有一定的情節刻劃。

關漢卿是吸取民間故事的高手。對於動物故事也有吸取。他的《五侯宴》反映了因財主欺壓而造成的一齣家庭悲劇。第四折說，後唐（約八八五前後）沙陀部大將李嗣源的養子李從珂，被他養大後，當了他部下五名將之一。當從珂知道被養父李嗣源抱養的歷史，及離開了十八年的親母已六十多歲，正在財主家身寒腹餓，哭哭啼啼擔著水受著折磨時，他很悲傷，養父叫他的名字，他總是不答應；當叫他被抱養前的小名「王阿王」時，他才答應：「阿媽（注：女眞語「父親」之稱），您孩兒有。」李嗣源對母親稟明實情後，又對他說了一段動物故事《雞鴨論》：

不因此事感起一莊（樁）故事：昔日河南府武陵縣有一王員外，家近黃河岸邊，忽一日閑行，到於蘆葦坡中，見數十個鴨蛋在地，王員外言道：「荒草坡中如何得這鴨蛋，王員外將鴨蛋拿到家中，不期有一雌雞，正在暖蛋之時，王員外將此鴨蛋與雌雞伏抱，數日個個抱成鴨子，雌雞終日引領眾鴨趁食，個月期程，漸漸毛羽成長，雌雞引小鴨來至黃河岸邊，不期黃河中有數隻蒼鴨在水浮泛，小鴨在岸忽見，都入水中，與同眾鴨遊戲。雌雞在岸，回頭忽見鴨雛飛入水中，恐防傷損性命，雌雞在岸飛騰叫喚，王員外偶然出戶，猛見小雞水中與大鴨遊戲。王員外道：「可憐，我道雞母爲何叫喚，原來見此鴨雛入水，認他各等生身之主，雞母你如何叫喚。王員外言道：此一樁故事，如同世人養他人子一般，養殺也不親，與此同論，後作《雞鴨論》，與世上人爲戒。有詩爲證。（詩曰）鴨有子兮雞中抱，抱成鴨兮相趁逐。一朝長大生毛羽，跟隨雞母岸邊遊，忽見水中蒼鴨戲，小鴨入水任漂流，雞在岸邊相顧望，徘徊呼喚不回頭。眼欲穿兮腸欲斷，整毛斂翼志悠悠，王母見此鴨隨母，小鴨群內戲波遊，勸君莫養他人子，長大成人意不留，養育恩臨全不報，這的是養別人兒女下場頭。哎約，兒也，兀的不痛殺我也。

在上面一段文字中，李嗣源的《雞鴨論》由「昔日河南府」句，至「雞母你如何叫喚」句止，引用的正是以雞鴨爲主角的《小鴨和母雞》型動物故事。其原始記錄，已失傳了。但在關氏引用前已自己說明是「一樁故事」。再就今天仍有很類似的同型故事在民間流傳看，⑱可以斷定所引確是民間動物故事。該劇通過兩個家禽「雞」「鴨」的故事，寄寓諷刺子女忘記父母養育自己的深恩，寄寓「痛殺人」的主旨；後面「詩曰」一段，也不過是把故事改寫爲韻文而已。若從劇本佈局要精練集中看，似可省去。

劇中，關漢卿刻劃李嗣源怕養子尋親不回，忘了他撫養深恩的痛苦心態，不去選用文人詩詞、成語（哪怕是通俗的「成語」）、俚語，卻去選用上引爲平民最易理解（甚至是連小孩子也最感興趣）的由雞鴨構成的動物故事，其目的就是在於增加劇作的民間故事色彩，使具有較多的民間文學性，更爲平民所喜愛。我們應該贊美關氏在這方面取得的特有的藝術成就。

---

⑱ 以雞與鴨爲主角的動物故事很多。如漢族《公雞和鴨》，見上海文藝出版社編輯、出版《中國動物故事集》（上海：一九七八），頁一九五。東北漢族《公雞和公鴨》，見楊春青選編《東北動物故事選》（沈陽：遼寧少年兒童出版社，一九八六），頁九九—一〇〇。水族有《公雞騙公鴨》，見岱年、世杰主編《水族民間故事》（貴陽：貴州人民出版社，一九八四），頁三三六—三三七。其中最近似關漢卿所引故事的風格者，爲至今流傳於雲南新平縣西雙版納傣族的《鴨子爲何不孵蛋》：「鴨子只下蛋，不孵蛋。說起來還有一段故事哩。很早很早的時候，地上發生了水災，洪水把大地幾乎都淹沒了。鴨子一見，可高興啦，它嘎嘎嘎

地叫著，到處游來游去。這時候，在一枝露出水面的樹梢上，歇著一隻雞。當它聽到鴨子的叫聲後，便伸長脖子，向鴨子求救：『好朋友，你快來救救我吧！』鴨子遠遠地看見雞那失魂落魄的樣子，覺得十分可憐，便游到雞跟前，說：『來，我背你走吧。』雞飛到鴨背上，鴨背著雞到了洪水未淹到的地方，後來。洪水退去了，一切恢復了平靜：雞為酬謝鴨子，對鴨子說：『好朋友，我能活下去，全靠你呀！今後你生下蛋就讓我替你孵吧。』鴨子覺得雞是誠實的，從此就放心地把蛋交給雞孵了。」見西雙版納傣族民間故事編輯組編《傣族民間故事》（昆明：雲南人民出版社，一九八四），頁四三〇。

## 四 生活故事、民間童話對雜劇結構的特殊影響

這一節，只想粗略地探索一下三個基本問題：一、定型化手法對雜劇結構的影響；二、生活故事情節組織對雜劇結構的影響；三、仿作、串聯小故事對加強戲劇故事的影響。下面依次進行探索。

### 1. 定型化手法對雜劇結構的影響

生活故事、民間童話對雜劇結構的影響表現在三個方面：事件反復方式、安排角色數目方式、設置事情物品數量方式。為了說明複雜的情況，有時多舉些例句是必要的。

① 事件反復方式定型化手法對雜劇結構的影響

傳統的民間生活故事、民間童話在結構上常採取同類或近似事件重複三次（乃至三次以上）

的定型化手法。一般稱爲「三疊式」。每一次的重複，都會對展開情節、描寫人物和表現主題，起到逐步深化的作用。❶這是這兩類故事共同的重要藝術表現特點之一。遠在五代後晉的《舜子變》故事，❷敍事已用三疊式結構，可見在民間起源之早；其後近代記錄作品中，仍常可看到這兩類作品的這樣手法的存在，構成了故事結構上某種「回環的美」。這兩類傳統故事，在結構上有較大的穩固性，以此推測，元代以前的同類故事亦然。這種事件反複方式定型化手法，給雜劇結構的影響是相當廣泛的。這種定型化，是從大體上說的，並非十分呆板公式化之謂，而是仍有其靈活性。但就其根源說，正是直接或間接地從上述兩類故事吸取並變化而來。

在雜劇結構上，一般說來，事件重複有兩種情況：第一種事件重複，是在較遠的劇詞內讓事件重複一次，先後共三次。在這方面最著名的例，是在劇目中寫有「三」字的作品。如《爭報恩三虎下山》，它通過梁山泊頭領下山，救出被糊塗官判斬首的善良人故事，從而歌頌了梁山英雄爲民除害的高尙品德。劇中寫關勝、徐寧、花榮先後下山，在無意間先後分別被趙通判大夫人李千嬌認義爲兄弟，後來二夫人王臘梅告官，誣說她有奸夫，又由三人同去劫法場，才救出了她，使她一家四口團圓。自楔子至第二折，先後依次敍演三首領下山，巧遇李千嬌，並被認義爲兄弟，這三個英雄和李氏先後三次分別所說的話，幾乎相同。在事件上的三次有意重複，便能充分地鋪墊，先造出較大聲勢，對劇情發展顯得很恰當，給人更深的印象，到末尾三人一齊去劫法場就顯得更有力量了。又如關漢卿《包待制三勘蝴蝶夢》，其故事梗概和西漢劉向（前七七?—前六）的《齊義繼母》類同，❸但反映的却是元代蒙古人的權豪勢要者葛彪爲非作歹，目無法紀；打死了平民老者太公。王太公一家五口，生活窮困，他的兒子王大、王二憤而打死葛彪，全家王大、王二、王三和母親本該判處死刑，好在清官宋包待制（拯）在衙署晝寢，夢見小蝴蝶撲入蛛網中，大蝴蝶來救了它，睡醒後得到啓發。因而在第二折，三次反複核審，辨明冤獄眞相，施出妙計，終把這一家四口放了。在此折中，審訊王氏母子四人誰是兇手時，類似的勘問事件，反複了三次，很能突出包公細心調查，以求弄清眞相的可貴精神，及其極爲關心民間疾苦的好品德，故事情節很動人，這正見出創造性地吸取生活故事、民間童話事件重複三次的方式的妙用。馬致遠《呂洞賓三醉岳陽樓》，演述柳精、梅精分別化爲男身郭馬兒、女身賀臘梅結爲夫婦，在岳陽樓賣酒的故事。神仙呂洞賓曾先後到岳陽樓酒店三次；郭馬兒妻子被殺，他捉呂洞賓見官，不料妻子忽又出現，郭因犯誣告罪，將要被殺頭，向呂求救，呂終於濟度他們同登仙路。劇中採用了類似事件重複三次的方式，使戲劇結構較有變化，有助於更有力地表現呂仙堅決度人的意志。至於谷子敬《呂洞賓三度城南柳》，演的是呂洞賓濟度

---

❶ 鍾敬文主編《民間文學概論》，頁二一七及頁二二一。
段寶林著《中國民間文學概要》（北京：北京大學出版社，一九八五），頁九八。

❷ 變文故事《舜子變》，末署天福十五年（九四九）記，當是唐代一篇俗文學佳作。它講述舜幾番機智地逃脫後母的陷害，生動地反映了古代封建社會家庭內部的矛盾鬥爭。寫後母的狠毒，瞽叟的昏憒，舜子的機智至孝等都較突出。敘事採用反復手法，行文質樸單純；又採用傳統的三災三難的「三疊式」結構，極饒民間故事趣味。見張鴻勛選注《敦煌講唱文學作品選注》（蘭州：甘肅人民出版社，一九八七），頁二三四—二四〇。

❸ 劉著《列女傳》卷五。

岳州城南配爲夫婦的有仙風道骨的柳樹精，天山仙桃轉世的桃花精成仙的故事，所使用的反複法，也與前《岳陽樓》同樣工妙。

此外，武漢臣《虎牢關三戰呂牢》也採用了事件反複三次的定型化手法，不同者，只是人物衆多，場面複雜些，其頭緒較多而已。要之，只要一看劇本的名稱，如各有「三下」、「三勘」、「三醉」、「三度」、「三戰」字樣的，便知是採用了事件重複三次手法。採用這手法，有時每次被重複的用語幾乎完全一致，都能加強「回環的美」，使故事情節更曲折，深化了主題，也更好地刻劃人物。

第二種事件重複，是在一折很短距離內，把完全相同或相似的事件或說話，先後重複三次（或三次以上）。如《冤家債主》，它演晉州崔子玉斷冤家債主，是在陰府裁判，以因果來勸善懲惡的故事。在楔子中，晉州貧者趙廷玉上云：

……自家姓趙，雙名廷玉，母親亡逝已過，我無錢殯埋，罷罷罷，我是個男子漢家，也則出於無奈，學做些兒賊。白日裏看一下這家人家，晚間偷他些錢鈔，埋葬我母親，也表我一點孝心，**天阿，我幾曾慣做那賊來**也是我出於無奈。我今日在那賣石灰處，拿了他一把石灰……**天阿，我幾曾慣做那賊來**，我今日在蒸作鋪門首過，拿了他一個蒸餅……**天阿，我幾曾慣做那賊來**……將這墻上剜一個大窟籠，我入的這墻來……**天阿，我幾曾慣做那賊來**。

此段，把所說「天呵，我幾曾慣做那賊來」這件事，先後重複說了四次，無非是加深觀衆對趙廷玉要「做賊」偷東西的決心的印象；接著，下面就著重從他「偷」東西的行爲這一點去步步發展情節，層層拓深劇情。前面採用這種字字相同的詞語重複法，就可以在戲一開頭，組成巧妙線索，使人注意做賊這件事。也就緊扣了題意，很有助於刻劃趙廷玉這個人物。

自然，也可用相近的詞語對相同事件，反複說上幾次。如演述漢王允設美人「連環計」智殺權奸董卓的《連環計》是。劇中第四折演學士蔡邕用計賺董卓入朝授禪，以便殺死他。但李儒總是勸他不要「上當」入朝：

（李儒做看朝服科云）今日不可入朝，這朝服都被蟲鼠咬壞了也；若入朝，必然不利……（李儒做看科云）太師，今日不可出門，被蜘蛛羅網罩定府門內外，此一去恐遭羅網之災……（李儒做看云）呀，怎麼駟馬車折其一輪，此事大不利，太師，今日不可登車，這一去敢有去的路，無有來的路也。

此段，是寫謀士李儒很有警惕性，先後三次勸告董卓不要誤信前去「受禪」。李儒的勸說，每次語句有不同，但是勸說董卓不可前去的用意却相同。這是「意同語異」的重複，給劇情加強了緊張氣氛，叫人在看戲時產生了他到底「去不去」的懸念，使情節更曲折，叫觀衆急於看下去。這是很巧妙的事件重複法。但每次董卓總是同意蔡邕意見前去，第三次他駁回李儒意見後說：「學士說的是，李儒說的不是，若再敢言，必當斬首。」他終於去了，就陷入了蔡邕的騙局中去。由於能採用詞語反複法，與層層刻劃相適應，才把他固執而愚蠢的性格作了徹底的暴露。

第三種事件重複，是採用多次近似語句反複後，末尾處終把主旨突現出來。這比之上述兩種重複法要曲折、複雜得多。爲了便於說明雜劇中這類結構，這裏先從民間故事說起。元代生活故事文獻記錄不足，❹只能從清代以後的生活故事作類比性剖析。清代小石道人（約一八八四前後）《嘻談續錄》卷上輯有表現人民憎恨貪官的《五大天地》：

❹ 元代民歌有《奉使謠》：「奉使來時，驚天動地；奉使去時，烏天黑地；官吏都歡天喜地，百姓却啼天哭地。」這是採用「……天……地」的重複法，和生活故事中的有些類似。見元陶宗儀《輟耕錄》（見《影印文淵閣四庫全書》，冊一〇四〇，頁六一七下。按：此爲諷刺貪官歌。

一官好酒怠政，貪財酷民，百姓怨恨。臨卸篆，公送德政碑，上書「五大天地」。官曰：「此四字是何用意？令人不解。」眾紳民齊聲答曰：「官一到任時，金天銀地；官在內署時，花天酒地；坐堂聽斷時，昏天黑地；百姓含冤的，是恨天怨地；如今交卸了，謝天謝地。」[5]

又如，近代也有批評主觀而又不認錯者之可笑的《要菜》，採用和上引故事相類的方法：

有個不吃雞蛋的南方人到北方去。一天，他到飯館裏吃飯，問有什麼好菜。伙計說：「有木須肉（注：北京話指雞蛋）。」他不知木須肉是什麼，就說：「好，來一碗。」拿上來一看，正是他不吃的鷄蛋。但他又不肯直說自己不懂叫錯了，便又問道：「還有別的好菜嗎？」「有，攤黃菜好不好？」「好，來一碗。」 拿上來一看，又是他不吃的鷄蛋。他心想，我一連要了兩個菜，都是鷄蛋，乾脆不要菜，要點「點心」吃吧！便又問：「有什麼好點心嗎？」伙計說：「有窩果子。」 「好，就多來幾個。」 拿上來一看，仍舊是他不吃的囫圇蛋（注：完整雞蛋）。他心裏氣得很。伙計忙問：「你怎麼不吃？」「氣飽了。」[6]

上引這一類生活故事，大量存在於民間，都是在較短距離內，反復採用三次或三次以上的類似說法，以推動故事情節逐層發展，步步深挖主題，末句往往隱藏著深意。前例「如今交卸了，謝天謝地」，暗示百姓恨透貪官，他卸任了，大家求之不得。後例「氣飽了」，暗示那個到北方去的南方人不懂雞蛋的種種別稱之可笑。各極其妙。

有的元雜劇的結構，正是在較大程度上吸收上引一類生活故事的事件反復方式定型化手法的特點，加以融會、創新，使之活躍氣氛，推動劇情，並更好地刻劃人物。如寫愛情婚姻的《舉案齊眉》第一折，寫已退休的府尹孟從叔（下簡稱「孟」），請來官員、財主、窮秀才梁鴻各一人，迫令女兒孟光（下簡稱「光」）嫁給前二者中之任一人，他六次以道白逼迫孟光，孟光卻能以道白或曲子作有理有節的反駁。且看原文：

秀才。（孟云）孩兒也，這官員、財主、秀才，你可要嫁那一個？（光云）父親，你孩兒只嫁那你嫁了他，也得受用哩。（孟云）則他便是梁鴻，每日在長街市上題筆爲生的，怎比那兩個是官員、財主。嫁他也不誤了孩兒也。（光云）父親，秀才是草裏旛竿，放倒低如人，立起高如人，便

此段，孟光提出要嫁給窮秀才梁鴻的理由是，「人窮，品德高」。這是她第一次反駁父親要她以「官員」、「財主」爲選婿標準之不合理；接著，她唱《村裏迓鼓》：

咱爲人且貧且富，爲官的一榮一辱。（孟云）做官的有什麼辱來？（光唱）他的是皇家俸祿，又科斂軍民錢物，直等待削了官職，賣了田地，散了奴僕，那時節方悔道不知止足。

孟光認爲：做人要樂觀，目下貧窮，日後會變富。而目下做官的，暫時榮耀，異日終會受辱。父親問辱從何來？孟光答：他吃皇上俸祿，榨取軍民錢物，終會有不好收場：削職，賣地，如僕散掉。這是她第二次反駁父親要她嫁給「官員」的理由，在於鄙視他。接著是：

---

❺ 王利器輯錄《歷代笑話集》頁五四〇。

❻ 蓉生等編《中外笑話大觀》（昆明：雲南人民出版社，一九八四），頁三九—四〇。按：北京經京調的打碎的雞蛋，色黃，口語多稱「木須肉」。

（孟元）那梁鴻是個窮秀才，幾時能夠發達日子，你苦苦要嫁他怎的。（光唱）《元和令》你道他一介儒，消不的千鍾粟，料應來盡世裏困窮途，嫁她時空受苦，有一日萬言長策獻鑾輿，才信他是眞丈夫。

此段，父親說：窮書生梁鴻，難有好前途，爲何要嫁他？孟光說：你說他無福受祿，嫁他必受苦；可是只要他寫出治國平天下的「萬言書」，獻給皇上，你才相信他是「眞丈夫」，有好本領。這是孟光第三次反駁父親說嫁窮秀才沒前途的理由。

接著，父親再從梁鴻文章上挑剔缺點：

（孟云）他的文章，我也見過他的。如今是這個模樣，到老也不得長進了。（光唱）《上馬嬌》這的是時命乖，非是他文學疎，須知道天不負詩書，則看渭水邊呂望將文王遇，哎，怎笑的霜雪也白頭顱。

父親說：梁鴻雖會寫文章，但如今却處困境，再老也決無法上進。孟光則認爲受困是暫時的，說天決不會辜負富有文化修養的人；並引古代呂望頭白似雪，仍能在陝西渭水邊獲周文王賞識，終於得志。這是第四次以說理及歷史名人實例反駁父親的說法。

父親理窮，只好轉而以「官威」、「財勢」來進一步逼嫁了：

（孟云）這馬家的是官宦，張家是財主。比梁鴻差得多哩。（光云）父親。（唱）《勝葫蘆》這都是蔭庇驕奢潑賴徒，打扮出謊規模，睜眼苦眉撚髭鬚，帶包巾頂繫環絛一副，怎知他不識字一丁無。

這段，父親強詞奪理，說馬家是官員，張家是財主，窮書生梁鴻不能相比，企圖以此壓服她。可孟光另有道理，答：他們一個蒙祖先蔭庇，驕奢潑賴，扮成騙人樣相；一個雖戴頭巾，繫腰帶，擠眉弄眼撚髯鬚，卻不過表面威風而已。哪知都是不識字的草包。這是第五次反駁父親的意見，進而揭穿他們無實學。於是，父親又輸了。

父親被駁的無理再問了，仍不死心。最後，轉變話題，硬說馬舍的官位很穩當，以引誘孟光：

（孟云）那小張員外便也罷了，這馬舍的官是他荷包裏盛著的，嫁他有什麼不好？（光唱）《么篇》哎，兀的是豹子峨冠士大夫，何必更稱譽，也非我女孩兒在爺娘行敢抵觸，富時節將親偏許，貧時節把親偏阻，可不道斷其初。

父親說：馬舍官位穩當，嫁他最好。孟光說：過去把我許給梁家是你，後來梁窮我富，你變了心，迫我改嫁官員；你後悔當初的許婚於梁，這就是失信的君子。她不趨炎附勢，不因貧窮而改志，仍堅持要嫁有實學的窮秀才梁鴻，以致父親無詞以對，只好改口。這是第六次、即她最後一次對父親反駁的勝利，也是力爭合理婚姻的最後勝利。

總上看來，孟叔和女兒孟光之間逼婚、反逼婚的反複鬥智，先後經過六次對話，互相交鋒，一環扣一環，一環緊一環，步步逼緊，層層深入，戲劇氣氛也越來越緊張，很富有吸引力，終把孟光的光輝形象塑造爲：她性格坦率，穩重，有自己的主見，不屈服於封建家長的壓迫，熱愛有才學、志氣的窮書生，對未來有樸素的樂觀思想。要之，她有一定的平民化的高尚的擇偶標準，是民間追求合理婚姻的體現者。此劇步步深化劇情的結構，如純就其淵源來看，其中的一個方面，可以說，或多或少地向《五大天地》、《要菜》或其近似故事的事件反複方式定型化手法吸取過藝術營養，又生發之，給以創新的。因之，既有民間故事的藝術色彩，也有作家的心血和創造性在內。

② 安排角色數目方式定型化手法對雜劇結構的影響

就雜劇安排人物角色數目方式的定型化來說，也對生活故事、民間童話有所吸取，吸取了後二者中常用的有三個、五個，乃至七個人的固定說法。

如說，有三個角色的有：關漢卿《蝴蝶夢》楔子，王老漢自述妻子生下「三個孩兒」；岳伯川《鐵拐李》一折，岳孔目的渾家李氏自述「嫡親的三口兒家屬」；馬致遠《黃粱夢》楔子，高太尉自述「嫡親的三口兒家屬；」王從道老漢自述「嫡親兒三口兒家屬」；鄭廷玉《後庭花》一折，趙忠自述「嫡親的三口兒」；關漢卿《竇娥冤》楔子，蔡婆婆自述「嫡親三口兒家屬」；《貨郎旦》一折，李英自述「嫡親的三口兒家屬」；《碧桃花》楔子，張珪自述「嫡親的三口兒家屬」；張國賓《羅李郎》楔子，蘇文順說他「八拜之交」的弟兄孟倉士，「嫡親的三口兒」；關漢卿《陳母教子》楔子，馮氏自述「所生三個孩兒」；鄭廷玉《金鳳釵》楔子，趙鶚自述，「嫡親的三口兒家屬」；《獨角牛》一折，折拆驢自述「弟兄三個」；《劉弘嫁婢》楔子，李遜自述「嫡親的三口兒家屬」；《九世同居》一折，張公藝自述「所生三個孩兒」；由這一類變化而出的說法，則有《桃花女》楔子，石婆婆自述，她住的村坊，「出名的止有三姓：一姓彭，一姓任，一姓石。」等等。

說五個角色的有：《神奴兒》一折，李德義自述「嫡親的五口兒家屬」；關漢卿《蝴蝶夢》楔子，王老漢自述，「嫡親的五口兒家屬」；孟漢卿《魔合羅》楔子，李彥述自述「嫡親的五口兒家屬」；賈仲名《蕭淑蘭》一折，蕭讓自述「嫡親的五口兒」；李致遠《還牢末》一折，李榮祖自述「嫡親的五口兒家屬」；等等。說七個角色的，也偶爾用之，如：楊景賢《劉行首》一折，王重陽自述「丘、劉、譚、馬、郝、孫、王」七人，「可傳俺全眞大道」；[7]《來生債》三折，龍神自述父親所生七子是：金脊德勝龍、銀脊廣勝龍、銅脊沙龍、鐵脊陀龍、九尾赤龍、撩牙火龍、鎮世惡龍；等等。採用三、五、七的數目設置角色，完全是沿用生活故事、民間童話中慣用的定型化手法，既符合民間文學藝術傳統，又符合劇情需要，爲民間喜愛。

③設置事情、物品數量方式定型化手法對雜劇結構的影響

在戲劇情節發展過程中，常會提及三件事情、三種或第三種物品。這大致符合中國的民族習慣，從藝術的淵源上來說，較多是從生活故事、民間童話中吸取來的。

如：提及三件事情的劇詞，有：馬致遠《薦福牌》一折，有「三顧茅廬」；范子安《竹葉舟》二折，呂洞賓曾經「三醉岳陽樓」；《舉案齊眉》有「三男選夫」；❽《凍蘇秦》三折，張儀對秦王「獻上三策」；關漢卿《單刀會》一折，魯肅差守將黃文先「設下三計」《黃鶴樓》一折，周瑜對劉備「暗設三計」；《千里獨行》一折，關羽對張文遠說：「依我三件事，我便投降」；楊顯之《瀟湘雨》三折，受冤帶枷鎖的張翠鸞對解子說：「心中憂慮有三樁事」；鄭德輝《王粲登樓》三折，王粲自述「有三樁兒（事）不是」；石君寶《秋胡戲妻》二折，羅大戶「遞酒三杯」；《漁樵記》三折，劉二公自述「一世有三條戒律」；鄭光祖《㑳梅香》三折，小姐和丫頭樊素先後拈出「三炷香」，表達「三祝願」；孟漢卿《魔合羅》一折，老漢高山有

---

❼ 按：全眞教之「七人」是史實，和七個角色說法是偶合，姑存之。

❽ 按一個巧女要從三個男子（常是一官吏、二財主、三窮漢。可是有時不一定爲此三種角色）中自選丈夫的母題相同的「巧女選夫」型生活故事，總是老實的窮漢被選上。在古文獻中，記錄得絕少。近年却發表的較多，參《巧媳婦》一書。見注❾。

「三椿戒願」；關漢卿《竇娥冤》三折，竇娥在受刑前，有「三椿兒誓願」；秦簡夫《趙禮讓肥》一折，有「三口兒受貧」；《盆兒鬼》三折，魂子要老漢張撇古去盆兒上「敲三下」；張國賓《羅李郎》二折，僕人侯興「有三件事遺留的話」；三折，羅李郎對兒子說：「我叫你三聲，一聲高似一聲，便是人；一聲低似一聲，便是鬼。」《看錢奴》三折，賈長壽云：「神明保佑（父親）指日平安……情願燒三年香」；岳伯川《鐵拐李》一折，岳孔目的渾家李氏，對神仙呂洞賓說：「怎生在門首大哭三聲，大笑三聲。」《桃花女》楔子，桃花女教石婆婆「將馬杓兒去那門限上敲三下，叫三聲」；《謝金吾》楔子，宋王樞密自述被蕭太后在他腳底板上「以硃砂刺賀驢兒三個大字」；等等。

至於提及三種物品的劇詞，也是非常之多。如：鄭廷玉《楚昭公》一折，吳王闔廬獲得「寶劍三口」（魚腸、純鈞、湛盧）；李好古《張生煮海》二折，仙姑給張生「三件法寶」（銀鍋、金錢、鐵杓）；《賺蒯通》四折，蕭何對樊噲將軍說漢王「後來得了韓信，築起三丈高台」；蒯文通對蕭何說，韓信有「三愚」；馬致遠《薦福碑》二折，趙實向書生張鎬要「三件信物」；一折，杜短檠「三尺挑寒雨」；《凍蘇秦》楔子，有「三尺龍泉」、「三寸舌」；武漢臣《小尉遲》三折，有「三頂頭盔」；石君寶《秋胡戲妻》一折，有「三日光景」；二折，有「三冬冷」；《神奴兒》四折，有「三年乳哺恩」；馬致遠《薦福碑》三折，有「三千劍客」；《謝金吾》二折，有「番兵三百萬」、「三關」；馬致遠《岳陽樓》三折，有「三竿日」；高文秀《黑旋風》一折，有「三兩銀子」鄭光祖《倩女離魂》三折，有「僧堂三頓齋」；馬致遠《陳摶高臥》一折，有「三唱雞聲」，二折有「三卷天書」；《馬陵道》楔子，有「三尺土坑」；王仲文《救孝子》三折，有「三文錢的潑命」；馬致遠《黃粱夢》二折，有「三尺劍」；喬吉

《揚州夢》一折，有「三分明月」；二折有「三山洞」；等等。

以上的事件、人物、事情、物品的定型化手法，在一些宋人話本小說中自然也未見常用，但在生活故事、民間童話中則是最常採用，而雜劇中用的恰當的，就構成了結構上某種民間文學色彩，也使人獲得民族藝術的某種親切感。

## 2. 生活故事的情節組織方式對雜劇結構的影響

民間生活故事在情節組織方式上，有其一定的相對穩固的傳統類型。這是生活故事的傳統藝術特徵之一。它也爲有的雜劇結構所創造性地吸取、引用。

例如民間向有《巧女選夫》型生活故事。往往說，一個聰明的女子，要從三個男子中選其一爲丈夫，這三個男子的身份並不很固定。如湖北的《巧女擇夫》，[9]說一個私塾先生有個漂亮女兒，他答應他的三個學生，往後把她嫁給考中秀才的學生，豈料後來三個學生都考中了。一天，她女兒請三人來喝酒，提出面試誰有眞才實學，然後嫁給口才最好的一人。她父親出過題目後，認爲三個秀才都回答的好，難分高低。但女兒却善於選出最聰明的一個和他成了親。其異式是《秀姐選郞》，[10]大意說，三個小伙子向聰明美麗的秀姐求婚。她不圖金錢和權勢，

[9] 湖北民間文藝研究會編《巧媳婦》（黃岡：長江文藝出版社，一九八二），頁二六—二七。

[10] 同[9]，頁三〇—三一。此類故事極多，貴州侗族有《找女婿》，大意說：有個老人，邀來了莊稼漢、獵人、書生共三人，讓獨生女兒選夫婿，女兒各給一個難題考他們，因莊稼漢答的最完滿，遂決定嫁他。見楊通山、過偉等編《侗族民間故事選》（上海：上海文藝出版社，一九八二），頁三一七—三二一。

只想嫁老實人。於是她進行面試，要嫁給獲第一名的人。第一次考插秧，三人同時插完，不分先後；第二次考射雁，三雁同時墜地，不分勝負；第三次考種芝麻，先長先回，便先嫁給他。給了每人一碗芝麻，其中兩碗是經過炒熟了的，但這去種的兩人，自己換了未炒過的，很快便長了芽出來，有一個却一根芝麻也未長芽，他還在東山等待。因這孩子最老實，便嫁了給他。這種故事，還有別的異式、如《掛牌招婿》，⓫大意說，有個姑娘，爹媽爲她挑選的求婚者，有官吏、秀才舉人、公子少爺，可她却不選，說：「一不嫌貧，二不愛富，專愛有眞才實學的人。」於是她想了個辦法：掛牌招婿，後來，來了七個秀才，通過姑娘出題，終選中了一個有才學的窮秀才。以上一類故事，異式很多，台灣的《選婿》，亦是此類。⓬

宋代，民間已有《三女婿拜壽型》故事，⓭近代以來，流傳的這類故事，開頭大多說，某員外有三個女婿：「大女婿是當官的，二女婿是有錢的，三女婿是種莊稼的。」⓮有的故事，開頭說：「大女婿是個文舉（文官），二女婿是個武舉（武官），三女婿是個勤勞的莊稼漢。」⓯接著，就說三個女婿比做詩，最後是受歧視的三女婿得勝。

以上的「巧女擇夫」型和「三女婿拜壽型」故事的情節組織方式，已被有的雜劇結構所吸收和鎔化。最突出的例子如《舉案齊眉》一折說：已退休的府尹孟從叔，對老夫人說：「如今此處有個張小員外，是巨富的財主；又有一個馬良甫，是個官家舍人，久已後也是爲官的；如今就請將（窮秀才）梁鴻來，看他三人都到俺前廳上，設一酒席管待他，放下斑竹簾兒來。請小姐在簾兒裏邊，看他三個人，隨小姐心中自選一個。」其後，小姐說：「母親，您孩兒只嫁那窮秀才。」又說：「父親，秀才是草裏旛竿，放倒低如人，立起高如人，便嫁他也不誤了孩兒也。」

在前引兩類型故事的共同點，是在三個人物官員（或文官）、財主（或武官）、窮漢（或窮書生）中，選出夫婿和拜壽吟詩，都是窮漢（或窮書生）獲勝。之所以如此者，完全是在民間故事的法庭上，民間無名作者鄙視官員和富有者，在幻想世界中給平民以支持，這正是傳統民間文學在思想藝術上的樂觀主義、堅決支持正義和浪漫主義精神的有力表現。

《舉案齊眉》的結構，一開頭就正是吸收了上引兩類生活故事的情節組織方式，創作出一個小姐從官員、財主、窮秀才三者中選夫，並終於選中秀才的故事。在這情節之末，即孟光選定窮秀才梁鴻為夫婿後，父親又故意出難題說：「這妮子既然要嫁梁鴻，我如今只問他要兩件寶貝，有便嫁他。」孟光問：「父親，可是那兩件寶貝？」父親答：「我要那帶秋色羊脂玉，賽明月照夜珠。」窮秀才怎會取得此等寶貝呢？表面是索取稀世奇珍，實際上是找難題拒婚。

---

⑪ 同❾，頁二八—二九。

⑫ 大意說，某員外有個獨生女，選婿時，父親喜歡大官兒子王貴，母親喜歡大富翁的少爺，而女兒却選中在小時候的私塾同學，又考上秀才的趙義。此故事兩三百年前已流傳。見施翠峰著《台灣民譚探源》（台北：漢光文化事業股份有限公司，一九八五），頁五七—五九。

⑬ 如《話不投機》，收入明末刊本《新刻四民通用鰲頭萬寶事山》卷十七，今人傳惜華認為，據內容分析，「最遲亦必出於宋人之手」，見王利器輯《歷代笑話集》，頁四一一—四一六。

⑭ 中國民間文藝研究會湖北分會等編《湖北民間故事傳說集·隕陽地區專集》（湖北省群眾藝術館，一九八二），頁三二一—三二二《三女婿拜壽》。

⑮ 河北人民出版社編輯、出版《打縣官》（保定：一九五五），頁二〇—二三《三個女婿拜壽》。

這樣的戲劇結構，和「卑微的女婿解答謎語或問題以求婚」型民間故事⑯的說法，又有極爲近似之處。

我曾看過一齣傳統的古老的楚劇民間小戲，名爲《英台開藥方》，⑰其中演及祝英台曾經對人說，如要治好她對梁山伯嚴重的相思病，就要取到十種藥材：「一點四海龍王膽，二點山上鳳凰肝，三點乾魚頭上血，四點蚊蟲腦內漿，五點無風自動草，六點六月瓦上霜，七點閻羅中指甲，八點仙姑足一雙，九點三十六天雨，十點雷公合電光。」這裏索取的，根本上是現實生活中從未有過的「奇珍」，語言情趣當是來自（或仿自）民間生活故事的，其異式，在不少傳統地方戲曲中也常引用。它們和上引元雜劇唱的是要「秋色羊脂玉」、「明月照夜珠」之必不可得，性質正完全相近。索取兩寶的情節，也構成了具有民間故事色彩的奇趣性結構。因此，使人看此劇時，彷彿聞到民間生活故事的藝術氣息，享受到民間文學的某種美學情趣。

### 3. 仿作、串聯小故事對加強戲劇故事的影響

有的雜劇，爲了豐富情節和刻劃人物的需要，也仿作幾個生活小故事，並把它們串聯起來的。如《來生債》一折末尾，演述富翁龐居士贈給窮苦的磨博士一個銀子，要他辭了他家的磨房活兒，拿回去作本錢，白日做些買賣，晚上好好睡覺。他家很窮，只有一間小房，離家時，把草繩拴著，回來時還如此。屋子裏什麼也沒有，只有個供生火與睡覺的土炕。這銀子放哪裏？是個大難題。

接著，就依次仿作了四則生活小故事說：第一次，磨博士把銀子緊緊揣在懷裏，聽上衙一

更鼓響，便去試睡，夢見有人來搶銀子。嚇醒後，不知放哪裏好？第二次又把銀子放進灶窩裏，聽上衙二更鼓響，又去睡，夢見火來燒銀子。嚇醒後，不知放在哪裏好？第三次，把銀子放進水缸裏，聽到上衙三更鼓響，又再去睡，夢見水來淹銀子。嚇醒後，仍不知放在哪裏好？第四次，放在門限底下，聽到上衙四更鼓響，又再去睡，夢見有人拿鍬鋤、撅頭來耙他的，還用刀砍他，用槍刺他。嚇醒後，已打五更，雞鳴了。

一個窮漢，家徒四壁，幸而得到一個銀子，害了他「一夜不曾得睡」。劇詞全是「磨博士」長段獨白，如是平舖直敘，自言自語，觀衆必然要奄奄欲睡，可是此段獨白，除頭尾各有一小節不算外，中間儼然仿作了四個生活小故事，一個扣一個，緊緊地串聯起來，而且是一波剛平，一波又起，曲折多姿，趣味橫生，富有波瀾地表現了他的心態和行動，同時大大渲染了劇情，又能具有一定的民間故事的韻味。

⑯ 美國丁乃通著、鄭建成等譯《中國民間故事類型索引》，頁二八八─二九〇。

⑰ 《袖珍楚劇大觀五集》，頁八。自藏石印本，未署編者姓名、出版地點及年月。大約爲三、四十年代湖北坊間地方戲劇叢書之一。我看過近代河北武安「落子」（地方小戲）《九紅出嫁》劇本，寫及九紅（祝英台）的母親，在馬家花轎快到時，硬要迫她上轎去，九紅隨機應變，提出了必須給她許多嫁粧：「先要上東海岸上靈芝草，再要上西海西的月苗根，南海南的茄花樹，北海北的老龍筋。四楞子雞蛋要八個，琉璃旗杆要兩根，蚊子翅膀縫小襖，蝴蝶翅膀砌羅裙。水面上塵土要二斗，冰凌成灰要一斤。……洗臉不用凡間水，要上天河水一盆。下轎不走凡間路，滿地金磚不生塵。……有這些東西兒便走，要沒有，二老爹娘另找旁人。」見北京市大衆文藝創作研究室主編《說說唱唱》（北京：人民文學出版社，一九五〇），四期，頁一四─一五。九紅所要的一大批物品，富有生活氣息，和楚劇中提到的一樣，均是根本無其物的「奇珍」。

## (五) 民間笑話的吸取

民間笑話是富有喜劇性的引人發笑的民間故事形式的一種。戲劇是一種教育和娛樂觀衆的工具。在劇詞的必要處，引入笑話，使他們得到會心的微笑，乃至大笑，是適宜的。近人王國維在《優語錄》一書中，[1]輯錄了大量笑話史料，證明唐、宋、遼、金優人善於說笑話，宋金之間有的優伶，文化水平並不低；[2]當時優人還有最善於說笑話的；[3]書中史料，也證明了在宋人「科白戲」的劇詞中，引入出色「戲語（達先注：指笑話和諧語）而箴諫時政」。[4]可見吸取笑話，已成爲戲劇最重要的藝術特色之一。元雜劇比之科白戲，又有了更大的普及性和群衆性。其劇詞採用笑話更多，質量更高，反映的內容更廣泛，即以這部分文詞而論，也極爲豐富多姿。這一小節，只想就雜劇中吸取民間笑話方面作初步的剖析。

在雜劇中，主唱者限於末、旦，至於反面人物，如淨、丑等，大多用說白表現；這種說白，一般比較角色化，乃至個性化。就大體上說，其具有鮮明笑話色彩的部分，有某些就直接吸取自民間笑話，某些則是吸取後又稍爲改作一下。不管是哪一種，創作得好的，自有很高的逗笑或諷刺的藝術價值。正如顧仲彝所說：「機趣語言中帶有諷刺、嘲弄意義的，在中國傳統戲曲中，就稱爲『插科打諢』。插科打諢的歷史悠久，在唐參軍戲裏就已經採用，到元雜劇時就被吸收到戲劇中去。」[5]可見，吸取（或仿作）笑話來豐富劇詞，以製造有風趣的「插科打諢」，表現喜劇性人物性格，從而增強娛樂性的藝術效果，這方面在元雜劇中確已取得劃時代性的成就。

宋元的文獻記錄，保存下大量民間笑話，今仍可看到。[6]有的古代笑話，有較大的穩固性，往往可流傳至幾百年乃至二千多年後的今天，而其故事梗概與主旨仍不變，如戰國韓非（前二八〇？—前二三三）所記當時諷刺性的「呆女婿」型笑話《卜子妻》，即在二千二百多年後的

❶ 王國維輯錄《優語錄》，收入王著《海寧王靜安先生遺書》（長沙：商務印書館，線裝本，一九四〇），冊四五內頁一—一三。

❷ 說到宋代優伶者，如《優語錄》轉引宋代周密《齊東野語》：「蜀伶尤能涉獵古今，援引經史，以佐口吻，資笑談。」說到金代者，如所引元脫脫等撰《金史·后妃傳》：「金章宗元妃李氏，勢位熏赫，與皇后侔。一日，宴宮中，優人玳瑁頭者戲于前，或問：『上國有何符瑞？』優曰：『汝不聞鳳凰見乎？』曰：『知之而未聞其詳。』優曰：『其飛有四，所應未異。若向上飛，則風雨順；向下飛，則五穀豐登；向外飛，則四國來朝；向裏飛，則加官進祿。』上笑而罷。」注：「『裏飛』諧『李妃』。」

❸ 《優語錄》轉引南宋葉紹翁《四朝聞見錄》戊集：「郭倪郭果敗，因賜宴，優伶以生菱進於桌上，命二人移桌，忽生菱墮，盡碎，其一人云：『苦，苦，苦，壞了許多生靈，只因移果桌。』」同❶，王著，頁一二上。

❹ 同❶，頁一，王氏《優語錄·小序》。按：從王氏所輯笑話看，以箴諫時政為主，別方面的絕少。這與元劇所引稍異。

❺ 顧著《編劇理論與技巧》（北京：中國戲劇出版社，一九八一），頁四一四—四一五。

❻ 最著名的為北宋高懌的《群居解頤》，傳為蘇軾的《艾子雜說》，蘇軾語、明王世貞次《調謔編》，宋范正敏的《遯齋閑覽》，傳為宋陳元靚的《事林廣記》及元仇遠的《稗史》。見王利器輯錄《歷代笑話集》，頁五四—五九，頁六〇—七〇，頁七一—七八，頁七九—八六，頁一二五—一三三，頁一三四—一三六。又北宋末宮廷的優伶口頭創作和演出的諷刺官府的民間笑話很多，見南宋洪邁《夷堅志》支乙卷四《優伶箴戲》。它們對元後笑話影響很大。

今天，不少地方仍以其異式流傳著。[7]因此，以宋元民間笑話的相近作品來比較分析，又從明代或稍後的同型笑話，作出合理類推、研究，以說明雜劇所引民間笑話的來源，自是可以的。下面，只就雜劇中吸取諷刺敵對人物的民間笑話來作剖析。

首先，看對諷刺貪官的笑話的吸取。如明代馮夢龍在《廣笑府》中記有《衣食父母》：「優人扮一官到任，一百姓來告狀，其官與吏大喜曰：『好事來了。』連忙放下判筆，下廳深揖告狀者。隸人曰：『他是相公子民，有冤來告，望相公與他辦理，如何這等敬他？』官曰：『你不知道，來告狀的，便是我的衣食父母，如何不敬他？』」[8]這諷刺了趁百姓打官司，隨即敲詐貪污的官吏醜態，所以民間稱打官司的百姓是「衣食父母」。

上述民間笑話反映的官吏貪財敲詐的社會現實，早在元代已出現。「元初，不設俸祿，任憑官吏聚斂，因此，他們公開敲詐勒索反映了元代的時代特徵。」[9]而且，在宋代也有反映這類情況的笑話《官員貪污》[10]流傳：

有周通判貪污，監司按劾，對移下縣知縣，才到任，吏人探其意，乃鑄一銀孩兒重一斤安在便廳桌上，入宅復云：「家兄在便廳取復。」知縣出來，只見銀孩兒，便收之。他日，吏人因事有忤，將勘決，吏人連聲復云：「且看家兄面。」知縣云：「你家兄沒意智，一去後更不再來相見。」

據此推斷上引《衣食父母》或其同型笑話，當時已有。它曾被兩個雜劇吸取了。

如關漢卿在《竇娥冤》二折，寫楚州太守和告狀人張驢兒等的對白，有一段文字基本上吸取了上引一類笑話。

（淨扮孤引祗候詩云：）我做官人勝別人，告狀來的要金銀，若是上司當刷卷，在家推病不出門。下官楚州太守桃杌是也。今早升廳坐衙，左右喝攛廂。（張驢兒拖正旦、卜兒上，云：）告狀告狀。（祇候云：）拿過來。（做跪見。孤亦跪科，云：）請起。（祇候云：）相公，他是告狀的，怎生跪著他？（孤云：）你不知道，但來告狀的，就是我衣食父母。

這一段，通過孤（官員）、祇候（衙役）、張驢兒三人的說白、動作，著重刻劃官員向告狀的張驢兒跪求贓款，來揭露官員之貪污，至瘋狂程度，諷刺的極為深刻。王季思（王起）認為「一跪一起，一問一答是古代參軍戲的遺跡」，⓫這說的較中肯；不過，他未指出，此段對白和動作，顯然是由吸取上引同類型笑話變化出來的。

又如孟漢卿《魔合羅》一折，演述旦扮劉玉娘，其夫婿被小叔李文道用藥毒死，李卻蠻橫地拉她一同告到河南府糊塗縣令那兒去是：

---

❼「鄭縣人卜子妻之市，買鼈以歸，過潁水，以為渴也，因縱而飲之，遂亡其鼈。」見清王先慎《韓非子集解》卷一一「外儲說」左上三三。今湖北武昌有《呆女婿》，林蘭編《呆女婿的故事》（上海：北新書局，一九三三），頁二一—二二。台灣也有大同小異的《呆女婿》，見黃得時編著《台灣民間故事精選》（台北：青文出版社，一九七三），頁九六—九七。別省此類故事也很多，從略。

❽王利器輯錄《歷代笑話集》，頁三二五。

❾許金榜著《元雜劇概論》（濟南：齊魯書社，一九八六），頁一四。

❿《官員貪污》：此篇收入《纂圖增新群書類要廣記》，一三四〇年有積誠堂刊本，引自❽王著，頁一三三。

⓫王季思等著《元雜劇選注》，上冊，頁一二六注㉞。

（淨扮孤引張千上）（詩云）我做官人單愛鈔，不問原被（注：原告被告）都只要；若是上司來刷卷，廳上打的雞兒叫。小官是河南的縣令是也。今日坐起早衙，張千，看有告狀的，著他進來。（張千云）理會的。（李文道同旦上云）你尋思波。（旦云）我只和你見官去。（李文道云）我和你見官去來，冤屈也。（孤云）拿過來。（張千云）當面。（孤做跪科）（張千云）相公，他是告狀的，怎生跪著他。（孤云）你不知道，但來告的都是衣食父母。（張千喝旦跪科）

此段刻劃貪官不分原告被告，不問是非，見有來告狀的，就下跪詐財，和前引關劇所寫近似，主旨相同，同樣是對上引一類笑話的吸取，只是文詞稍異，眞是把貪官寫的立體化了。

其次，再看對諷刺守財奴的笑話的吸取。明代馮夢龍也曾記下了《死後不賒》：「一鄉人，極吝致富，病劇牽延不絕氣，哀告妻子曰：『我一生苦心貪吝，斷絕六親，今得富足，死後可剝皮賣與皮匠，割肉賣與屠，刮骨賣與漆店。』必欲妻子聽從，然後絕氣。既死半日，復蘇，囑妻子曰：『當今世情淺薄，切不可賒與他。』」⑫此段分爲三層，逐層而下，以高度的集中概括與誇張手法，揭露死後猶吝者的守財奴的醜態，極爲深刻。在古文獻上，和上引笑話相近的元代笑話《李越鄙儉》，⑬也極精采。說的是上蔡縣令李越，全家一年不食肉，只有在歲時伏臘時，才到市上借熟肉一斤祭祀祖先。以此推斷元代似會有馮氏所記一類笑話流傳。

如鄭廷玉在《看錢奴》三折，演財主賈仁臨終對兒子（小末）長壽的道白，自述他是個「守金錢的奴才」，原文是：

（賈仁云）我兒，我這病覷天遠，入地近，多分是死的人了。我兒，你可怎麼發送我？

（小末云）若父親有些好歹呵，您孩兒買一個好杉木棺材與父親。（賈仁云）我的兒，不要買，杉木價高，我左右是死的人，曉的什麼杉木柳木，我後門頭不有那一個馬槽，儘好發送了。（小末云）那喂馬槽短，你偌大一個身子裝不下。（賈仁云）哦，槽可短，要我這個身子攔腰剁做兩段，折疊著，可不裝下了。我兒也，我囑咐你：那時節不要咱家的斧子，借別人家的斧子剁。（小末云）父親，俺家裏有斧子，可怎麼向人家借？（賈仁云）你那裏知道，我的骨頭硬，若使我家斧子，剁捲了口，又得幾文錢鋼。（小末云）直是這等，父親，您孩兒要上廟與父親燒香會去，與我些錢鈔。（賈仁云）我兒，你不去燒香罷了。（小末云）孩兒許下香願多時了，怎好下去。（賈仁云）哦，你許下願來，這等，與你一貫鈔去。（小末云）少。（賈仁云）兩貫。（小末云）少。（賈仁云）罷，罷，罷，與你三貫，可忒多了，我兒這一樁事要緊。我死之後休忘記討還那五文錢的豆腐。（下）

此段劇詞的原型民間笑話，已難確查。但全文演述賈仁對兒子囑咐後事分為四層：賈仁云：「我的兒……盡好發送了。」此段為第一層：他說死後只用「喂馬槽」當棺材，這樣就不必花錢去買了。賈仁說：「哦……借別人家的斧子剁」，此段為第二層：說把他的身子剁為兩段時，

---

⑫　同❽，頁三二六。

⑬　《李越鄙儉》：「李越歸明人，作蔡州上蔡令，性廉鄙儉，事多失中。歲終舉家未常食肉，至歲時伏臘祭祀祖先，則令市買於行中借取熟肉一斤，切作數臠，致於盆中；又以堞數隻盛錢數文，乃告先祖曰：『酒是官務沽來，清醇可愛；肉是行中借來，新香可食；事忙買果子不及，錢充可折。』及祭祀罷，以肉呼市買曰：『將還行裏。』人莫不笑其儉。」同❽，頁一二七。宋陳元靚《事林廣記》，也收宋代《嘲主人慳吝》，也是此篇的近似笑話，見王利器輯錄《歷代笑話集》，頁一三二。

得借別人斧子，別用自家斧子。這樣，壞了也和自家沒關係。賈仁說：「你那裏知道……又得幾文錢鋼。」為第三層，說他怕用壞自家斧子得花錢買。以下至末尾，為第四層，說他死後要兒子到豆腐店討回欠他的五分錢豆腐賬。共分四層挖掘，對守財奴極端吝嗇的醜態，作了徹底的揭露，諷刺的十分深刻，當是吸取《死後不賒》一類笑話而來。在上引一段劇詞前，還有：「賈仁云：我兒也，你不知我這病是一口氣上得的。」至「小末云：父親你也忒算計了。」也是諷刺吝嗇漢的，同樣有異曲同工之妙。

下面，再看另一類引用只想吃好食物，又不肯花錢的吝嗇漢的笑話的雜劇。如演述崔府君斷冤家債主故事的《冤家債主》二折，有一段是母親（卜兒）和病危的吝嗇兒子乞僧的對話：

（乞僧云）我這病覷天遠入地近，眼見的無那活的人也。（卜兒云）孩兒，你這病，可怎生就沉重了也。（乞僧云）娘也，我這病你不知道，我當日在解典庫門前，適值那賣燒羊肉的走過，我見了這香噴噴的羊肉，待想一塊兒吃，我問他多少鈔一斤，他道兩貫鈔一斤。我可怎生捨的那兩貫鈔買吃，我去那羊肉上將兩隻手揑了兩把，我推嫌羊瘦，不曾買去了，我卻袖那兩手肥油。到家里盛將飯來，我就那一隻手上油啄幾口，吃了一碗飯，我一頓吃了五碗飯，吃得飽飽兒了。我便瞌睡去，留著一隻手上油待吃晌午飯，不想我睡著了，漏著這隻手，却走將一隻狗來，把我這隻手上油都吮乾淨了。則那一口氣，就氣成我病，我昨日請一個太醫把脈，那廝也說的是，道我氣裏了食也。

此段乞僧在病危時的一段道白中，自述很捨不得用兩貫鈔向賣燒羊肉的人買一斤羊肉吃，却又想吃得很，於是想出一個詭計，在那商人的羊肉上把兩隻手揑兩手油，裝出大方樣子，推說太瘦不買，回家後，用一隻手的肥油，可吃了五碗飯，不必花多餘的錢；不料，在睡著後，另一隻手的肥油給狗偷吮個乾淨，他一氣就給氣病了。又饞又想吃燒羊肉，又不願花錢買；偷揑了兩手油，大佔便宜。另一隻手上的肥油，給狗偷吃去，就氣得快要病死。這是對貪吃的守財奴的性格的多次描繪。從其思想內容及高度集中概括與漫畫式誇張相結合等特點看，很似是來自《死後不賒》型笑話的異式。至多也不過是稍作加工過的。因是一個人的完整獨白，很可能是原型笑話。總之，劇詞插入笑話既有喜劇性戲劇效果，也有民間文學韻味。

## ㈥ 民間笑話的仿作

民間笑話是能引人發笑的民間故事形式之一。大致上可分三大類：一、諷刺笑話，是揭露諷刺某種人物的；二、幽默笑話，是善意批評別人缺點的；三、詼諧笑話，是主旨不及上述兩類明朗，能娛樂聽者、增進情趣的。不管是哪一種，往往有一定的喜劇性。

元雜劇中的喜劇和雜劇中喜劇性情節，這二者和喜劇性的民間笑話，在思想內容和藝術特點上，有很多相似之處，但雜劇到底是舞台演出的綜合藝術，又有其區別於喜劇性民間笑話之處。在更多的情況下，它如把原型的民間笑話稍作改動，吸取作爲劇詞——對白或曲詞，並不十分適合。爲了要切合戲劇演出的特定需要，便於交代事件，步步深化劇情，層層刻劃人物，且在必要之處，形成一次笑的高潮，給觀衆逗樂，因之不少劇作就採取了民間笑話高度集中概括和漫畫式誇張相結合的基本原則，並靈活地仿作民間笑話中多采多姿的表現手法。余德泉在《笑話裏外觀》一書中，認爲笑話的藝術手法有四十二種，❶我認爲民間笑話也大致如此。限於篇幅，且按我的命名和理解，提出雜劇中仿自民間的藝術表現手法如下：一、觸忌法；二、露底法；三、醜化法；四、層遞法；五、詭辯法；六、詮釋法；七、諧音法；八、取渾法；九、襯托法；十、述醜法；十一、排比法；十二、矛盾法；十三、反常法；十四、誤會法；十五、酒令法。在一些雜劇的特定地方，只要有安排笑料的必要，就常常把敍事、道白、動作表演三者作完善的鎔合，構成一種更適合於創造喜劇和喜劇性情節的精美笑話，應該說，這是對優秀民間笑話的仿作。民間笑話在結構上大多有故事性，即有情節；也有一些直述式、虛擬式笑話，就無故事性，即無情節。在雜劇的文句中也大致如此。仿作民間笑話的精品，在雜劇中很多，雖和原型的民間笑話有別，但是，也能鎔鑄進民間笑話諷刺文學的思想和藝術的光輝。

下面，試對雜劇結構中仿自民間笑話的十五種表現手法，作扼要的剖析。

### 1. 觸忌法

這手法的特點是，明知是忌諱，自己却去碰。如關漢卿《金線池》三折，寫上廳行首杜蕊娘姨姨在勝景去處金線池，由她（正旦）的親眷外旦三人張塘塘、李姈姈、閔大嫂置酒張筵，她們三人想勸杜蕊娘母親（鴇母）趕了出去的秀才韓輔臣和杜蕊娘兩口兒圓和：

（衆旦云）俺們都與姨姨奉一杯酒。（正旦杜蕊娘唱）……（衆旦云）姨姨，你爲何嗟聲歎氣的？今日這好天氣，又對著這樣好景緻，務要開懷暢飲，做一個歡慶會才是……（衆旦云）姨姨，俺則這等吃酒，可不冷靜。（正旦云）待我行個酒令，行的便吃酒，行不的罰金線池裏涼水。（衆旦云）俺們都依姨姨的令行。（正旦云）酒中不許題著韓輔臣三字，但道著的，將大觥來罰飲一大觥。（衆旦云）知道。（正旦唱）《醉高歌》或是曲兒中唱幾個花名。（衆旦云）我不省得。（正旦唱）詩句裏包籠著尾聲。（衆旦云）我不省得。（正旦唱）續麻道字針針頂。（衆旦云）我不省的。（正旦唱）正題目當筵合笙。（衆旦云）我不省的，則罰酒罷。（正旦云）折白道字，頂針續麻，搊箏撥阮，你們都不省得，是不如韓輔臣。（衆旦云）呀，姨姨，你可犯了令也，將酒來罰一大觥。（正旦飲科唱）《十二月》……（正旦做歎氣科，云）我不合道著韓輔臣，被罰酒也。眾旦云）姨姨又犯令了，再罰一大觥。（正旦做飲科）

這是唱白結合的寫法，由正旦行酒令。她提出行的吃酒，行不得的罰金線池的涼水，酒中不許題及「韓輔臣」三字，題及的罰一大觥酒。可是，正是她自己在無意中，兩次提及了韓的名字，是自己觸及自己的避忌，因而形成自打嘴巴，自我矛盾，引發觀衆的笑聲。這是詼諧笑話。

❶ 余氏認爲，古代中國笑話的藝術手法有下列四十二種：誇張、替代、對偶、襲改、飛白、露底、層進、學樣、矛盾、討誚、缺如、雙關、影射、諧音、引申、拼湊、析會、誤會、異轍、割裂、曲解、詭辯、詮釋、補述、數算、婉言、貫一、斷句、譬喻、引用、偶合、取渾、襯托、圈套、對比、戲劇、取近、比擬、重複、移用、反語、謎語。見余著《笑話裏外觀》（成都：四川人民出版社，一九八八），頁三一三—五五九。我大致同意他的看法。但如把「誇張」看作總的藝術原則，似更符合實際。對他有的藝術手法的定名，仍可商榷。

2. 露底法

這個表現手法的特點就是，把自己最不想說的秘密性事件，隱藏起來，末了在被迫之下才說出來。如《桃花女》三折，寫開卦鋪的卜卦職業家周公，派遣傭工彭大和媒婆送綵緞財禮到任二公家去，吹打著鼓樂，要娶他的桃花女為兒媳婦是：

（彭大云）這等我就去，媒，到他門首，讓你先入去，通知行禮的事，我隨後進來。（媒婆云）彭大公，你怎麼讓我先入去？（彭大云）那任二公的女兒性子，好生利害，倘或禮物有些不臻，打將起來，我在後面好溜。

此段，彭大自述在給任二公家送綵禮時，初說就去；繼而改口說，要媒婆先入，他隨後；末了媒婆追問原因，才說穿是怕桃花女利害，惹不得。一旦挨打時，好先逃走。於是露了底：堂堂男子漢，原來膽小如鼠。如此意外，引出了笑聲。這是幽默笑話。

3. 醜化法

這手法的特點是，把所說的某一事件、物品或品德、行為，歪曲說為很荒唐的另一種，以顯示其人的醜態。如《連環計》三折，寫東漢時代司徒王允耽心國事，為了清除當時的權奸太師董卓，行「美人計」，把養女貂蟬（旦兒）送給他做夫人，好讓以後假手於呂布殺他。有一段寫太師叫貂蟬出來：

（正末扮王允云）太師吩咐，敢不唯命。季旅，傳語後堂，快喚貂蟬小姐出來。（旦兒扮貂蟬上，正末云）把體面與太師遞一杯酒者。（旦兒做遞酒科）（董卓笑云）夫人遞酒，休道是酒，便是尿我也吃。拿大鍾子來，若沒大鍾子，便腳盆也罷，好女子，好女子，越看越生的好。

看！董卓知道面前的美人貂蟬將成爲自己的夫人，便說她遞的即使是用髒「腳盆」盛「臭尿」，也當是「好酒」。末尾連贊二句「好女子」，再以「越看越生的好」作結束，他越是贊的好，就越能自我醜化的利害。爲博美人歡心，甘心喝髒腳盆中臭尿，這是人嗎？充分揭露出他已至好色忘形地步，刻劃的何等工妙！下面是：「（董卓云）岳丈！我聽的你對堂候官說，喚什麼刁舌小姐，恰才見他說話是好好的，舌頭一些也不刁。（正末云）不是刁舌，小字喚做貂蟬。（董卓笑云）公侯帶的冠是貂蟬冠，令愛小字貂蟬，這是明明該做我家夫人了。」從董卓誤聽到的名字「刁舌」，被王允更正爲「貂蟬」，再由董卓只取其有利己的一點，便扯到恰巧要當他的夫人上，醜化便再深入了一步，其好色忘形也再深入了一層。這在詭辯性的詮釋中，塑造了他好色若狂的本性，極其貼切。這是諷刺笑話。

4. **層遞法**

這手法的特點是，把事件逐層推進，或遞增，或遞減，以產生笑料。如關漢卿《魯齋郎》寫包待制審判恃勢搶人妻子的狗官魯齋郊，楔子有一段是：

（沖末扮魯齋郎引張龍上）（詩云）花花太歲爲第一，浪子喪門再沒雙，街市小民聞吾怕，則吾是權豪勢要魯齋郎……小官嫌官小不做，嫌馬瘦不騎，但行處引的是花腿閒漢，彈弓粘竿賊兒小鵮，每日價飛鷹走犬，街市閒行。但見人家好的玩器，怎麼他倒有我倒無，我則借三日玩看了，第四日便還他，也不壞了他的。人家有那駿馬雕鞍，我使人牽來，則騎三日，第四日便還他。也壞不了他的。我是個幸福的人，自離了汴梁，來到許州，因街上騎著馬閒行。我見個銀匠鋪裏一個好女子，我正要看他，那馬走的快，不曾得仔細看。張龍，你曾見來麼？（張龍云）比及爹有這個心，小人打聽在肚裏了。（魯齋郎云）你知道他是什麼人家？（張龍云）他是個銀匠，姓李，排行第四，他的個渾家生的風流，長的可喜。（魯齋郎云）我如今要他，怎麼能夠？

此段是諷刺欺壓百姓的狗官魯齋郎的。由他以「上場詩」自述其惡德、劣行爲主，末尾穿插以衙役即張龍附和的話，很能適應劇情的需要。「但見人家好的玩器」等五句，述己強奪別人玩器，爲第一層；「人家有那駿馬雕鞍」等五句，述己強奪別人駿馬，爲第二層；「我是」句至末尾，述己還要強奪銀匠風流可喜的渾家，爲第三層。由奪玩器至奪駿馬，乃至奪妻子，層層進逼，並通過狗官口中說出：「街市小民聞吾怕」。末了，對於別人的好妻子，居然說非弄到手不可：「我如今要他，怎麼能夠？」他玩弄女人，下流卑鄙，刁蠻荒唐，滑稽無恥，聽之令人越來越憤慨，也隨著發出一次次的鄙視的笑聲！此屬諷刺笑話。

5. 自嘲法

這手法是故意用似是而非的說法，以混淆視聽，嘲弄自己，引起發笑爲特點的。如宣傳齊家之道的《九世同居》二折，有一段寫貪贓的主考官，審問應試舉子：

（淨扮貢官領張千上云）小官姓贓名皮，表德字要鈔，奉聖人的命，今春開放選場，天下文武舉子，都來應舉，著小官做個知貢舉官……張千！開放舉場，看有什麼人來？……（貢官云）兀那兩個是什麼人？張狂云是應舉的秀才！（貢官云）你來應舉，會吟詩，會課賦，丢了斧子拽的鋸。（貢官云）這壯士，你來應舉？（李奈云）學生我來應舉。（貢官云）你會什麼武藝？（李奈云）我十九般武藝都會。（貢官云）只有十八般武藝，偏你十九般，那一般呢？（李奈云）我會打筋斗？（貢官云）這廝潑說……

此段的開頭，貢官自稱姓名是贓皮，別號要鈔，「贓皮要鈔」已暗示是貪官，扼要點出，即引出笑聲。接著審問兩個應舉秀才，是否會吟詩？第一個應舉秀才答以能「吟詩課賦」，即能文，再補上一句「丢了斧子拽（拉）的鋸」，是指能當「工匠」，已是有點離題，枝外生枝，引人發笑了。第二個應舉秀才說十九般武藝，多提出個「無中生有」的第十九般武藝是出人意外的「會打筋斗」來。答非所問，離題更遠，這是以詭辯術，企圖蒙騙別人。貪官審蠢材，益見可笑。計先後三次可笑。屬諷刺笑話。

### 6. 詮釋法

這就是對事物作解釋的方法，所解釋的話，或是別具義理，或是悖乎常理，均是出人意料，難以測知。如孟漢卿《魔合羅》寫河南府六案都孔目張鼎以魔合羅（玩偶）爲證，勘辯劉玉娘冤獄的故事。在四折中，他審問曾替劉玉娘丈夫送信給劉玉娘的魔合羅貨郎高山，以便找出以毒藥藥死玉娘丈夫的殺人犯線索時：

(正末張鼎唱)你和他從頭裏,傳消息,沿路上曾撞著誰?(高山云)我不曾撞著人。(正末云)
兀那老子,比及你見到劉玉娘呵,城中先見過誰來?(高山云)我想起來也,我入的城來,
撒了一胞(注:泡)尿。(正末云)誰問你這個來。(高山云)我入城時,曾問人來,那人
家門口吊著龜蓋。(正末云)敢是鼈殼。(高山云)直這等鼈殺我也。他那門前又有個石船。
(正末云)敢是石碾子。(高山云)若是碾著頭首都粉碎了。我見裏面坐著個人,那廝是個
獸醫。(正末云)敢是個太醫。(高山云)是個獸醫。(正末云)怎生認的他是獸醫。(高山云)
既不是獸醫,怎生做出這驢馬勾當,他叫做什麼賽盧醫。

此段,高山對審案官張鼎的答話,有四處引人發笑:第一次問:見誰來?高山答:「撒尿。」答非所問,又答的庸俗,自引人發笑。第二次答話,用同類物類比,以「龜蓋」引申到「鼈」,「鼈」是「憋」借音(biē,ㄅㄧㄝ)。憋,悶也。「鼈殺我」即悶死我,又引起笑聲。第三次說見到石碾,由此引伸到碾碎頭首,因而引起笑聲。第四次說見了一名叫賽盧醫的人,從名字的含義,引申到他必是獸醫,又引出笑聲。末尾三次,都用詮釋法,對事物或人事作不合理的歪曲性引伸,得出荒唐的結語,每次都能引出笑聲。這是幽默笑話。

7. 諧音法

這手法是因漢字同音而產生笑料,常以某字諧另一同音字。《神奴兒》寫包待制裁判瓦盆冤鬼的故事。三折有:

(丑扮外郎上詩云)天生清靜又廉能,蕭何律令不曾精,才聽上司來刷卷,登時諕的肚中疼。自

家姓宋名了人，表字贓皮，在這衙門裏做個令史（注：指書吏「外郎」），你道怎麼喚做令史，只因官人要錢，得百姓們的使；外郎要錢，得官人的使，因此喚做令史……

按：元代官吏多爲蒙古族人，文化水平不高，也不大懂漢語，凡審案斷不了時，就常請出「外郎」來。他官雖小，影響告狀的百姓頗大。上引這一段，兩處用諧音法：一是把外郎姓名定爲「宋了人」，諧「送了人」，即「送命」之意，又以「贓皮」爲別號，暗示「貪污」；二是把「令史」解爲官人得百姓的錢「使」，而令史又得官人的錢使，是間接得百姓的錢「使」，讓「使」過渡到同音字「史」。兩次採用諧音詞，均寄寓有深意，增強了笑料。是針對糊塗官的諷刺笑話。劉唐卿《降桑椹》二折，寫兩個庸碌害人的太醫，一個姓宋，自述雙名「了人」，合之是諧「送了人」；另一個姓胡，自稱雙名「突蟲」，合之是諧「胡塗蟲」，也收大諷庸醫能置人於死的惡果，引發憤慨的鄙笑聲，也同樣巧妙。

## 8. 取渾法

這手法常是讓劇中某些非主要角色，在自述能力、身份後，即接著介紹有個有趣的奇特渾名，引出笑聲。如《獨角牛》寫打擂台的故事。一折有：

（淨扮折拆驢領快吃飯、世不飽上）（折拆驢云）……我爲什麼喚做折拆驢？我有氣力無氣力，一頭驢往我面前走過去，我一隻手揪住鬃，一隻手揪住尾，使氣力則一折，把那頭驢腰就折折了，因此上就喚我做折拆驢。

又：

（折拆驢云）徒弟靠前，等香客來全了擂三合，這一個有異名，喚做『快吃飯』，這個喚做『世不飽』（注：諧「誓不飽」）。

前段中，由角色自述得名原因，是由於能折拆驢腰，這是誇大能力到極荒謬的地步，使人聽後發笑；後段中，只由師傅介紹兩個徒弟的能力相反的怪名，使人覺違反常理，不必解釋，即引起笑聲。他們都是正面人物，有打趣性質，屬於幽默笑話。

這手法有時和諧音法結合在一起，更爲好笑。這大多用以寫小人物。如《延安府》寫清官斷獄故事。三折，兩個探子自述所做任務或行動的怪異後，便提出自己的諧音性渾名以逗樂：

（淨探子兩個上云）自家是個軍，身上穿著青，白日裏鋪裏睡，到晚偷人家葱。我兩個是西延邊上能行快走的兩探子，一個是李得中，一個是胡亂歇。

此段中兩探子自稱身穿青衣，白天是睡大覺懶漢，晚上偷葱，是有兩大劣行，還自稱「理得中」（「李得中」的諧音）、「胡亂些」（「胡亂歇」的諧音）。這都可引起人們鄙夷的笑聲。同折，還有：

（探子兩個上云）奉令莫消停（注：停留），星火疾便行，擒拿李廉使，來見葛監軍。俺兩個一個是飯當災，一個是世不飽……

此段寫兩探子自述奉命疾行去逮捕好人，接著說各自名叫「犯當災」（「飯當災」的諧音）、「誓不飽」（以「世不飽」諧音），以取渾法和諧音法有機的結合，兩個諧音後組成的人名，說什麼「當災」，又永遠吃不飽，就自然引出了人們的諷刺性笑聲。

## 9. 襯托法

這手法的特點，是以性質相關（如好與更好，壞與更壞）或相反（如好與壞）的人物或事件，互相陪襯和烘托，使人突然得到某種意想不到的反常印象，從而引發笑聲。如孟漢卿《魔合羅》二折，有一段正是揭露兩個貪官的：有個李文道開生藥鋪，別人稱他賽盧醫。他常去調戲嫂嫂，用毒藥毒死哥哥後，不顧道德和人倫關係，硬迫嫂嫂做他的老婆，嫂嫂不肯，又硬迫她同去見河南府縣令。李向糊塗縣令誣告嫂嫂養著奸夫，毒死親夫；那糊塗縣令毫不懂辨別是非，於是叫出令史來代他審案：

（丑扮令史上）（詩云）官人清似水，外郎白如麵；水麵打一和，糊塗成一片。小人是蕭令史，正在司房裏攢造文書，只聽一片聲叫我，料著又是官人整理不下什麼詞訟，我去見來。（令史見犯人科云）這廝是那賽盧醫，我昨日在他門首借條板凳也借不出來，今日也來到我這衙門裏，張千，拿下去打著者。（張拿科、李文道做拿三個指頭科云）令史，我與你這個。（令史云）你那兩個指瘸（注：跛）。（李文道云）哥哥，你整理這樁事。（令史云）我知道，休言語，你告什麼，原告是誰？（李文道云）……（孤云）令史，你來，恰才那人拿手與了你幾個銀子，你對我實說。（令史云）不瞞你說，與了五個銀子。（孤云）你須分兩個與我。（同下）

此段，令史用上場詩先交代官人（孤）、外郎（令史），都是糊塗的貪官，作個鋪墊。他又借故，不問情由，就叫衙役拉那李文道下去打，李以三個指頭示意，給他三個銀子，好讓包庇他；外史嫌給的黑錢太少，還缺（「瘸」que：ㄑㄩㄝ諧「缺」）兩個指頭（示意他再要兩個銀子）。李又暗示同意，要他好好辦理此案。令史得遂所願後，便說：「我知道，休言語。」這是揭露黑暗官場中令史「有錢有理」的醜態，已足令人發笑。結案後，在結尾處說，孤得知令史已得了五個贓銀，便向他追索多得的那兩個。前面是令史公開貪污，結尾是上司（孤）未參與審案，也硬要一些贓款；經前後陪襯烘托後，即見出上下勾結貪污，同是一丘之貉。貪官可恥可笑，令人憤慨之至。屬諷刺笑話。

10. 述醜法

這個手法的特點，是寫反面人物自述醜態時用的。一種是他先自報職位、身份很高，令人注目，接著忽又自報能力奇劣，甚至會幹出可笑行爲仍自我欣賞。如《柳捶丸記》三折，寫兩敵將是：

（二淨扮阻索党項上）（阻索云）我做番官實希詑，陣前對手聞吾怕；打圍不會射獐狍，則好水中撈蝦蟆。某乃阻索是也。（党項云）我做番將有名聲，六韜三略不曾聞，本待發心吃齋去，則是無處買麪巾。某乃党項是也。俺二人在耶律萬户手下爲將，騎不的劣馬，不好扯硬弓，聽的廝殺，拽起衣服，往帳房裏則一溜煙，昨巡邊境去，拿住一個偷老鼠的。

此段有兩個敵將：一個是阻索，田獵時不會射獐狍，只會捉蝦蟆；另一個是党項，不懂兵法，心想吃齋。二人不會騎劣馬，不好拉硬弓，聞廝殺便逃跑無蹤，竟能當大將，何等荒謬！昨日巡邊，最大本領是拿住了一個最無本事的「偷老鼠」的平民。這說敵將軍事才能之劣技，眞是醜態百出，寫的令人捧腹！第四折是「（淨葛監軍上云）我做將軍實是能，累經惡戰建奇功，但若廝殺腰便轉，聽的相持肚里疼。某葛監軍是也……我和他（敵將耶律萬戶）交戰不過十合，被他殺的我碎屁兒直流，我便走了。後有延壽馬與他交戰……射死了耶律萬戶，我如今到元帥府，則說是我射死了耶律萬戶來，橫豎我的面皮比他大些，這功勞都是我的。」這個葛監軍，自誇能「惡戰立功」，但和敵廝殺時便「轉腰」想逃，與敵相持時便「肚疼」，才戰十合，便溜走，別人殺死敵將，立了功，自己卻厚起臉皮，到上級面前冒領，眞是荒唐透頂，引出不少笑聲，屬諷刺笑話。

### 11. 排比法

這種手法是前後採用類似的句子結構形式，和相應的動作，使之連續出現三次以上，以加深對某一人物的某種印象，從而製造笑聲。如石君寶《曲江池》一折，寫書生鄭元和在遊春處遇見一個漂亮的妓女李亞仙：

（末扮鄭元和做騎馬，同張千上云）自家鄭元和，離了父親，來到鄉下，舉場未開，時遇春天明媚引著張千，且去那曲江池上，賞玩一遭，可早來到也。你看好景緻……張千，你見這兩個婦人麼？那一個（注：李亞仙）分外生的嬌嬌媚媚，可可喜喜。添之太長，減之太短，不施脂粉天然態，縱有丹青畫不成，是好女子也呵。（做墜鞭科，張千拾云）相公墜了鞭子也。（末云）眞個是風風流流，可可喜喜。（又墜鞭，張千拾云）相公又墜了鞭子也。（末云）我知道，好女子，好女子。（又墜鞭，張千拾云）相公又墜了鞭子也。（末云）我知道。

此段寫鄭元和看見了漂亮的妓女李亞仙，先後三次向家丁贊不絕口，每次有「動作」及張千答白隨之：第一次是：（末云）「是好女子也呵。（做墜鞭科，張千拾云）相公墜了鞭子也。」第二次是：（末云）「眞是個風風流流，可可喜喜」云云；第三次是：（末云）「我知道，好女子，好女子。」一連依次用了三次排比句，來寫鄭元和與張千的對話，甚至鄭「墜鞭」，張「拾鞭」的動作，也各重複了三次，這就把鄭元和對李亞仙看的入迷，忘了一切的動態，表現的較深入。張千在第三次拾鞭時告訴鄭元和：「相公又墜了鞭子也」，他明明不知道，第四次即末尾還要詭辯一聲「我知道」，這充分反映了這個公子「好女色」至極的本性，三次道白和動作表演的重複，配合的很緊密，有規律性，令觀衆失笑。這是諷刺笑話。

### 12. 矛盾法

這手法的特點是，對同一個人或事物，既大力肯定，又大力否定。如既說好的不得了，却又說壞的不得了，使所說在自相矛盾中，令人感到其荒謬絕倫，不可理解，因而引出笑聲。如《柳捶丸記》一折，寫北宋兵部尙書范仲淹和自命「文武雙全」的葛監軍的對話：

（范仲淹云）葛監軍，便好道欲解倒懸之厄，須仗希世之才，今虜寇侵擾邊境，須憑良將征之，您衆官務要保舉得力之人，攻拒草寇，平定寰區也。（葛監軍云）老大人最是個聰明尚斯文的文，且休說我的人材貌相，若論我腹中的兵書，委的有神鬼不測之機，有捉鼠拿貓之法，我曾一箭射殺一個癩蝦蝙（蟆），一槍扎死一個屎蜣螂。憑著我這麼手段，量那虜寇，打甚麼不緊。

此段葛監軍是個反面角色，自吹有「好將才」（「兵書」），「有神鬼不測之機」，「提鼠拿貓之法」，可謂謀略高明，戰術神妙，至矣盡矣，可是忽然又轉口自述僅會「一箭射殺一個癩蝦蟆，一槍扎死一個尿蜣螂」，可見能力之低下，遠遜最平常的人，則他自稱有謀略、戰術高妙者，純係胡說，即不戮自破。這正是自相矛盾，荒謬絕頂，令觀衆大笑。屬諷刺笑話。

### 13. 反常法

有某因才有某果，這是常規。反常法的特點是無某因，硬要在角色口中，無中生有地說能產某果。如此違反常規，因而引至發笑。如醫生未給病人吃過藥，却硬要索取診金或藥費，就很荒謬，就是反常。如《碧桃花》是愛情婚姻戲。二折有一段揭露一個庸碌的太醫給潮陽知縣張道南診病：

（淨扮太醫上，詩云）我做太醫手段高，難經脈訣盡曾學，整整十年中間醫不得一個病人好，拚到兵馬司中去坐牢。自家賽盧醫的便是……（做見科云）請問相公，害的是什麼病？（嬤嬤云）太醫，你用心看咱。（太醫云）嬤嬤你放心，小人三代行醫，醫書脈訣，無不通曉，包的你手到病除，我的名聲傳於四海，誰人及的？……（淨做看脈科）……（嬤嬤云）太醫你下什麼藥？（太醫云）我下服建中湯，減了附子，就看他疾病痊可也……這寸關尺三指脈微沉細，常是寒熱往來，則怕這病候有些差遲，休說我醫生不會看脈……（張道南云）這太醫胡說，錯看了脈，我害的病，則是風月二字起的……（張道南云）嬤嬤，著這太醫回去吧！（太醫云）你要我回去，可拿出藥錢來送我。（興兒云）相公不曾吃你一片藥，有什麼藥錢送給你。（太醫云）你沒的藥錢，我就死在你這裏。（做死科）（興兒云）你死，

我就呼狗來咬你。（太醫做起科云）這等你請相公吃我的藥，倒著相公死了吧！（下）

此段張道南因「風月」之事即俗說相思病，病了；庸醫卻給他服食「建中湯」，藥不對病，這是胡鬧，是第一層可笑；別人不向他求醫，要他離開，他硬是逼討藥錢，是第二層可笑；別人不給錢，他竟裝死賴著不走，是第三層可笑。他既要裝死，別人要放狗去咬，他却又會自動起來，仍堅持叫相公吃藥，好去死掉，這是第四層可笑。通過四層可笑處，寫庸醫只會醫死人的劣行與醜態，給以無情揭露，寫的波瀾起伏，入木三分。這是諷刺笑話。

### 14. 誤會法

這種手法是因對另一方所說的語音、語義或別的事物時，產生誤聽誤解，因而引發笑聲。其中以因諧音或音近而叫對方誤會爲另一語音者，最爲常見。如《村樂堂》，寫完顏同知二夫人搽旦王臘梅與總管王六斤通奸而引起了家庭變故。他們合謀以毒藥害死同知，却嫁禍於大夫人大旦張氏，但同知未被毒死，把張氏等送給精明的令史正末張本審問，終查清實情。三折寫到張本來到牢門：

（正末扮令史張本云）來到這牢門首也，扯動這繩子。（牢子做驚科）來了來了，是提牢官來了，我開門去……（正末云）開了這門了，我進去（做見大旦搽旦科）（正末云）這個是什麼人。（牢子云）這兩個是夫人，這個是都管。（正末做努嘴科）（牢子做拿旦六斤云）過來跪著。（大旦搽旦六斤做跪科）（搽旦云）我又無罪過，我跪者，看他怎麼放我起來。（正末問牢子云）你姓甚麼？（牢子云）我不醒。（正末云）你姓甚麼？（牢子云）哦，你問我姓甚麼，我姓王。（正末云）龐。（牢子云）王。（正末云）黃。（牢子云）提控。我寫與你看，三畫中間一豎，是王。（正末云）你是三畫王。（牢子云）我正是三畫王。（正末云）三畫王，把墨來。（牢子云）這一場苦又不善了。我又不是太醫，著我把脈，沒奈何，官差，依著他。（牢子拿正末手把脈科云）一肝，二膽，三脾。（正末云）做做甚？（牢子云）你說著我把脈來。（正末云）是硯瓦上磨的。（牢子云）那個是墨。（正末云）是。

這一段，主要是令史張本和牢子的對話。正末張本問牢子「姓」甚麼？答：「不醒。」是把「姓」（xìng：ㄒㄧㄥˋ）誤聽成「醒」（xǐng：ㄒㄧㄥˇ）前者去聲，後者上聲。這是誤聽成另一個「調值」不同的字，是第一次誤答，顯示了牢子聽力不靈，有點呆氣，令人失笑。第二次牢子答姓「王」（Wáng：ㄨㄤˊ），張本聽成了「龐」（Páng：ㄆㄤˊ），成了另一個同韻異聲（聲母W和P不同）字，離原來字音頗遠，令人發笑。第三次牢子更正是姓「王」，張本卻又聽成「黃」（Huáng：ㄏㄨㄤˊ），仍是誤聽成一個同韻異聲（因聲母變成複合聲母Hu，而非u），令人發笑。接著，牢子把姓氏寫出，正末知道是三畫王，牢子再重述「我正是三畫王」。以上，為了確定牢子姓「王」，出於姓氏上字音的誤聽，張本和他先後糾纏了四次，便令觀衆發笑四次。之後，張本對卒子不呼姓名，直接呼他為「三畫王」，已有些反常；他叫「把墨來」，牢子又誤會為他當「太醫」，要他「把脈（注：墨、脈同讀 mò：ㄇㄛˋ）來」，於是一誤到底，給張本「把脈」，同時，彷彿診病一般，口中念念有詞，念起中醫傳統診脈口訣「一肝二膽三脾」，張本再來更正，是在硯瓦（硯台）上磨的，最後由牢子親口說出「那個是墨」時，終得出正確答案，又引出一次笑聲。就這樣，由於多次的誤會和糾纏，便引出了多次的笑聲。這是滑稽笑話。

## 15. 酒令法

這是一種富有中國漢族人民傳統民間生活情趣的表現方式。它是吸收民間行酒令的方法，加以生發，來製造笑話的寫法。無通用的修詞學上的叫名，我姑名之曰酒令法。

由於此法來源較古，又和酒令笑話有較多的關連，因此，要多析述一下。中國漢族的傳統風習，是在宴會時，以遊戲方法，確定喝酒的先後次序，以一人爲令官，別人皆得聽其號令，違者罰飲，稱爲酒令。西漢韓嬰（公元前一五七前後在世）說：「齊桓公置酒令，諸侯大夫曰：後者飲一經程。」❷酒令之名始於此。至宋代，官吏、釋道、士人宴飲時，常行酒令，已有《行令》笑話流傳：「有儒、道、釋、吏同酒席，行令，取句語首尾一字同。儒者曰：『上以風化下，下以風化上。』道士曰：『道可道，非常道。』釋曰：『色即是空，空即是色。』吏曰：『牒件上，如前謹牒。』」❸這裏，儒者、道士、釋、吏四人上句首字和下句末字相同；四人所說，先後各爲五、三、四字格式，相當巧妙。在平民中，也有類似之作，明末刊本就收入了「三女婿拜壽對詩」型的《嘲勸客飯酒》：「昔有一老者，有三婿俱有藝業，因賀丈人壽，各說手藝。大婿云：「『春染嬌藍夏染紅，只因天道不相同；殷勤時備三杯酒，鞠躬獻上丈人翁。』二婿云：『春釣鰻魚夏釣鯉，只因海水不相同；殷勤時備三杯酒，鞠躬獻上丈上翁。』三婿云：『春種蘿蔔夏種蔥，只因地道不相同；殷勤時備四杯酒，鞠躬獻上丈人翁。』丈人曰：『你緣何多一杯？』答曰：『我的是菜酒，要多飲一杯。』」❹此篇雖輯錄於明末，可能是元明兩代已廣泛流傳。由上著錄可以約略窺見，自宋至明，已有《三女婿對詩》型笑話流傳，其定型在明末，還有可能在元代。

下迨近代，《三個女婿對詩》型笑話，很多，各地非常盛行。如有一篇大致說：從前有三個女婿，大女婿是文官，二女婿是武官，三女婿是莊稼漢，在岳父生日的一天，三人在一起，大女婿看不起三女婿，二女婿覺與三女婿同席而飲，有失身份，三女婿見他們趾高氣揚、盛氣凌人，心中暗想對付他們。於是說詩對句開始了，三人議定每首四句，每人第一、二、四句末尾都要用上相同的詞語，第三句末尾自便。大女婿先說是：「龍和魚本是一事，魚比龍多兩個翅；人都說龍是魚變的，不知是也不是？」二女婿聽後忙說：「自古道魚龍變化嘛，妙哉妙哉！」給大女婿敬了酒。接著，二女婿說：「老鼠和蝙蝠本是一事，蝙蝠比老鼠多兩個翅；人都說蝙蝠是老鼠變的，不知是也不是？」大女婿稱妙，又給二女婿敬了酒。三女婿忽想起自己的帽子有兩個帽扇，有如兩翅膀，有所領悟，便說：「咱三個拜壽本是一事，我比二位姐夫多兩個翅；人都說你倆是我養的，你們說是也不是？」大二兩個女婿大怒，三女婿說：「二位姐夫息怒，請問哪個做官的，不吃像我這樣的莊稼人種下的糧食？」於是二人被問得面紅耳赤，張口結舌。[5]

---

❷《韓詩外傳》卷一〇。

❸《行令》，源出《籍川笑林》，曾收入南宋曾慥《類說》卷四九。宋代又有同類笑話《禮夕行令》：「村俗取婦，禮夕有秀才曹吏醫人巫者同集，行令取本藝聯句，曹吏先曰：『每日排衙次第立。』醫人曰：『藥有溫涼寒燥濕。』秀才曰：『夜深娘子早梳粧。』巫者曰：『太上老君急急急。』」見《影印文淵閣四庫全書》，冊八七三，頁八四九下。

❹為明末刊本《新刻華筵趣樂談笑酒令》卷之四談笑門收入，原書別題《博笑珠璣》，不著撰人。見王利器輯錄《歷代笑話集》頁四二六。

❺里林等編《笑話選》（北京：北京少年兒童出版社，一九八四），頁六八－六九。

從以上三篇笑話加以比較，可以大致推測在元代可能已有近似近代較曲折的《三女婿對詩》型笑話流行，加上關漢卿是對民間故事最熟悉的作家，有意仿作它也似說得過去。如他的《陳母教子》寫陳母訓子讀書，務求每個兒子都中狀元，反映了封建社會中某種特定的歷史現象。三、四折寫在陳婆婆生日時，大兒子、二兒子、四女婿都是狀元身份，三兒子只得探花郎，她很看不起他。這天，辦了個生日筵席，婆婆安排三人行酒令：「一人要四句氣慨的詩，押著『狀元郎』三個字，有那狀元郎的便飲酒，無那狀元郎的罰涼水。先從大哥把了盞」，於是弟兄三人、妹婿、三兒媳、婆婆先後分別依次吟詩。

大兒子：當今天子重賢良，四海無事罷刀槍；紫袍象簡朝金闕，聖人敕賜狀元郎。三兒子：白馬紅纓麾蓋下，紫袍金帶氣昂昂；月中失却攀蟾手，高枝留與狀元郎。二兒子：一天星斗換文章，戰退群儒獨占場；龍虎榜上標名姓，頭名顯我狀元郎。三兒子：時乖運蹇赴科場，命福高低不可量；八韻賦成及第本，今春必奪狀元郎。四女婿：淋漓御酒污羅裳，宴罷瓊林出未央；醉裏忽聞人語鬧，馬頭高唱狀元郎。三兒子：筆頭刷刷三千字，胸次盤盤七步章；休笑綠袍官職小，才高壓盡狀元郎。三兒媳：佳人貞烈守閨房，則爲男兒不氣長；國家若是開女選，今春必奪狀元郎。三兒子：磨穿鐵硯汝非強，止可描鸞守繡房；燕雀豈知雕鶚志，紅裙休笑狀元郎。陳婆婆認爲三兒子只考得第三名探花郎，僅得「綠袍槐簡插幞頭」，於是吟詩輕視他：到闕不沾新雨露，還家猶帶舊風霜；綠袍槐簡消不得，對人猶說狀元郎。

三兒子：拜別諸親赴科場，綠袍羞見老尊堂，擎台執盞廳前跪，則這紅塵埋沒了狀元郎。

陳婆婆：黃金不惜換文章，教子須教入廟堂；自古賢愚難相比，您這狀元郎休笑探花郎。

陳婆婆在人前羞辱了三兒子後，三兒子吟道：

您（注：指兩個哥哥及妹婿）這些馬牛襟裾糞土牆，我這海水如何看斗量；你這漏網之魚都跳過，因何撇下狀元郎。

三兒子吟完了詩，說：「您孩兒頂天立地」，「既爲男子大丈夫」，必要「爲官」，即日辭母上朝求官應舉。後來果然考上「今春頭名狀元」。上述這部分文字及有關對話，占了該劇三、四折較多篇幅，還穿插上一些飲酒動作；但如就戲劇結構看，在角色佈局上是人人依次吟詩，每人的詩有的句子末尾詞語相同，如第四句「狀元郎」三字。這些寫法，當是仿自《三女婿對詩》型笑話。在上引三篇民間笑話中，往往是最小一個受歧視的弱者或貧窮者吟詩得勝；而關劇也基本上吸收了這特點，略施變化，並使受歧視的三兒子在最後一次吟詩時，顯示他再應舉必然「獲取」狀元郎的決心。而後來劇情也正按此線索發展下去，使他如願。這顯然是吸取民間笑話中無名氏作者積極支持善良弱者的思想精神而來的。關劇仿作民間笑話，又有所發展、創新，使具有較多的民間文學性和民族風格，這是一種全新的創造。

以上十五種民間笑話中逗笑的表現手法，在雜劇藝術中較常仿用；其實所仿用的還有其他的手法。要之，不管是仿用哪一種手法，都是在精神上與民間笑話高度集中概括與漫畫式誇張相結合的基本原則一致的。有時是一種手法獨用，有時是兩種乃至多種結合著運用。如第十四種的例子，是以誤會法爲主、諧音法爲次的綜合運用。自然，在雜劇中，仿作民間笑話表現手法的多采性，主要決定於雜劇需要喜劇和喜劇性情節的多采性。這就絕不是對原型民間笑話表現手法的簡單搬入，而是要在適應劇情的特定需要下的仿作和創新。這是元雜劇諷刺藝術中最光輝的成就之一，今天仍值得劇作家的肯定和借鑑。

## (七) 民間寓言的吸取

所謂民間寓言，是一種採用比喻和諷喻，並在全篇貫串著一個極其明顯的寓意的民間故事；它首重教訓性，而趣味性次之，一般形式較短。❶在先秦時期（前七〇—前二〇七），中國的民間寓言，有了蓬勃的發展；在其後的歷史時代，也產生過一定數量的佳作。這些佳作的精華部分，有不少曾經被古代學者作某種程度的改寫後，收入自己的著作中。由於古代民間無名作者善於通過各種動物、植物、礦物與其他種種物類的題材，寄寓有一定教訓性的主題，因之，就產生了豐富多采的具有生活色彩和哲理性的民間寓言。也有的初時是作家的書面寓言，在思想內容與藝術特點上，較接近平民，由於長期輾轉流傳，被民間生活化和口頭化了，也轉化為民間寓言。因之，就大大豐富了民間寓言。今天對於古書中保存的寓言，必須從民間文學的特點去分析，如符合的，才算為民間寓言。

在散文體民間故事中，即在神話、傳說、歷史逸聞、民間童話（包括動物故事）、生活故事、民間寓言六大類故事中，在元雜劇裏吸取民間寓言這類作品，相對地說是少一些。為什麼？我認為大概是由於雜劇的詞語是以具體地敘事、寫景、抒情乃至說理為主要職責，給人以鮮明的概念，生動的形象；而民間寓言則以給人較抽象的哲理性教訓為主，把它作為戲劇故事而再創作者比較少見；❷但是，民間既喜愛它，雜劇作家就不得不改變途徑，通過種種方式把它濃縮為民間哲理典故來吸取，劇詞中一經吸取後，就往往加強了民間哲理的思想與藝術的光輝，具有民間文學性和民族色彩，和純哲學家採取較抽象的哲理典故說理不同，這也見出雜劇家採用民間寓言的妙用。

## 1. 民間寓言的來源

以《元曲選》、《元曲選外編》二書爲例，元雜劇所吸取的民間寓言不多，下面作個概括的介紹。

① 來自《孟子》

緣木求魚：❸1.你休只管信口開合，絮絮聒聒，俺張孔目怎還肯緣木求魚。關漢卿《魯齋郎》四。❹2.幾時能夠穰穰公侯做，則他那謁朱門緣木求魚。《飛刀對箭》二。

② 來自《莊子》

蝸角之爭：❺1.蝸牛角上爭人我？夢魂中一枕南柯？關漢卿《魯齋郎》四。❻2.蝸角虛名，蠅頭微利，折鴛鴦在兩下裏。王實甫《西廂記》四本二折。

---

❶ 譚達先著《中國民間寓言研究》（香港：商務印書館，一九八〇），頁一。

❷ 此指把民間寓言再創作爲成人的寓言劇，在元雜劇中少見；只有在現代兒童劇中，才有更多的寓言劇出現。

❸ 《梁惠王上》：「……以若（注：指齊宣王）所爲，求若所欲，猶緣木求魚也。」按：緣木求魚：按理是一則眞實的或虛設的爬到樹上捉魚的民間寓言。孟子爲便於說理，把它濃縮爲成語，表示「必不可得」之寓意。

❹ 用此寓言者尙有：賈仲名《對玉梳》三；《來生債》二。

❺ 戰國莊周《莊子·則陽》：「有國於蝸之左角者，曰觸氏。有國於蝸之右角者曰蠻氏。時相與爭地而戰，伏尸數萬。」

❻ 用此寓言者尙有：石子章《竹塢聽琴》四；張國寶《羅李郎》一；費唐臣《貶黃州》四；《博望燒屯》一。

井蛙：❼1.你那自尊自貴無高下，眞乃是井底鳴蛙。《看錢奴》一。❽2.哎，蒺藜也開沙上花，眞乃是井底之蛙。楊梓《豫讓吞炭》三。

朝三暮四：❾1.空著我功似游蠶，早則罷暮四與朝三，這生性狠情毒，老生驚心戰膽。賈仲名《蕭淑蘭》二。2.也是我爲人不肖，和這等朝三暮四的便淺交。楊景賢《西遊記》三本九齣。

鷦鷯巢林，鼴鼠飲河：❿古人道鷦鷯巢深林，無過占的一枝；鼴鼠飲黃河，無過裝的滿腹。《來生債》二。

③來自《呂氏春秋》

掩耳盜鈴：⓫難逃他掩耳盜鈴，則待要見世生苗。《舉案齊眉》四。

④來自《韓非子》

守株待兔：⓬1.這廝起荒淫，生嫉妬，抵多少，守株待兔，緣木求魚。賈仲名《對玉梳》三。

⑤來自《淮南子》

塞翁失馬：⓭1.學聖賢洗滌了是非心，共漁樵講論會興亡話，羨殺那知禍塞翁失馬。王子一《誤入桃源》一。2.這馬跳青溪曾救蜀主，到紫陌還歸塞翁。楊景賢《西遊記》二本六齣。

⑥來自《說苑》

螳螂捕蟬：⓮人心不足蛇呑象，世事到頭螳捕蟬。《冤家債主》楔。

⑦來自《戰國策》

鷸蚌相爭：⓯權待他鷸蚌相持俱斃日，也等咱漁人含笑再中興。《氣英布》二。

❼《莊子·秋水》：「井蛙不可以語於海者，拘於虛也。」按：井中之蛙，但是一井之水，今喻識見狹小者曰井蛙之見本此。

❽用此寓言者尚有：《舉案齊眉》二。

❾《莊子·齊物論》：「狙公賦芧，曰：『朝三而暮四。』衆狙皆怒，曰『然則朝四而暮三。』衆狙皆悅。名實未虧，而喜怒爲用，亦因是也。」按：朝三暮四與朝四暮三，名異實同，乃衆狙因之有怒喜；此以喻愚者之昧於審辨；巧者之工於設詞也。

❿《莊子·逍遙遊》：「鷦鷯巢於深林，不過一枝；偃鼠飲河，不過滿腹。」按：喻所需不多。

⓫戰國末呂不韋等編《呂氏春秋》卷二四《不苟論·自知》：「敗莫大於不自知。范氏之亡也，百姓有得鍾者，欲負而走，則鍾大不可負，以椎毀之，鍾況然有音，恐人聞之悖矣。」按：後來的「掩耳盜鈴」由此「掩耳盜鍾」變來。

⓬《韓非子·五蠹》：「宋人有耕田者，田中有株，兔走觸株，折頸而死，因釋其耒而守株，冀復得兔，兔不可復得而身爲宋國笑。」按：此故事喻固守成規可笑。

⓭西漢劉安《淮南子·人間》：「塞上之人有善術者，馬無故亡而入胡，人皆弔之，其父曰：『此何遽不能爲福乎？』居數月，其馬將胡駿馬而歸。人皆賀之，其父曰：『此何遽不能爲禍乎？』家富良馬，其子好騎，墮而折其髀，人皆弔之，其父曰：〈此何遽不能爲福乎？』居一年，胡人大入塞，丁壯者引弦而戰，近塞之人死者十九，此獨以跛之故，父子相保，故福之爲禍，化不可極，深不可測也。」

⓮此故事最早者見於周·莊周著《莊子·山木》：「莊周曰：此何鳥哉？翼殷不逝，目大不覩，蹇裳躩步，執彈而留之，覩一蟬方得美蔭而忘其身，螳螂執翳而搏之。……」但較詳者爲西漢劉向撰《說范·正諫》：「園中有樹，其上有蟬，蟬高居悲鳴飲露，不知螳螂在其後也；螳螂委身曲附欲取蟬，而不知黃雀在其傍也；黃雀延頸欲啄螳螂，而不知彈丸在其下也。此三者，皆務欲得其前利而不顧其後之有患也。」

⓯西漢劉向撰《戰國策·燕策二》：「蘇代爲燕謂惠王曰：『今者臣來，過易水，蚌方出曝，而鷸啄其肉，蚌合而拑其喙。』鷸曰：『今日不雨，明日不雨，即有死蚌！』蚌亦謂鷸曰：『今日不出，明日不出，即有死鷸！』兩者不肯相捨，漁者得而并擒之……」見《影印文淵閣四庫全書》，冊四〇六，頁四五一下。

狐假虎威：⑯你待要狐假虎威，哎，你個賈長沙省氣力。馬致遠《薦福碑》四。

⑧來自《史記》

沐猴而冠：⑰不由咱生嗔怒，我罵你個沐猴冠冕，牛馬襟裾。石君寶《秋胡戲妻》二。

⑨來自《三國志》

畫餅充饑：⑱你敢要攀月桂諧連理，可不似指畫餅待充饑。吳昌齡《張天師》二。

⑩來自《世說新語》

望梅止渴：⑲1.你休言語，怎成合，可正是望梅止渴。《桃花女》二。2.問什麼樊素小桃，都一般開花結果，咱正是那止渴思梅。《劉弘嫁婢》二。

從上引例可見《元曲選》、《元曲選外編》二書所引民間寓言，數量並不多。其原因可能有二：一是有的元代以前的民間寓言，也許篇幅過長，或尚未為書面作家所注意，故未採用；二是古代書面作家在著作中用過不少艱深的文學寓言，雖具哲理意義，但只在文人中書面流傳，從未在平民口上流傳，平民也不易理解，故也未採用。現在，就雜劇引用過的一些民間寓言看，已大部分被濃縮為典故式「寓言性成語」，不少至今仍在平民口頭流傳。在元代，恐怕也會大致如此。也就是說，雜劇中引用了此種「寓言性成語」後，就更好懂，有通俗哲理寄寓其中，又使劇詞具有更多的民間文學性，豐富了雜劇語言，叫觀眾喜於接受。

### 2. 民間寓言的活用

在雜劇中，把民間寓言加以吸取時，其藝術手法極為靈活多樣：有的作為「寓言性成語」

直接引用；如不適合於塑造角色、渲染劇情的需要，也可把這種成語，作創造性的改動，但仍然保存民間寓言的思想和藝術光澤。下面，僅舉二例分析一下，以見雜劇活用民間寓言的一斑。

例一：在王實甫《西廂記》四本二折，旦扮鶯鶯在十里長亭，安排筵席，送張生赴京「取應」（應考），老夫人要他「掙一個狀元回來」，她却心中十分難過，想的是「年少呵輕送別，情薄呵易棄擲……但得一個並頭蓮，煞強如狀元及第」，她「不曾吃早飯，飲一口湯水」，紅娘奉老夫人命遞酒給她，她把盞時唱了首《朝天子》：

暖溶溶玉醅，白冷冷似水，多年是相思淚，眼面前茶飯怕不待要吃，恨塞滿愁腸胃。蝸角虛名，蠅頭微利，拆鴛鴦在兩下裏，一個這壁，一個那壁，一遞一聲長吁氣。

---

⑯《戰國策·楚策一》：「虎求百獸而食之，得狐。狐曰：『子無敢食我也！天帝使我長百獸。今子食我，是逆天帝命也！子以我爲不信，吾爲子先行，子隨我後，觀百獸之見我而敢不走乎？』虎以爲然，故遂與之行。獸見之皆走。虎不知獸畏己而走也，以爲畏狐也。」按：此故事喻藉在上者之威以恐嚇人。

⑰西漢司馬遷《史記》《項羽本紀》：「人言楚人沐猴而冠耳。」《集解》張晏曰：「沐侯，獼猴也。」《索隱》：「言獼猴不任久著冠帶，以喻楚人性躁暴。」或云：譏人徒具衣冠者，若獼猴著冠帶，但具人形而已。

⑱晉陳壽《三國志》《魏書·盧毓傳》：「選舉莫取有名，名如畫地作餅，不可啖也。」喻虛而無實。

⑲南北朝宋劉義慶撰、梁劉孝標注《世說新語》《假譎》：「魏武行役，失汲道，軍皆渴，乃令曰：『前有大梅林，饒子，甘酸，可以解渴。』士卒聞之，口皆出水，乘此得及前源。」按：今喻爲虛望而不能實得之意。

這段曲詞說的是：眼前即使有玉醅美酒，也似白冷冷的清水，而且多半還是相思淚水匯聚而成，吃不下茶飯，爲的是別恨滿愁腸。母親逼令張生去考取狀元，是硬逼他去爭那小如蝸牛的虛名，微如蠅頭的利益，忍心拆散我倆恩愛，我在家，張遠去。此刻紅娘遞來一盞酒，我只好長嘆而已。曲詞中，把《莊子》上的寓言《蝸角之爭》，加以濃縮，改寫成「蝸角虛名」，否定了「狀元」的浮名，視爲虛幻；又與「蠅頭微利」並提，[20]是徹底否定了所得利祿十分微薄，無價值。經改寫後的「蝸角虛名」一詞，在思想感情上，增添了比「蝸角之爭」更爲鮮明的批判性寓意；在格律上，是「平仄平平」，又符合《朝天子》該句是「仄仄平平」而首字可「平」可「仄」的曲律格式，[21]可見劇作者之匠心。

例二：在《莊子．齊物論》的「狙公賦芧」寓言，原文中有「朝四而暮三」（平仄平仄平）之句。[22]在前引賈仲名《蕭淑蘭》二折《雪裏梅》曲詞第二句爲「早則罷暮四與朝三」，在句式曲律上原爲「仄仄仄平平」，賈氏此句的「早則罷」爲另增襯詞，不算在句式內；必須把莊子原句改爲「暮四與朝三」（仄仄仄平平），他正作了如此改動。[23]又在前引楊景賢《西遊記》三本九齣《混江龍》曲詞中，也有「也是我爲人不省，和這等朝三暮四的便成交」，在句式曲律上，第二句原爲「平平仄仄仄平平」，楊氏此句的「和這等」、「的」均爲新加襯詞，不算在句式內。必須把莊子原句改爲「朝三暮四」（平平仄仄），才可組成新句式「朝三暮四便成交」（平平仄仄仄平平），再加襯詞便可。[24]二者在改動原句後，作了創新，既保存原來深刻的思想寓意，又增強了曲律上的音韻美，一樣好懂易記。

要之，元雜劇吸取民間寓言雖不多，但一經吸取，就給予劇詞化、曲律化，也給劇作注入了新的藝術營養，從而得到了新的生命力。

⑳北宋蘇軾《滿庭芳》：「蝸角虛名，蠅頭微利。」蠅頭，謂利薄。見蘇軾《東坡樂府》。

㉑見羅錦堂《北曲小令》（台北：香港寰球文化服務社，一九六四），頁六九—七〇有《朝天子》曲譜及說明可參看。

㉒同❾。

㉓按《雪裏梅》第二句曲律爲「仄仄仄平平」，其他爲襯字。參曾永義編注《中國古典戲曲選注》頁三四二，鄭光祖《倩女離魂》例句「（我）凝睇不歸家。」

㉔按《混江龍》第二句曲律爲「平平仄仄仄平平」，其他爲襯字。參曾永義前書，頁二六五，白樸《墻頭馬上》例句「（怎肯學）費工（夫）學畫遠山眉。」

# 第三章　民間歌謠和元雜劇

## 第一節　民間歌謠和元雜劇的關係

一般說來，由平民大衆創作和傳唱的口頭性詩歌，稱民間歌謠，或稱民歌，或稱歌謠。有的只念不唱的稱民謠。其中，由兒童或成人創作、以反映兒童生活爲主，並且有兒童藝術情趣的歌，稱爲童謠。元雜劇是以給平民大衆演出爲主的戲劇藝術，因此，適當地吸取、仿作民歌、民謠，以更好地豐富題材，刻劃人物，烘托氣氛，並深化主體，就顯得十分重要。這方面，雜劇作者相當重視，取得了不少成績。很值得贊揚和肯定。

日人青木正兒（一八八七—一九六四）在《中國近代戲曲史》中說雜劇「用語時雜蒙古語，或音曲中插入蒙古民謠以取悅彼等（達先注：指蒙古人）。」❶這是事實，不過，他未指出雜劇也吸取、仿作過不少漢族民歌、民謠（包括童謠）。漢族的民歌民謠被雜劇吸收者，最重要的約有下列這些：一、政治歌；二、船夫歌；三、婚禮歌；四、生活歌；五、數字謠；六、連珠謠；七、勞動歌；八、祝禱詞；九、哭喪歌；十、騷體歌。有的是直引原作，有的可能是經過略作加工，有的也可能是仿作。其具體的寫作方法，看劇作的特定需要和劇作家的愛好而定。

從大體上說，民歌一經吸取或仿作，常使雜劇的道白或曲詞，反映出較多的元代人民大衆的思想感情和藝術趣味、美學觀點，獲得了一定的民歌藝術色彩，增強了民間文學性，這就更易得到人民大衆的了解和歡迎，這也是使雜劇取得新的藝術成就的重要原因之一。

① 青木正兒著、王古魯譯《中國近代戲曲史》（北京：作家出版社，一九五八），冊一，頁六七，第三章。

## 第二節　民間歌謠被元雜劇吸取的情況

在這一節裏，我們具體地剖析一下雜劇是如何吸取和仿作前節中提及的十類民歌的。由於元代民歌民謠的文獻資料不足，爲了更好地進行比較研究起見，有時也得援引元代前後有關作品，作出剖析和說明。有的種類的民歌，被吸取的多些，或情況複雜些，就有必要多說明幾句。

### (一)　政治歌的吸取

政治歌是指人民大衆反映政治活動或其對政治看法的民歌民謠。如早在宋代流傳並被收入宋人平話小說《菩薩蠻》中的政治歌，就有：「咚咚牙鼓響，公吏兩邊排；閻王生死案，東岳攝魂台。」❶此歌內容是說，古代地方官員坐衙審案前，先敲響衙鼓，由衙役在兩邊站班，陳列儀仗隊，舉行一定的儀式，叫「排衙」，然後審案官員上場，準備聽候百姓來訴狀。最後，由主管官判決犯人的生死。末二句用佛道傳說，第三句提及的閻羅王和第四句提及的東岳大帝都是當時民間心目中掌管人們生死大權的神。這二句比喻審案的官吏，有如閻羅王和東岳大帝一般，掌握人們生死大權，故衙門就正似閻羅殿、東岳大帝的攝魂台一樣，是執掌人命之地。❷這是宋元間民間很流行的政治歌。

在元雜劇中，至少有五個劇本很喜歡吸取上歌描寫審案官吏，他上場時把它作爲上場詩念出。❸其中，關漢卿就曾兩次採用了上歌，其中之一是他在《蝴蝶夢》二折開頭是：

（張千領祇候排衙科唱云）在衙人馬平安，喏。（外扮包待制上詩云）咚咚衙鼓響，公吏兩邊排，閻王生死殺，東岳攝魂台。老夫姓包名拯，字希文，廬州金斗郡四望鄉老兒村人也。官拜龍圖閣待制學士，正授開封府府尹。今日升廳，坐起早衙。張千！分付司房，有合僉押的文書，將來老夫僉押。

此段先寫侍從官張千帶領侍從、衙役做完「排役」儀式，然後是包公一登場，就念政治歌「咚咚衙鼓響」首，作爲上場詩。因是通俗的歌，不但渲染了官員將審案前的官衙氣氛，而且也使觀衆很易明白，這官員掌握百姓生死大權；接著，他自報姓名、官位，隨即叫衙役通知幕僚單位的「司房」，把文書呈上，供他審閱批示（僉押）。此歌一可烘托封建官署在審案時嚇人的氣氛及其無情的官威；二可有助於說明審案官員的身份、地位。吸取此歌後，對於設置故事背景，安排劇情，便十分恰切。同時，也有助於加強劇作的民間文學性，使之更爲大衆化。

---

❶ 董逸之選註《宋元白話小說集錦》（台北：長歌出版社，一九七五），頁二十。

❷ 東岳大帝：爲道教所奉之泰山神。按泰山爲中國五岳中之東岳，故名。封建時代帝王多祭祀泰山。據傳，泰山神掌管人間生死。宋張君房《雲笈七籤卷七十九．五岳眞形圖序》：「東岳泰山君領群神五千九百人，主治死生，百鬼之主帥也。血食廟祀所宗者也。」按：唐玄宗時，封泰山爲天齊王。元世祖忽必烈至元二十八年，被尊爲東岳天齊大生仁皇帝，簡稱東岳天齊大帝，或東岳大帝。據道教傳說，東岳泰山的天神是盤古後裔金輪王少海氏的兒子金虹氏，管理十八層地獄，六案簿籍和七十二司。七十二司的第二司管「生死勾押推勘」即「攝魂台」。閻羅王：簡稱閻王，佛書中稱管地獄之主。見唐．釋道世法師著《法苑珠林》《六道篇第四之六．典主》：「閻羅王者，昔爲毗沙國王，經與維陀如生王共戰，兵力不敵，因立誓願爲地獄王。臣佐十八人，……即主領十八地獄。」

❸ 「咚咚牙鼓響」一歌，多用作審案包公的上場詩，如關漢卿《蝴蝶夢》二折；關漢卿《魯齋郎》四折；《合同文字》四折；曾瑞卿《留鞋記》三折；《冤家債主》三折。

有一首兩句頭的《衙門謠》，是說往衙門告狀送錢才可勝訴，藉以反映封建吏治腐敗的。此謠流傳極廣。至今異文達十種以上，常見者有「衙門日日開，無錢莫進來」、「衙門八字開，有理無錢莫進來」、「衙署門向南開，有理無錢莫進來」、「衙門八字開，銅錢送進來」等四種。❹此謠起源於何時，已不可考，大約在元代正很流行，但已爲關漢卿《竇娥冤》四折所吸取：

（魂旦唱）《收江南》呀，這的是「衙門從古向南開，就中無個不冤哉」，痛殺我嬌姿弱體閉泉台，早三年以外，則落的悠悠流恨似長淮。

這是劇中女主角竇娥冤死後的陰魂，向擔任審囚刷卷的提刑肅政廉訪使的父親竇天章唱的。她從自己在元代楚州衙門中蒙冤將死的慘痛體會，唱出此二句短謠，一針見血地揭露了蒙古人統治下的元代吏治的黑暗，是不問是非曲直，判案是「有錢有理，無錢無理」，這正符合當時歷史實情。她本是年輕而善良的兒媳婦，却被蒙冤處死，此短謠的原型，似押「開」、「來」韻，而曲中此首短謠，卻改押「開」、「哉」韻，彷彿當時方言的口語，大約未經多少改動，就用入了曲詞中，很有助於她痛咒封建酷吏害民滿肚冤氣，精絕！

也有的政治歌，表達了平民百姓反對權豪勢要的「衙內」，強奪己妻，並盼有清官爲之伸冤。如《延安府》一折，寫延安府孛老兒劉榮祖因在清明節上墳時，老伴被倚勢挾權官人葛彪躧死，兒媳婦則被打死；他告到京師去，孩兒彥芳又給龐衙內無辜下牢，於是他在向按察司廉使告狀的「詞因」（情由）中說：

……今日得見大人，便似撥雲見日，昏鏡重磨。「柔軟莫過溪澗水，不平地上也高聲；懷揣萬古軒轅鏡，照察啣冤負屈人。」

這首以「柔軟」句開頭的《不平歌》，首二句借喻百姓受惡勢力迫害得很殘酷，要起而反抗；末二句表示希望官府明鏡高懸，替民雪冤，代表了受害者的要求。共四句，句式通俗，採用了口語韻律，近乎諺語詩的藝術風格。在《黃花峪》二折中，秀才劉慶甫因妻子被權豪勢要蔡衙內搶去，上梁山向梁山首領宋江太保告狀時，也同樣在道白中，引用了此歌。二者都是出自受害者之口，各見引的合乎身份，可說是極爲精妙。

## (二) 船夫歌的吸取

船夫歌是船夫（艄公）在江河中所唱，反映他（或他們）的水上勞動生活及其感受的歌。如鄭廷玉的《楚昭公》，寫春秋時吳師攻入楚國，楚昭王（前五一五）逃難的故事。三折寫吳兵在後追趕，在楚昭王弟兄妻子四口逃到前，在浩浩蕩蕩的長江邊出現了：

（梢公上嘲歌云）「月落烏啼霜滿天，江楓漁火對愁眠，也弗只是我裏梢公梢婆兩個，倒有五男二女團圓，一個屎出子（蘇州方言詞，指「撒屎了」），六個弗得眠，七個一齊屎出子，艎板（船板）底下好撐船，一撐撐到姑蘇城下寒山寺，夜半鐘聲到客船。」自家是個梢公，每日在這江邊捕魚爲生，今日風平浪靜，撐著這船，慢慢的打魚去來。

這裏，一個捕魚過日的船夫，自述每日在長江邊，一面撐船，一面「嘲歌」，即信口唱出含有

---

❹ 史襄哉編、朱介凡校《增補中華諺海》（一九七五），頁一一二。

嘲弄之意的漁歌，慢慢去打魚。唐代張繼（約七三〇—七七八在世）《宿楓橋詩》云：「月落烏啼霜滿天，江楓漁火對愁眠，姑蘇城外寒山寺，夜半鐘聲到客船。」這是張氏自述他當年在江蘇吳縣（今蘇州）西郊楓橋夜宿時，正值秋天，月落烏啼，滿地是霜，一個愁人對著江楓漁火而睡，這時那姑蘇城外寒山寺，正在半夜打鐘，剛巧有客船到來。此詩爽利激越，不假雕刻，思想也超脫，極負盛名。這樣明白曉暢且有地方色彩的好詩，被吸取到雜劇中，見出了作家優秀詩歌對雜劇的影響，但另一方面，如僅就該詩的原文來看，它已被仿作成吳歌，給民歌化了，被豐富以長短句式和「弗」（不）、「子」（了）等蘇州方言詞，把原詩的「外」改為「下」，加上另外六個句子，「姑蘇城下」句又加上了「一撐撐到」四字，這樣風格完全蘇州吳語民歌化，❺傳唱於民間，變成了當地漁歌，劇中是把它作為漁歌來吸取的。它在劇中出於長江下游船夫之口，既有助於刻劃船夫的風趣性格，也饒地方色彩。船夫唱完歌，走難的楚昭公弟兄妻子四口，便到了江邊，喚他渡過江去。先唱漁歌，就為這一折定調，更便於劇情再往下發展。

無名氏《醉寫赤壁賦》是寫北宋才學廣博的蘇東坡（一〇三七—一一〇一）被貶逐後受困遭難的痛苦生活的。第三折寫其友人黃魯直（一〇四五—一一〇五，即黃庭堅）、佛印禪師（一〇八七前後在世），知道他貶在黃州，在七月十五日良夜，叫人設置一隻船兒，安排酒餚，請了東坡來，以便在風清月白時，三人夜遊赤壁，他們正在到長江邊等候。接著：

（梢公上嘲歌）「秋風颮颮響重重，鄉裏阿姐嫁了個村老公，村老公立地似彎弓，存地似彈弓，立地似搊弓；頭籠重，腳籠重，兩管鼻涕拖一桶，污阿姐如乾□（注：原文缺字）抹胸。我道村野牛、村野牛，不如早死了，那竹鷃雕空占了畫眉籠。」阿外（注：打招呼語氣詞）阿外，自家梢公便是，今有蘇東坡夜遊赤壁，叫俺掌著這隻船，在此等著，這早晚敢待來也。

如就思想內容看，「秋風」首船夫歌，反映了封建社會中民間聰明婦女嫁給醜丈夫的不合理社會現象，有所控訴，末句「那竹鷗雕空占了畫眉籠」，頗似近代江蘇南部的情歌「斑鳩跳過畫眉籠」句。❻再就語言情趣看，與近代蘇州船夫歌彷彿是一樣的。大概可肯定是未經較多改動的船夫歌。引用它便烘托出一定的秋景，反映了「巧婦嫁拙夫」的不合理的封建婚姻陋習，也塑造出風趣且有民歌修養的船夫形象，並給此節渲染了較好的開場氣份，妙絕！

有的船夫歌，別緻簡短，如《玩江亭》一折，當趙江梅引梅香上時，梢公誦說的：

（梢公云）來哎，來哎，不要慌，不要慌。哎，一家和氣孝爲先，奉侍雙親了總歡然，人生在世長安樂了那，焚香頂禮則個謝皇天呵。噌噌。

---

❺蘇州吳歌用長短句式，有「弗」、「子」等詞，如明代的《等》：「小阿姐兒隨人上落像一扇蓬，拿著緊處弗放鬆，去時囉管回頭日，眼前且使盡子一帆風。」見明馮夢龍著、顧頡剛校點《山歌》（上海：傳經堂書店，一九三五），頁五四上。元代吳語民歌，文獻缺紀錄，但風格必與明代的相差不遠。近人葉德均曾疑劇中引歌「或爲明人所增」，見葉著《戲曲小說叢考》（北京：中華書局，一九七九），卷下，頁八二四。我認爲，就算屬實，亦爲吳歌中流傳已久的漁歌。

❻江蘇常熟反封建婚姻婦女歌：「人家老公像條龍，我的老公像毛蟲；哪年哪月毛蟲死，斑鳩跳過畫眉籠。」見林宗禮、錢佐元合編《江蘇歌謠集》（無錫：江蘇省立教育學院，一九三三），第二輯《蘇常區》本，頁二六。

這船夫歌表現一個元代船夫認爲：做人要全家和氣，以孝侍親，安樂度日，得過且過，在世安樂，就拜上天之賜了。此詩和前引二歌思想意義不同，有助於刻劃另一種一團和氣、樂天知命的船夫的性格。「來哎」等四個短句，似船夫招徠顧客的口吻，《哎》爲語氣詞，「一家」四個歌句，以「先」、「然」、「天」押尾韻。「了那」、「呵」各爲歌句的餘聲，無義，「噲噲」爲划船的勞動呼聲。這是近似朗誦調船夫歌，是船夫歌的別調（劇作者以「云」字標出，即此之故）。全首爲劇作烘托了氣氛，相當貼切！民間協助勞動的「勞動號子」（船夫歌形式之一），常是以「來哎，來哎」這一類呼召語來開頭的。

## ㈢婚禮歌的吸取

婚禮歌是在婚禮儀式進行中所念誦的種種歌謠。賀郎歌爲婚禮歌之一。其起於何時，難於確知。宋代舉行婚禮儀式時，已念誦一種四句七言體通俗詩，贊美和祝賀新郎，便是賀郎歌，這在宋代話本《快嘴李翠蓮》中，已有引用。❼元雜劇中引用的一首《帽兒光光》，是贊美在婚禮中，新郎衣服合身，帽兒光鮮的。它被引用於《鴛鴦被》二折，關漢卿《竇娥冤》一折，康進之《李逵負荊》二折中。試看《冤娥冤》一折，寫流氓張驢父子硬逼蔡婆婆和兒媳婦竇娥分別和他父親及他結婚，但爲竇娥拒絕，接著是蔡婆婆並不願意嫁給張老漢，張驢兒以賀郎歌祝賀自己當新郎：

我們今日招過門去也，「帽兒光光，今日做個新郎；袖兒窄窄，今日做個嬌客。」好女婿，不枉了，不枉了。（同孛老入拜科）（竇娥做不禮拜科）

一般說來，上引《帽兒》一首賀郎歌，是贊禮人對新郎的賀詞，但在上劇中被靈活運用，作爲這個流氓新郎張驢兒父子對他們自己的賀詞。說完，強迫蔡婆婆拜堂。由於用了賀郎歌，便充分顯示了元代特定的結婚民俗儀式，更有戲劇氣氛了。

上歌在元代影響廣泛，還被濃縮爲典故性專有名詞，吸取到各劇作唱詞用，如《連環計》三折，王允對呂布唱《快活三》有云：「劖的（注：宋元方言詞，指只是、忽的）你和夜月待西廂父子每（們）都要帽光光，做出這喬模樣。」這裏把「帽光光」當作「做新郎」的代用詞。李好古《張生煮海》三折，石佛寺法雲長老對張生唱《幺篇》有云：「我勸你早準備帽兒光」，「帽兒光」也是「做新郎」的代用詞了。楊景賢《西遊記》五本十七齣《女王逼配》中，天神韋馱尊天奉了觀音法旨，救了正被逼在女人國王臥房與她成親的唐僧，女人國王唱的《尾》曲有：「我無緣，保的他無恙，鬧吵起花燭洞房，怕甚麼深院沉沉秋夜長，決撒了帽兒光光，恨韋郎（注：指韋馱尊天）……」，這裏「帽兒光光」是「新郎」的代用詞，末句表示咒罵韋郎強搶走唐僧之意。在上引的劇詞中，把四句賀郎歌濃縮爲一個代用詞，使其平仄符合曲詞的句式格律，既有民俗色彩，又靈巧新穎，應說這是雜劇家的一種創造。

下轎歌是賀郎歌的另一種別致形式，大多是七言四句體的。它是在新娘被迎回後，下轎時，兩邊擺列鼓和別的樂器，先打奏起來，樂器聲止，然後由贊禮人對著轎子念誦的祝賀新人的「謠」，

⑦ 同❶，《宋元白話小說集錦》，頁一六六引「高捲珠簾掛玉鈎，香車寶馬到門頭。花紅利市多多賞，富貴榮華過百秋。」參譚達先著《中國婚嫁儀式歌謠研究》（台北：台灣商務印書館，一九九〇）頁一一九七上篇「中國婚禮歌研究」

宋代已有流傳。❽元雜劇中未見有「下轎歌」，只有其異體「下馬歌」，其性質是相近的。如鄭光祖《傷梅香》四折，寫書生白敏中和裴相國的小姐成親：

（山人云）兀那媒婆，你說去，時辰到了，預備香花果品，紙燭千張，壇斗弓箭，五谷寸草，這早晚新狀元敢待來也……（白敏中冠帶引祇候上詩云）……（行科，山人唱科詩云）錦城一步一花開，專請新人下馬來，今日鸞鳳成配偶，美滿夫妻百歲諧。

此寫新狀元白敏中奉聖人（天子）的命，去裴相國家門下爲婿，和相國小姐結婚，他下馬前，由山人（贊禮人）先念「錦城」這四句頭的「下馬歌」祝賀他，他才下馬。一般是在婚禮儀式中，迎新娘回來後，要她下轎，贊禮人念「下轎歌」；上面是新郎騎馬去丈人家成親，他下馬前，由贊禮人先念「下馬歌」，所以說，二者是性質相同的。上劇正由於吸取了下馬歌，就符合元代漢族某些北方地區的婚姻習俗，也使劇作具有更濃郁的民間生活色彩。

拜堂歌也是另一種性質的賀郎歌。新娘下轎後，由伴娘左右攙扶她徐徐走過紅氈路上，走到中庭早已擺好的一張天地神案前，新郎父母和別的尊長，已分列左右兩邊，此時便舉行「拜天地」大典，俗稱「拜堂」。大典前，要先念拜堂歌，祝賀新人。如關漢卿《玉鏡台》三折，寫劉倩英小姐過門與溫嶠學士成婚，在出廳拜堂前，由男贊禮人念誦：

（正末引贊禮鼓樂上），（贊禮唱科詩云）「一枝花插滿庭芳，燭影搖紅晝錦堂；滴滴金杯雙勸酒，聲聲慢唱賀新郎。」請新人出廳行禮。（梅香同官媒擁旦上）

上引一歌，渲染了舉行婚禮時的歡樂氣氛：錦堂裏插著鮮花，香飄滿庭，紅燭的光在不斷閃動，很快就要金杯互勸了，此刻正在唱歌祝賀新郎呢！此歌有些文人詩風味，是給雅化了的拜堂歌，也可能是關氏的仿作，它到底使劇情增加了民族化因素。

交杯歌是婚禮歌之一。交杯是新人拜過堂後，在新娘房內共喝交杯酒。此風尚最早見於西漢戴聖（約五七年前後在世）《禮記》所載，❾想先秦已有之。如關漢卿《裴度還帶》四折，寫書生裴度考中狀元後，和韓太守女兒瓊英小姐舉行結婚儀式的過程。當韓家結起綵樓拋繡球時，打中了裴度，招他爲婿；此後以絲鞭攔住他，又請他下馬，他接過絲鞭，媒人請他上綵樓和新娘分東西坐定後，念道：

霧鬢雲鬟窈窕娘，繡球打中狀元郎；夫妻飲罷交杯酒，準備今夜鬧臥房。

這就是「交杯歌」。是祝賀新人喝過交杯酒後洞房之喜的。

接著是「山人（贊禮人）做撒帳科」，「撒帳」，是新娘行過婚禮後進入新房時，有人把東西撒向牀內的儀式。山人念「撒帳歌」：

狀元穩坐紫驊騮，褐羅繖下逞風流；新人繡球望著狀元打，永遠相守到白頭。❿

這是祝賀新夫婦白頭到老的。

---

❽ 同❶，頁一六六：「鼓樂喧天響汴州，今朝織女配牽牛；本宅親人來接寶，添粧含飯古來留。」見於宋人平話《快嘴李翠蓮記》中。

❾ 戴著《禮記・昏義第四十四》：「婦至……以親之也」條，見東漢鄭玄注《禮記鄭注》按：一云西周周公作、一云孔子作的《儀禮・士昏禮》，已記錄下春秋、戰國時代的「合巹」儀式，這比《禮記》所記要早，但未提及「合巹」一詞，見《十三經注疏》（藝文印書館），冊四《儀禮注疏》，頁三九—六六。

❿ 文獻已有北宋婚禮撒帳儀式的詳盡記錄，見北宋孟元老撰、鄧之誠注《東京夢華錄注》（北京：中華書局，一九八二），頁一四三—一四五《娶婦》條孟氏原文。

之後，山人請狀元女婿上綵樓和新娘在帳中一同坐下，拿「五穀銅錢」後，一面撒帳，一面念起一首長達廿八句的《撒帳歌》：

夫妻一對坐帳中，仙音一派韻輕清，準備洞房花燭夜，則怕今朝好殺人。好撒東方甲乙木，養的孩兒不要哭。……又撒西方庚辛金，養的孩兒會賣針。……再撒南方丙丁火，養的孩兒恰似我。……後撒北方壬癸水，養的孩兒會調鬼。……再撒中央戊己土，養的孩兒會擂鼓……夫人相公老尊堂，狀元新人兩成雙，山人不要別賞賜，今朝散罷捉梅香。

（注：原文較長，引文有省略）

長篇的《撒帳歌》，宋元間早有流傳，在宋元話本《快嘴李翠蓮記》中，也保存了一首《撒帳東》，⑪長達卅六句，和上述關劇所引上面的一首《撒帳歌》，在內容和藝術風格上，有許多相似之處。關氏引歌以贊禮人身份，祝願新人未來養下的孩兒，不亂哭，會賣針，似新郎般聰明，既活潑調皮，又會打鼓，玩兒童遊戲。這就是贊美他是乖巧、天眞、懂事、可愛的小孩。由於作者熟悉民歌，所以寫來頗爲精妙，即使是民間原作的加工或仿作，也具有較鮮明的民間風格，如果關劇缺少此歌，所寫婚禮儀式必無較多的民族特色和民間色彩。

此外，在古代結婚儀式中，有時贊禮人也會說幾句贊揚性韻語，雖僅限於稱道日子之吉祥，也隱含著對未來美好前途的祝願，這也是婚禮歌中較別致的藝術形式之一。無名氏《劉弘嫁婢》二折中有：

（劉弘員外云）孩兒，今日是好日辰麼？（王秀才云）天黃道，地黃道，日月雙黃道；子丑寅卯，今日正好，過了今日，明日不好。（劉弘員外云）我今日待與小姐成就些婚配的道理，我心裏則主不定也。

上歌分爲兩節：上節「天黃道」等三句；下節「子丑寅卯」等四句。共七句，除第六句外，其他六句，押一個韻部，這是婚禮歌賀詞中的別調，在點染婚禮日子的歡樂氣氛上，也有其特殊的意義，增強了民俗的色彩。

### (四) 生活歌的吸取

生活歌是指一種反映民間生活——較多是農村生活的民歌。如無名氏《黃鶴樓》二折，姑兒上，唱《豆葉黃》：

> 那裏那裏？酸棗的林兒西裏。您娘教你早來家，早來家，恐怕那狼蟲（註：指老虎和毒蟲，非虫豸）咬你，來摘棗兒，摘棗兒，你道不曾摘棗兒，口裏核兒那裏來？張羅（注：指替人辦事，向各方搜索）張羅，見個狼呵，跳過墻呵，唬殺你娘呵。

和上引曲子的詞語幾乎完全相同的，還有張國賓《薛仁貴》三折，禾旦上唱《豆葉黃》：那裏那裏？酸棗林子兒西裏。俺娘著你早來也早來家，恐怕狼蟲咬你。摘棗兒，摘棗，摘您娘那腦兒，你道不曾摘棗兒，口裏胡（注：核）兒那裏來？張羅張羅，見一狼窩（注：窩、語氣詞，相當於「呵」），跳過墻囉，說您娘呵。

---

⑪ 《撒帳東》，共九節，每節四句，第一、二節是：「撒帳東，簾幕深圍燭影紅。佳氣鬱葱長不散，畫堂日日是春風。撒帳西，錦帶流蘇四角垂。揭開便見姮娥面，輸卻仙郎捉帶枝。」同見注❶，《宋元白話小說集錦》，頁一六八—一六九。

對於上引兩首《豆葉黃》，有的學者認為，和南北曲的格調不同，大約是明代俗曲。⓬我認為不然，以張國賓而論，生卒年雖不詳，但他是元大都（今北京）人，是劇作家，又是戲曲藝人和社會下層人物，其劇作題材的農村生活氣息很重，加上此歌所寫，和反映近代北京一帶農村生活的民歌的內容、結構、句數無定、虛詞用法、修詞法、語氣風格等，極為近似。⓭而且，在兩個元雜劇同一曲調中所引字句幾乎相一致，因之，就可大致確定是當時的農民生活歌。即有所加工，也不多。上歌描繪了華北農村的景象：一片酸棗林，母親要到已嫁女兒家探望，女兒很怕母親被老虎、毒蟲咬傷。她母親說：走過酸棗林時，沒摘過酸棗吃，但口中曾啣著棗核兒。此次來探望女兒，本要為別人辦事，但遇見了狼，就被迫跳牆而過，眞給嚇壞了。歌中反映的，正是元代華北農婦探望外嫁女兒路上遇狼的生活經歷，劇中引用它，也正好鮮明地烘托出一幅元代農村生活風俗畫面，從而增強了全劇的農村生活氣息。

無名氏《藍采和》三折，則引用了道士生活歌。此折寫戲劇藝人藍采和決心要跟師父出家去，妻子苦勸他休出家，應立即回家，他卻拒絕回去再演戲，並說師父教過他唱《青天歌》，舞《踏踏歌》。妻子要他表演一遍給她聽，於是他邊舞邊念起來：

踏踏歌，藍采和。人生得幾何？紅顏三春樹，流光一擲梭，埋者埋，拖者拖，花棺彩轝成何用？箔（注：簾子）捲象㒒台人若何？生前不肯追歡笑，死後著人唱挽歌。遇飲酒時須飲酒，得磨跎（注：消遙自在）處且磨跎。莫恁愁眉常戚戚，但只開口笑呵呵，營營終日貪名利，不管人生有幾何？有幾何？踏踏歌，藍采和。

全篇充滿人生要及時行樂和消極厭世的頹廢思想，應該說這是充滿道士般不滿現實的歌。最初，原作出自南唐沈汾（約九四三前後在世）《續仙傳》的《藍采和》條所說，⓮在風格上，近乎後代道士生活歌謠。⑮元雜劇無名氏作家把沈汾所記的道士歌，有所擴充、改動，吸入上述《藍采和》三折劇作中，並寫由藍采和唱起來，這就有助於通過戲劇藝人藍采和的歌聲，把他已厭世行樂，並要堅決出家的性格寫活了。可見道士生活歌吸取得貼切。

## (五) 數字謠的吸取

數字謠（在某種意義上說，視爲數字諺亦可）是每句首字由小數「一」字起，逐句依次排列至「十」字的短謠，亦可稱爲諺歌。南朝陳後主（叔寶，五五三—六〇四）有一首《獨酌謠》，大部分句子是仿數字謠形式的，其中有一部分云：「……一酌豈陶暑，二酌斷風飈，三酌意不暢，四酌情無聊，五酌盂易覆，六酌歡欲調，七酌累心去，八酌高志超，九酌忘物我，十擂忽

---

⑫ 此爲邵曾祺意見，見邵氏選注《元人雜劇》，頁八六。

⑬ 反映近代北京一帶農村生活的民歌，可參考下列三書所收作品：㈠雪如女士編《北平歌謠集》（一九二八）；㈡前人編《北平歌謠續集》（一九三〇），以上均明社。㈢張則之編譯《北平歌謠》（商業印書局，一九三二）。

⑭ 原歌作：「踏踏歌，藍采和，世界能幾何。紅顏一春樹，流年一擲梭。古人混混去不返，今人紛紛來更多，朝騎鸞鳳到碧落，暮見桑田生白波，長景明輝在空際，金銀宮闕高嵯峨。」見《影印文淵閣四庫全書》，冊一〇五九，頁五八六。

⑮ 如宋代也有道士生活歌謠。宋陶穀撰《清異錄》卷三：「長沙獄掾任福祖，擁騶吏出行。有賣藥道人行吟曰：『呵呵亦呵呵，哀哀亦呵呵。不似荷葉參軍子，人人與個拜□（注：原文缺字）木，大作廳上假閻羅』，福祖審思，豈非異人，急遣訪求，已出城矣。」

凌霄……」⑯這部分是自述「獨酌且獨謠」時的情景心態，和最後醉熏熏，以至身體飄飄然的，風格通俗樸素。自稱以「謠」爲題，當然是仿民謠形式的。可見至少在一千四百多前，數字謠已流行於民間，並爲陳後主所吸取。北宋歐陽修（一〇〇七—一〇七二）寫過一首《數詩》⑰每二句爲一組，共十組，每組首句首字依次以「一」、「二」起頭，直數到第十組首句起頭是「十」字。也是仿民間數字謠形式的。南宋數字謠也很流行，如清代俞樾（一八二一—一九〇六）在《茶香室叢談》卷十談及宋代「紹興（一一三一）初，張浚（一〇九七—一一六四）富平之敗，蜀諺曰：『一事無成，二帥（注：曲端、趙哲）枉死，三軍怨恨，四川空虛，五路輕失，六親招攞，七書旋學，八位自除，九重怎知，十誠（「成」的諧音字）不會。」⑱這就是南宋數字謠原形作品之一，大致反映當年富平之敗後的某種局勢。這是自「一」至「十」的典型數字謠。

數字謠較多爲民間兒童所愛唱。作者或爲兒童，或爲成人，但其以數字排列的形式，均適合於兒童的情趣。近代有一類數字謠，是兒童做數「數目遊戲」時唱的，兒童生活色彩更濃，每句開頭依次先後冠以基本的數目字，常見的有兩個類型：一種是「順敘歌」，即由「一」字起，每句首字由小到大數下去，至末句首字「十」爲止。近代全國各地作品極多，如近人朱介凡編《中國兒歌》和吳瀛濤著《台灣諺語》二書⑲就收入不少。且看一首四川較有兒童遊戲情趣的《一個小寶寶》：「一個小寶寶，兩支小銅號，三棵黃桷樹，四方草坪好，五個甜橘柑，六支大香蕉，七根長甘蔗，八個老紅棗，九隻黃鳥叫，十匹花馬跑。」⑳古代記錄保存下來的數字歌不多，但就近代活在民間的作品看，其內容大多在於給兒童傳授各種日常生活知識，其宋元間作品，可能亦近似。自然，元雜劇作家吸取了當時數字謠形式，開拓其內容，進一步敘述重大社會性事件，加上必要的說理，以反映某種複雜的社會現象，如此，其所反映的時代風貌，就比數字謠的原型作品要寬廣得多。這種改造過的新形式，被巧妙地運用到雜劇的道白中。如楊景賢《西遊記》三本九齣，採用了五、六、七言體數字謠形式：

（孫行者上云）一自開天闢地，兩儀便有吾身，曾教三界費精神，四方神道怕，五嶽鬼兵嗔，六合乾坤混擾，七冥北斗難分，八方世界有誰尊，九天難捕我，十萬總魔君……

這一段，孫行者自報身世，由遠古自有天地說起，至自己逐漸成長，乃至培養成特殊本領，上天即派十萬魔君來也捕捉不到。上面採用一韻到底的韻白，每隔一句、兩句、三句押韻不等，相當活潑精巧。在同折「那吒領卒子上」的道白是：

---

⑯ 南宋郭茂倩編《樂府詩集》卷八七。

⑰ 歐陽修《文忠集》，卷五二。

⑱ 此段為宋張知甫可書語。見譚達先著《中國民間文學概論》（香港：商務印書館香港分館，一九八〇），頁二八九。按：南宋張浚，於建炎四年（一一三〇）任知樞密院事，力主抗金，并建議經營川陝，被任為川、陝宣撫處置使。次年因東南形勢緊張，乃集軍反攻，牽制了全軍，富平（今陝西）之戰，雖遭失利，東南大局却漸安定，此謠在某種程度上反映了當時之事。

⑲ 朱編《中國兒歌》（台北：純文學出版社有限公司，一九八〇，三版），頁一九二，有上海、浙江數字謠。台灣的有五首，有一首是《一是當朝一品》：「一是當朝一品，二是二甲進士，三是三元及第，四是四品京堂，五是五子登科，六是六國封相，七是七子在朝，八是八婿做官，九是九門提督，十是十金富貴。」見吳著《台灣諺語》（台北：台灣英文出版社，一九八三，五版），頁六二五。

⑳ 引自譚達先著《民間童謠散論》（廣州：廣東人民出版社，一九五九），頁七二。

一自乾坤生我，二親教誨多能，三鬟髻上盡滴眞珠，四粧帶上金箱瑪瑙，五方神聽咱節制，六合內唯我高強，七寶杵嵌玉粧金，八瓣球攢花刺繡，九重天闕總元戎，十萬魔王都領袖。

這也是數字謠形式活用的妙。由於此種形式的活用，就使所說的內容表達的更具體、細緻，因而也把角色的性格寫活，其形象的血肉也就更爲豐滿了。

有的雜劇，有時可在數目字前先加個短句，或者如某些傳統民歌一樣，以別的同音字代替引用的數目字。如以「久久」代替「九九」，「實實」代替「十十」之類。無名氏反映民族矛盾的《飛刀對箭》，三折寫高麗國大將聽說大唐國主將秦瓊病了，尉遲敬德受貶，兵微將寡，於是差人下戰書，單搦大唐名將出馬應戰，與久鎮在鴨綠江白額坡前的大將蓋蘇文惡戰了一場，因未知勝負，那報喜探子急回向他報喜，他說：

好探子也，他從那陣面上來，我則見喜色旺氣。一張弓彎秋月；兩枝箭插寒星；三尺劍掛小貂裘；四方報急問探子；五花營內，來往有似攛梭；六隊軍卒，上下有如交頸；七尺軀肩擔著令字旗；戴一項八角紅纓桶子帽；久久等待你許多時；實實的細說你那軍情事。探子，你喘息定，慢慢的說一遍。

此段採用了「一」至「十」的數字謠形式的道白，「五花」、「六隊」、「七尺」各以二句組成一個分句，「八角」之上加「戴一頂」三字，「久久」、「實實」是諧音詞。這段話已有創造性地活用了數字謠形式，給以合乎劇情的發展和改寫。「一張」等三分句，描寫探子的外貌；「四方」句至「六隊」句三分句，寫所有軍卒急盼他報告敵情；「七尺軀」四分句說自己身爲大將，正等候了多時，希望他細說敵情。關漢卿《單刀會》三折，寫關公答應去赴東吳老將魯肅的約會，兒子關平說隨後去接應，他自述本領時有「一刃刀；兩刃劍，齊排雁翅；三股叉……十分戰十分殺顯耀高強」，㉑等句用了數字謠形式。以上兩段道白，吸取了順敘歌的形式，又有所變化，終於把語言說的十分活潑、精巧。

另一種是「順逆式數字謠」它就是先依次每句首字是「一」、「二」數下去，到了「十」字，又倒數至「一」字。近代紹興有：「一事無成實可憐，兩眼睜睜看老天，三餐茶飯全無有，四季衣衫不周全，五更想起雙流淚，六親無靠苦如連，開門七件全無有，八字生來顛倒顛，久（諧「九」）事寒窗無出息，要到十字街頭尋短見。（注：以上由「一」數至「十」，以下由「十」倒數至「一」）路裏碰見一個算命先生，算我十九歲功名就，八月科場面前存，七篇文章如錦繡，六個同窗倒顛中，五倫殿上朝天子，四拜皇廷萬歲恩，君王連飲三杯酒，兩朵金花蓋頂勻，一色杏花紅十里，狀元歸家馬如飛。」㉒按常理推測，元代也可能有此類民謠，可惜文獻未有記錄罷了。

對此類民謠，有的雜劇從劇情需要出發，只能吸取、仿作其後半由「十」至「一」逆數部分的形式。如武漢臣在《三戰呂布》一折，張飛在曹操面前表示，要和大哥劉備、二哥關羽同去和威鎮武牢關的敵方名將呂布交戰，唱《尾聲》：

---

㉑「一刃刀；兩刃劍，齊排雁翅；三股叉；四楞鐗、耀日爭光；五方旗；六沉槍、遮天映日；七稍弓；八楞棒，打碎天靈；九股索紅棉套漫頭便起；十分戰十分殺顯耀高強。」

㉒朱自清著《中國歌謠》（香港：中華書局香港分局，一九七六），頁一九二。

十載武夫閑，九（諧「久」）得兵書看，八卦陣如同等閒，七禁令將軍我小看，六丁神㉓不許將我遮攔，者麼（注：不論）是五雲（注：五色瑞雲）間，四壁銀山，三姓家姓恁意兒反。二哥哥你休將我小看，憑著我這一生得村（注：魯莽）漢，我可敢半空中滴溜撲番過那一座虎牢關。

此段是猛將張飛自敘是個閒居了十年的武夫，曾久讀兵書，精通戰陣戰術，看不起七禁令將軍，六甲中丁神攔我不住；即在五色瑞雲中間，四面為銀山所困，三姓家始全作反，我這魯莽漢很有才幹，定能滴溜一聲從半空中番越過那虎牢關去。劇作者吸取了逆數謠形式，自「十」倒數至「二」字，均放置在句首，至「憑著」句則把「一」字安插在句子中間。很有層次地述說了張飛的軍事謀略、才能及必然克敵的英雄氣慨，詞語又有民謠氣息，活潑而巧妙！

又如鄭光祖《倩女離魂》三折，就有曲詞既是全面吸取順逆式數字謠的表現特點，又能略施變化，並加些襯字，益見劇作者別具匠心。這一折寫張倩女小姐在和心愛的書生王文舉別後，夢見他來告知正得官位，醒後梅香問她為何大驚小怪，她連唱下面二曲，陳述夢中所見王文舉的各種活動：

《十二月》元來是一枕南柯夢裏，和二三子文翰相知，他訪四科五常典禮，通六藝有七步才識，憑八韻縱橫大筆，九天上得遂風雷。《堯民歌》想十年身到鳳凰池（注：朝廷中書省要職），和九卿八元輔（注：二者指朝廷高官）勸金盃，則他那七言詩六合裏少人及，端的個五福全四氣備占倫魁（注：人間福氣），震三月春雷，雙（注：「二」的借詞）親行先報喜，都為這一紙登科記（注：記登科者之名冊）。

前曲敘述了張倩女小姐夢見王文舉是這樣的人：他有二三個知心文友，訪問過德行、言語、政事、文學四科人才，熟習五倫大典，精通六經，又如魏曹植般有七步成詩之才，靠了科舉試帖詩（「八韻賦」），遂高中科舉。後曲敘述了他在十年間，便升至朝廷中書省高官，能和九卿相、八元輔同喝酒，夠氣派，他又善寫七言詩，天下無人能比美，五福四氣齊備，享盡人間榮華。在三月裏，到雙親面前報喜，以便光宗耀祖。這就是因在一本登科名冊中有了他的名字。前曲由「一」順數到「九」，省去「十」字；後曲由「十」逆數到「一」，只有原來的「二」字是去聲字，在曲律上要用平聲字，故改爲「雙」字。有時，因有必要，兩個數目字，如「九」和「八」，「七」和「六」，「五」和「四」，「三」和「雙」，合在一句中說，可見出作者既善於學習「順逆數字謠」形式，又能切合曲詞音律及表現特點，給予創新，以增強民謠色彩和民間文學性。王季思（王起）盛贊鄭光祖在此二曲中，喜歡嵌入「從一到十」，又「從十到一」的數字，㉔曾永義稱嵌入「一至十」的《堯民歌》爲「曲中俳體」，㉕這些自然說的有理；不過，他們似未注意到，如就淵源上說，應肯定是來自傳統數字謠後的新創造。經創新後，詞句的藝術表現力比原型數字謠更切合於劇曲的需要了。

---

㉓ 六丁神：六丁，神名。《梁節王傳》：「梁節王暢……數有惡夢，從官卞忌自言能使六丁，善占夢。」注：「六丁，謂六甲中丁神也。」見南朝宋范曄撰、唐李賢注《後漢書》。

㉔ 王著《玉輪軒古典文學論集》（北京：中華書局，一九八〇），頁一三五。

㉕ 曾著《中國古典戲劇選注》頁三五四。注㉔。

## (六) 連珠謠的吸取

連珠謠是民間兒童遊戲歌的藝術形式之一。它在結構上是上句末尾和下句開頭,用同一個詞,這樣的結構及表達形式,或自首至尾,或貫徹在大部分句子中,有人也稱之爲「頂眞法」。此種童謠,在元代已很盛行。如河北景縣有:「下雨下雪,凍死老鼈;老鼈告狀,告著和尚……蛤蟆泆水,泆著老鬼;老鬼扒門,扒著大人,大人射箭;射著老當;老萬磕牙,磕了二斗芝麻,回家給他老婆打生出(註:出,方言詞,古嶽字)。」朱介凡說,據故老相傳,此歌始於至元正年間(約一三四一),[26]我想,如和明楊愼(一四八八—一五五九)及明末淸初朱尊彝(一六二九—一七〇九)所記民間童謠相類比,朱說大致可信。且看楊愼所記元至正(一三四一—一三六八)中《燕京童謠》:「腳驢斑斑,腳躧南山;南山北斗,養活家狗;家狗磨麵,三十弓箭;上馬琵琶,下馬琵琶,驢蹄馬蹄,縮了一隻。」[27]又朱彝尊記述明代浙江謠諺時說:「童謠云:狸狸斑斑,跳過南山;南山北斗,獵迴界口;界口北面,二十弓箭。此予童稚日偕閭巷小兒,聯臂踏足而歌者,不詳何義,亦未有驗。」[28]此二謠和前引一謠有相類處,都是較短的連珠謠,一樣是兒童遊戲歌。據此作常理的推測,此類形式的產生可能在元代之前流傳已久。

明淸以來,連珠謠廣泛流傳於中國各地。如廣州有《月光光》:「月光光,照地堂;年卅晚,摘檳榔,檳榔香,摘子薑;子薑辣,買蒲達(註:方言詞,苦瓜);蒲達苦,買豬肚;豬肚肥,買牛皮;牛皮薄,買菱角;菱角尖,買馬鞭;馬鞭長,頂屋樑;屋樑高,買把刀;刀切菜,買籮蓋;籮蓋圓,買隻船;船無底,浸死一家大細。」[29]在北京也有《跟人學》:「跟人學，變狗毛；狗毛老，吃青草；青草爛，拉白飯；白飯白，死人沒人抬……」㉚此類連珠謠，眞是多不勝數，具有特殊音律美。

對於上述連珠謠的連鎖性句式，不少雜劇作家，很喜歡吸取，可見它影響之深遠。如岳伯川《鐵拐李》三折，馬致遠《薦福碑》四折，費唐臣《貶黃州》四折，和馬致遠《漢宮秋》三折中，同一曲子《梅花酒》，都是採用這種句式。下面，只選看馬氏《漢宮秋》三折漢元帝唱的《梅花酒》後半：

……他部從，入窮荒；我鑾輿，返咸陽；返咸陽，過宮墻；過宮墻，繞迴廊；繞迴廊，近椒房；近椒房，月昏黃；月昏黃，夜生涼；夜生涼，泣寒螿；泣寒螿，綠紗窗；綠紗窗，不思量。

此段寫漢元帝送別宮女王嬙（字昭君）遠嫁匈奴，目送她向遠方天邊去了，他一個人單獨地返回咸陽，繞過宮墻的回廊，走近她過去住過的臥房外面，但見月色慘淡，秋夜已深，涼氣襲人，

---

㉖ 同⑨《中國兒歌》，頁二二三—二二四。

㉗ 楊著《古今謠諺》（台北：台灣商務印書館有限公司，一九七六），上冊，頁四四上下。

㉘ 朱竹垞（彝尊）著《竹垞詩話》卷下《雜謠歌辭·浙江謠諺》。

㉙ 譚達先著《廣東童謠·歇後語·客家情歌》（香港：廣角鏡出版社，一九八一），頁四五—四六，「子薑」又作「蓋薑」，嫩薑也。

㉚ 同⑲，《中國兒歌》，頁二二六—二二七。按：台灣也有：「暗晡蟬（黃昏），哮（哭）咧咧，哮啥事？哮要嫁，嫁何處？嫁柴梳。柴梳要梳頭，嫁老猴；老猴要爬樹，嫁和尚；和尚要誦經，嫁槍兵；槍兵要出戰，嫁茶燕；茶燕眞好食，嫁乞食。」見《台灣諺語》，頁五九九。

寒蟬陣陣，只要走近綠紗窗外，除非不去回憶；只要稍一回憶，就會想起「景物依舊，人事已非」，現在恩愛的王嬙早已不在窗內，目見宮深夜靜，月色慘淡，涼氣襲人，寒螿悲鳴，叫人無比哀傷。冷落凄清之景，悲愁難遣之情，躍然紙上。在藝術表現上，每二句組成一分句，前一分句的後半和後一分句的前半，完全相同，這是以連珠般重疊而回環的句式，急促而舒緩的音節，上下相聯的巧妙韻腳，來表現完整的形象，悲涼的氣氛，眞能淋漓盡致地抒發出漢元帝極度寂寞悲傷的情懷，使此曲成爲古今絕調之一，得到歷來戲劇家的高度贊美。近人王國維在《宋元戲曲考》中，贊爲「眞所謂寫情則沁人心脾，寫景則在人耳目，述事則如出其口者。」[31]曾永義贊爲「極自然，極有境界。」[32]這些都是的評，其實這種高度藝術境界的獲得，正和創造性地吸取連珠謠有關。

## (七) 勞動歌的吸取

這裏說的勞動歌，是狹義性的，即專指在體力勞作（小本商販的叫賣貨物亦屬此類）中所唱，並能對勞動有所促進、協助的歌或謠。雜劇中吸取的勞動歌有兩種類型：第一種是詞語簡單的勞動歌。從事某種體力勞動，就念誦或吟唱與之相應的歌，自先秦至元都是如此。南宋楊萬里（一一二七—一二〇六）也曾記下當時船夫、縴夫的勞動歌。[33]在元雜劇中，如無名氏《來了債》一折，引用了《磨麥歌》來寫磨博士在龐蘊員外家磨房中勞動的情景是：

（磨博士上打羅〔註：磨麥〕唱科，云）牛兒你不走，我就打下來了。

在劇中，磨博士（推磨工人）自述：「只怕睡著了誤了工程，因此上我唱歌咀（唱）曲。」

這便是由角色自己交代上引兩句正是他在推磨時唱的《磨麥歌》，雖簡單，却能驅除疲勞並解悶。上歌的內容勞動化，語言樸素，風格民間化，很可能是民間原詞，或是改寫的。用了它，就能如實渲染傭工在龐員外家磨麥的實況和氣氛。

第二種是詞語較多的勞動歌。最著名的是叫賣調。這是小本商販兜售蔬菜、果品或其他物類時長聲吟唱的歌。它往往詳細介紹所賣物品的名稱，有時還有敘事、抒情歌句在內。北宋高承（十一世紀前後在世）《事物紀原》卷九述及：「嘉佑末（約一〇六三）……市井初有叫果子之戲……京師凡賣一物，必有聲韻，其吟哦俱不同，故市人採其聲調，間以詞章，以爲戲樂也，今盛行於世，又謂之吟叫也。」㉞從上可見北宋時代首都汴京（今河南開封）的小販，已盛行以叫賣調兜售物品的風習，近人楊蔭瀏（一八九九—一九八〇）也認爲：「宋代藝人曾採用了民間叫賣的聲調，創作成樂曲，稱爲叫聲。」宋代至今，中國各地仍有其遺風。㊱

---

㉛ 王著《戲曲論文集》（北京：中國戲劇出版社，一九八四），頁八七。

㉜ 同㉕，頁二〇四。

㉝ 如：「張哥哥，李哥哥，大家著力一齊拖」，見譚達先著《中國民間文學概論》頁二〇六—二一一。

㉞ 《影印文淵閣四庫全書》，冊九二〇，頁二五七。

㉟ 楊著《中國古代音樂史稿》（北京：人民音樂出版社，一九八一），下冊，頁四七九。

㊱ 同㉟，頁四七九。又：近代北京的叫賣調不少，見周簡段《京華除夕叫賣聲》（香港：《華僑日報》，一九八六，二，八第五版二頁。）一九四六年，我在廣東廣州市區居住，聽到當地小商販的叫賣調也很豐富，那聲音連說帶唱，調子很動聽。

元雜劇引用叫賣調有三種：第一種是小商販簡單的《賣菜調》。如秦簡夫《東堂老》三折，寫姓趙的揚州奴去做生意時叫的：

（上叫云）賣菜也，青菜白菜赤根菜，芫荽葫蘿葱兒呵……（東堂老云）你擔著擔，口裏可叫麼？（揚州奴云）若不叫呵，人家怎麼知道有賣菜的？㊲

此處寫揚州奴做了走街串巷的賣菜小販，叫起上引「賣菜也」等三句《賣菜調》，便把當時叫賣情景烘托得如聞其聲了。

第二種是小商販也叫簡單的《賣物調》。如《漁樵記》三折，五次引用過售賣和修補日常的笊籬（用金屬絲或竹篾柳條等製成的長柄又能漏水、撈東西的用具）、馬杓（木製的盛飯的大勺）的《賣物調》。這是邊走邊搖「蛇皮不琅鼓」時唱的。第一次唱的是：

（張𢢽古上叫云）笊籬馬杓，破缺也換那……老漢是這會稽郡集賢莊人氏，姓張，做著個撚把兒的貨郎，人見我性子乖劣，都喚我做張𢢽古，三日五日去那會稽城中打勾（註：購買）些物件……

上引「笊籬」二句是《賣物調》；接下來，是上面一段獨白；之後，再加上（做走科叫云）「笊籬馬杓，破缺也換那」，在第三折中，同一《賣物調》，先後間歇地出現過五次，每次吟唱時，都烘托以不同的語句、表情。可以說，要是不採用它，就無法渲染小本老貨郎張𢢽古兜售物品的特定聲韻，增強他的動作性，也無法演活他的職業性形象。此歌雖簡要，却是推動劇情和塑造人物不可或缺的因素之一。

還有第三種是內容豐富、詞句複雜的《賣物調》。如無名氏《百花亭》寫王煥與賀憐憐在百花亭相遇的故事。從第一折至第四折以賣查梨這一事件作爲主線，使故事情節曲折多姿，饒有興味，推動了劇情的發展。查梨，似梨而味較澀。賣查梨是元代一般專走妓院賣水果的小販做的小本經營，《賣查梨調》就是伴隨售賣而唱的《賣物調》。劇中先後八次巧妙地採用了此歌，每次唱法大多不相同，因而給全劇增添了不少的民間文學的藝術色彩。且試析吸收此歌的概況如下吧：第一節寫書生王煥在清明佳節，到城外百花亭上遇見了一個美貌多才的洛陽上廳行首賀憐憐，便極愛慕，料是賣俏倈（註：倈，妓女）兒」，急需一個信使去通消息，於是：

（王小二賣查梨條上詩云）洛陽城裏賣花人，查梨條賣也；粧得肩頭一擔春，查梨條賣也；假使王孫知稼穡，查梨條賣也；好花將賣與何人，查梨條賣也。

這是首次出現的《賣查梨調》，核心歌調只有「查梨條賣也」這一句，間歇性地採用了四次，被加工改爲七絕，在每個叫賣句前，各配上一句七言律句。全歌敘述了當時的事情：我這洛陽城的賣花人，肩挑一擔春花，如公子懂得農耕艱辛，好花又賣給誰呢？就賣給他吧！四個七言句加起來，和一首七絕的平仄格律完全相同，這是把叫賣調絕句化了，但吟叫起來，仍似勞動歌情調。後來王小二去找賀憐憐，她終應允與王煥成就好事。

第二折，王煥與賀憐憐相處半年後，錢財花盡，被老虔婆趕出，阻隔了他們；虔婆收取兩萬貫高價，逼賀嫁與奉延安府經略命令來洛陽買軍需的高常彬，並要她搬到承天寺暫住。因門禁森嚴，王煥無法見到她。當第二次王小二唱著「查梨條賣也，查梨條賣也」來到時，賀憐憐

㊲ 按：四十年代，武昌在早上挑擔賣菜者的叫賣聲是「白菜，蘿蔔，大蒜，芹菜……蔥哦！——」如是兒童叫賣是「削——荸薺，殃荸薺喲……」，見朱介凡《武昌的叫賣聲》，刊風土雜誌社編輯、出版《風土雜誌》（成都，一九四五），四月號一卷五期，頁一〇〇—一〇六。

托王小二把自己住地告知王煥。之後，王小二教王煥打扮成他的模樣，拿著他的查梨條籃兒，傳授給他此兩句叫賣調的吟叫腔，這是第三次又用了此歌。

第三折，王煥假扮爲王小二潛入承天寺，從古門提了查梨後，吟叫著《賣查梨調》走進去：

查梨條賣也，查梨條賣也。才離瓦市，恰出茶房，迅指轉過翠紅鄉，回頭便入鶯花寨，須記的京城古本老郎傳統，這菓是家園製造，道地收來也。有福州府甜津津香噴噴紅馥馥帶漿兒新剝的圓眼荔枝，也有平江路酸溜溜涼蔭蔭美甘甘連葉兒整下的黃橙綠橘。也有松陽縣軟柔柔白璞璞蜜煎煎帶粉兒壓扁的凝霜柿餅，也有婺州府脆鬆鬆鮮潤潤明晃晃拌糖兒捏就的龍纏棗頭，也有蜜和成糖製就細切的新建薑絲，也有日晒皺風吹乾去殼的高郵菱米，也有黑的黑紅的紅魏郡收來的指頂大瓜子，也有酸不酸甜不甜宣城販到的得法軟梨條，俺也說不盡菓品多般，略鋪陳眼前數種，香閨繡閣風流的美女佳人，大廈高堂俏倬的郎君子弟，非誇大口，敢賣虛名，試嘗管別，吃著再買，查梨條賣也，查梨條賣也。㊳

這是劇中第四次叫《賣查梨調》。全歌內容大致可分爲六小節：①開頭「查梨」二句是總起句，交代是叫賣查梨條的。②「才離」四句，自我介紹說：才離開娛樂場所（「瓦市」），剛走出茶館（「茶房」），很快轉過妓院（「翠紅鄉」），又轉回妓院（「鶯花寨」）來兜賣。③「須記」三句，交代所賣是傳統著名果品，從本地收購，家園自製。④「有福州府」等八句，詳贊所賣食品種類豐富，共有八種名產：福州府圓眼荔枝，平江路黃橙綠橘，松陽縣凝霜柿餅，婺州府龍纏棗頭，新建薑絲，高郵菱米，魏郡大瓜子，宣城軟梨條。⑤「俺也說」等八句，自贊所售菓品很多，上面只不過僅提出幾種，都很適合於美女佳人、郎君子弟。買者可以先嘗過，體會（「管別」）一下，滿意時再買。⑥末尾「查梨條」二句，結束全歌。這是一篇內容十分完整的《叫賣調》。叫賣人全面介紹了自己的身份、菓品來歷、知名度和豐富的種類，末尾說好吃再買。歌中句式參差錯落，長短靈活，如提到菓品是名產，就用了大量有生活氣息、地方色彩的精妙口語形容詞，如「甜津津」、「香噴噴」、「紅馥馥」等，全歌切合叫賣小販的身份、口吻。第四、五句尾「房」陽平、「鄉」陰平，押二「江陽」韻；第六、九句尾「寨」去聲，「來」陽平，押六「皆來」韻（九句末「也」爲語氣詞，不算押韻）；第十、十四句尾「枝」、「絲」陰平，第十六句尾「子」上聲，三字押三「支思」韻；第十一句尾「米」上聲，第二十一句尾「第」去聲，二字押四「齊微」韻；末尾「枝」、「絲」、「米」、「子」、「弟」五字，是陰平（枝、絲）、上（子、米）、去（弟）通押。完全符合雜劇按《中原音韻》韻部押韻的規律。在全歌中，只用三個韻部，平仄韻字可互押，也是押韻和不押韻歌句的靈活組合。這正是至今仍可看到的大多數叫賣調常見的句型靈活、字數不拘、押韻自然的形式。總之，此歌即使非原型作品，也是改編過的，眞不失爲有感情、有生活氣息與民間風味的《叫賣調》。

原劇接著在唱過另外兩支曲子後，王煥又吟叫另一首《賣查梨調》：

---

㊳ 按：雜劇按元代的《中原音韻》押韻，共分十九個韻部，無入聲。同部陰平、陽平、上、去均可押韻。各韻部的名稱和用字，可參看元周德清（約一三二四前後）等《音注中原音韻》（台北：廣文書局，一九六九）一書，所用的韻部與傳統詩韻的韻部不同。對此首和緊接它的另一首歌的用韻，均按此韻書析述。

（做叫科云）查梨條賣也，查梨條賣也。生長在京城古汴▲（註：京城河南開封），從小裏拜個名師，學成浪子家風習慣▲，花台伎倆，專伏侍那些可喜知音的公子，更和那等聰明俊俏的佳人▲，假若是怨女曠夫，買吃了成雙作對，縱然他毒郎狠妓，但嘗著助喜添歡▲，春蘭秋菊益生津，金橘木瓜偏爽口，枝頭乾分利陰陽，嘉應子調和臟腑，這棗頭補虛平胃，止嗽清脾，吃兩枚諸災不犯▲，這柿餅滋喉潤肺，解鬱除焦，嚼一個百病都安▲，這荔枝紅蠲煩養血，去穢生香，長安歲歲逢天使，這查梨條消痰化氣，醒酒和中，帝城日日會王孫▲。查梨條賣也，查梨條賣也。

此爲第五次引用的《賣查梨調》。全歌分爲五小節。①開頭二句：總提所賣物品名稱。②「生長」五句：介紹自已的出生地，拜師情況及服務對象。③「假若」四句：贊吃過的，即失意或狠毒的男女，也大有好處。④「春蘭」十六句：詳介如：春蘭、秋菊、木瓜、枝頭乾、嘉應子、棗頭、柿餅、荔枝、查梨條，各有妙用。⑤末二句：以叫賣收束。全歌對所賣果品，充滿有感情的贊詞，在藝術結構上，基本上是兩句爲一組。押韻從第三句尾「汴」（去聲，十「先天」韻）字起，第五句尾「慣」（去聲，九「桓歡」韻），第八句尾「人」（陽平，七「眞文」韻），第十二句尾「歡」（陰平，九「桓歡」韻），第十九句尾「犯」（去聲，八「寒山」韻），第廿二句尾「安」（陰平，八「寒山」韻），第廿八句尾「孫」（陰平，七「眞文」韻），是平仄互押，按《中原音韻》韻部相押，以平韻「孫」字作改。全文生活氣息頗濃，叫唱起來，聲韻悠揚動聽；但文詞有些雅化了，可能是被加工過或仿作的歌。

在再唱一曲後是王煥：

（做叫科云）查梨條賣也，查梨條賣也。歌姬未起，官館先知，查梨條賣也，查梨條賣也，一聲叫入珠簾去，慌殺梳粧鏡裏人。

這是第六次再叫唱《賣查梨調》了。此歌說賣花人一早叫進妓院，驚擾正在晨粧的妓女。除前後兩次用賣花詞各一句外，第三、四句和七、八句歌詞每二句平仄相對，第七、八句則和律句「平平仄仄平平仄，仄仄平平仄仄平」的平仄相同，可見這是雅化了的叫賣調。

以下，在同一折戲中，還有第七、八次叫唱，與王小二第二次叫唱的完全相同，都是兩句式的。元代的《叫賣調》，已難在文獻上找到第一手材料了。我們可用稍後年代的比較研究。據所知清末「閒園鞠農」氏編過一本《一歲貨聲》，記錄當時北京一年四季街上過門小販在逢年過節時叫賣各種食品的「吆喝聲」（叫賣調），腔調很多，有的歌把要賣的物品逐樣詳數，竟有長達數十句的，也不一定押韻，但交代出售物品，線索清晰，語句形象，極爲精妙。[39]再看，在《百花亭》劇中，用《叫賣調》先後八次，各次詞句大多不同，其中第四、五次的歌，如與清末北京的作品相比，其結構及表達形式很相近。據此，可以約略推知雜劇作者十分熟悉元代北方的叫賣調，才會寫出內容豐富、生活氣息濃厚的作品；退一步說，即使是對原歌的改編和仿作，也和原歌面目相差不遠。由於對各種形式的《叫賣調》的出色運用，就更好地塑造了小本商販的形象，也使此劇的藝術風格獨創、新穎，在元雜劇中別具濃郁的民間歌謠色彩和民間文學性，令人喜愛。

---

[39] 葉林豐著《香港方物志》（香港：上海出版社，一九七三），頁二五五。

## (八) 祝禱詞的吸取

中國歷代的人們，伴隨某種重要儀式的進行，針對某種對象（如天地、神靈、祖先、活著的人等）誠懇地提出某種願望，常以幾句大體整齊的話來概括，這就是祝禱詞。這種祝禱詞，唐代以前的帝王和上層文人，有過不少各類作品，多是押韻的詩謠形式，被收入南宋郭茂倩的《樂府詩集》中，[40]但那些作品，大都很艱深，和平民無關。在民間，却有另一種傳統，就是平民在儀式中提出的願望，用的是幾句大體整齊的句子，大多是散文體語句，至於用韻語的，就有點似短謠形式，不押韻的，則有點似無韻詩。在性質上，大都是即興之作。其內容因人因時因地而易。因其通俗，有一定的口頭性，就區別於帝王及上層文人的同類詩作。由於它是平民大衆或下層文人帶有普遍性的口頭創作，思想感情平民化，情緒較健康，有生活氣息，又屬信口而成，我認爲它是廣義的民間歌謠或民間無韻詩。此類作品，在元代講史話本《全相平話五種》中，已有記錄，是押韻的。[41]料其起源決不會遲於宋代。祝禱詞在雜劇中被吸取或仿作得相當多，略述於下。

無名氏《連環計》寫漢代王允設美人計，先以養女貂蟬配給呂布爲妻，後轉送太師董卓，智令呂布怒殺董卓。第二折寫貂蟬和丈夫失散後，在一個月明人靜之夜，領梅香上，在後花園中拜月焚香，進行祝願：

（旦兒云）梅香，將香來者。（梅香云）請上香咱（旦兒云）……池畔分開並蒂蓮，可堪間阻又經年，鶼鶼比翼難成就，一炷清香禱告天。妾身貂蟬，本呂布之妻，自從臨洮府和夫主失散，妾身流落司徒府中，幸得老爺將我如親女相待，爭奈夫主呂布，不知下落，我如今在後花園中燒一炷夜香，對天禱告，願俺夫妻每（們）早早的完聚咱：柳影花陰月半空，獸爐香裊散清風，心間多少傷情事，盡在深深兩拜中。

此段，「池畔」四句，「柳影」四句，各是貂蟬上香告天的一首祝禱詞。前者哀嘆夫妻失散經年，祝願早日結束痛苦生活；後者表示對天兩拜，極感傷心，祝願早日夫妻完聚。二者是有關夫婦生活的祝禱詞，其平仄格律、用韻和七絕相同，可以大致斷定是民間祝禱詞的仿作。但它很淺顯。和道白結合就反映了一定的民俗色彩。

孟漢卿《魔合羅》一折，寫開絨線鋪的李德昌遠去南昌做買賣，途中遇雨，避入古廟中，見是五道將軍廟，多年倒塌，好是淒涼，唱起《醉中天》：

……我這裏捻土焚香畫地爐，我拜罷也忙瞻顧，多謝神靈祐護，望爺爺金鞭指路，則願無災殃早到鄉閭。

五道將軍是迷信傳說中東岳的屬神，古人認爲他是掌人生死大權的神。「我這裏」句是說匆促間，只好捻土作香，畫地作爐，以表示對神靈的虔誠敬仰。上曲中的末三句，是改編過的祝禱

㊵ 郭著《樂府詩集》卷一。

㊶ 元代祝禱歌：「河伯河神，願息威靈，有災罪我，無害生民；吾令致祭，風靜河清。」見無名氏《全相平話五種》卷下。

詞，句首分別用「多謝」、「望」、「則願」開頭，這說明是祝願，三句末尾，分別用「護」、「路」、「閭」三字，和曲中前面兩句末字「驢」、「顧」同押了北曲《中原音韻》的「五、魚模」韻，[42]把簡要的祝禱詞，鎔鑄在曲詞中，仍能較好地透露出平民希望無災回家的美好祝願，全首是押韻的禱詞。

在雜劇中引用的大部分的祝禱詞，是不押韻的散語。如無名氏的水滸題材戲《爭報恩》，寫梁山泊好漢關勝、徐寧、花榮救出濟州趙通判夫人李千嬌的故事。二折寫李千嬌夜深時進入花園亭子裏點著明燈蠟燭祝願：

（李千嬌云）夜深也……我燒香去咱，我開了這門，我掇過這香桌兒來。天也，李千嬌：頭一炷香，願天下太平；第二炷香，願通判相公與一雙孩兒身體安康；第三炷香，願天下好男子休遭羅網之災……

「頭一」句至結尾，是祝禱詞，表示李氏關心下列三個方面：國家安寧；丈夫及兒子平安；逃難的英雄能避過刑罰，句尾字「平」、「康」和「災」等三字不押韻。全文正有助於更好反映李氏關心家國的高尚的性格。

有的祝禱詞，還可以二人合說，說者也可以配合些有助於刻劃內心的表演動作，如王實甫《西廂記》三折，採用了仿作的作品，寫主角鶯鶯夜深人靜時，在花園太湖石畔，擺出香案，上了香，是：

（鶯鶯云）此一炷香，願化（注：死）去先人，早生天界；此一炷香，願堂中老母，身安無事；此一炷香，（做不語科）（紅娘云）姐姐不祝這一炷香，我替姐姐祝告。願俺姐姐尋一個姐夫，拖帶紅娘咱。（旦再拜云）心中無限傷心事，盡在深深兩拜中。（長吁科）

此段是深夜鶯鶯偷偷地先後燒三炷香拜月的祝禱詞。首先祝先父成仙升天；再次祝母親身體平安，接著，配上外部動作的「不語」；第三次她雖亟盼和張生成親，但口上卻不敢說，這炷香不再祝願，婢女紅娘最了解她，代爲說穿她要「早尋一個姐夫」，這便恰切地表現了一個名門閨秀含羞答答、怕提起成親的心態，祝禱詞至此結束。接著，鶯鶯自言傷心，又不便說穿；接著是「長嘆」。上引鶯鶯的祝願詞，分別由她和婢女紅娘二人合說，再加上和她「不語」、「長吁」兩次的表情動作密切結合，便很好地演活了她這個少女的聲音、語言、外貌、動作及心態，把她的整個形象塑造得很立體化了。又如無名氏《硃砂擔》一折，商人王文用對神明的《奠酒詞》是：「一點酒入地，願萬民安樂；兩點酒入地，願五穀豐登；三點酒入地，願好人相逢，惡人遠避。」也屬此類歌的異體，表達了三個祝願，在刻劃人物的善良性格上，頗爲精妙。與前引的一首，也有類似處。

## ㈨ 哭喪歌的吸取

哭喪歌是死者的親人在死喪儀式中哭悼死者的歌，在中國，起源甚早。如《詩經》中《唐風

---

㊷ 見元周德清著《中原音韻》《五、魚模》韻部，收入陳新雄編著《中原音韻概要》（台北：學海出版社，一九七九）一書中。

·葛生》，㊸就是一首二千四、五百年前妻子對亡夫的著名哭喪歌。北宋蘇軾在《艾子雜說》中說：「挽郎秉鐸而歌……挽郎乃死者之導也，爲死人生前好詰難，故鼓鐸以樂其尸耳。」㊹這可見北宋出殯時，有以挽郎唱挽歌先導的風習，這自然是哭喪歌的一種，惜未有歌詞記下。直到近代，哭喪歌仍在中國各地流傳。㊺此類歌包括兩大類：一、曼聲而唱的長篇民歌體；二、近於韻白的民謠體，說多唱少，即哭喪詞。雜劇中吸取的多是後者，因是連哭帶說，故劇作者以「哭科云」標出之。

雜劇中採用哭喪詞雖然不多，但有些劇作卻採用的頗有特色。有的是近乎散文口語風格的，如無名氏《冤家債主》，寫福陽縣張善友，他的大兒子乞僧披星帶月，早起晚眠，使家財日富；但二兒子福僧每日喝酒賭錢，不成半分兒器，乞僧後來把家財分爲三份，福僧分得的一份很快化光，乞僧收留了他，他又花光了乞僧的家財，因而把乞僧氣病，很快死了。福僧同兩個酒肉朋友回家看看，想趁家中不備，好拿走壺瓶台盞，於是福僧用生薑汁浸過的手帕角頭，把眼睛邊一抹，眼淚不斷流出，便誦說起哭喪詞來：

（哭科云）我那哥哥也，你一文不使；半文不用，可不乾死了你；我那爹也，你不偏向我的哥哥也；我那娘也，你如今只有的我一個也；我那嫂嫂也，我那老婆也。

後來，父親識穿他在假哭。哭著說哥哥半文錢也不用，受苦而死；爹對他有偏心，娘也只有他一個兒子。歌的末尾，呼嫂呼妻。這些哭詞，既缺乏眞摯感情，表達的內容也很淺薄。終於沒人理會他。不過，全文每二句爲一小節，第一、二節「使」、「你」押韻；第三、四、五節「哥」、「個」、「婆」押韻。淺顯自然，這和民間風格樸素的哭喪歌很近似，多少有助於渲染當時福僧假哭的醜態和氣氛。所不同者是民間哭喪歌由女人來唱，這裏改用男人誦述了。「我那……

也」等四句，都是曼聲呼告式詠唱句，各與下句誦說句巧妙結合起來。

有的哭喪詞，卻比較複雜，而且多次採用，又另有特色。如關漢卿《哭存孝》，寫唐末代州刺史沙陀部人李克用（八五六—九〇八）的義兒李存孝被義兒李存信、家將康君立陷害，以致冤死之事。劇中三次採用了「哭科」的說白，這就是民間哭喪歌的仿作或加工而成的「帶白」性七言韻語。李存孝是武藝高強、勇敢善戰，屢立戰功、安邦定國、教民以義的英雄人物。在二折中，當義父李克用被壞人李存信勸他喝醉後，李存信和康君立利用他此時的亂言，捏造了李存孝「背義忘恩」，要「五車爭（註：用五馬車裂的死刑）了」他的口令，但李存孝在冤死前自思：於國有功，反而被殺，而妻子鄧夫人在家又毫不知冤情；他叫兩個兄弟把遺物送她，說見物「就如見我一般」，下面是：

---

㊸ 全歌五小節，大致是說，唱者一面悼念死去的丈夫，想像他枕著角枕，蓋著錦衾，在荒野蔓草下獨自長眠；一面又自己傷心，想到未來漫長歲月的可悲，就只有等到百年後和已逝丈夫同穴，才是歸宿了。後代不少女性的哭喪歌與此相類。原文見《影印文淵閣四庫全書》，冊七二，頁七九四。

㊹ 歷代學人編《筆記小說大觀三編》（台北：新興書司有限公司，一九七四），冊二，頁一二九五上。

㊺ 譚達先《哭喪歌源考略》，見《譚達先民間文學論文集》（北京：中國友誼出版公司，一九九三），頁二一九—二二八。按：近代廣州、蘇州、湖北漢族及苗族哭喪歌，見朱介凡著《中國歌謠論》（台北：台灣中華書局股份有限公司，一九七四），頁五九〇—六〇六。香港郊區哭喪歌見張正平著《哭歌子詞》（香港大埔：佑華出版社，一九六九），頁六四—八六。

（李存孝哭云）鄧夫人也：今朝我一命身亡，眼見的去赴雲陽，嬌妻暗想身無主，夫婦恩情也斷腸。我死後淡烟衰草相爲伴，枯木荒墳作故鄉，夫妻再要重相見，夫人也，除是南柯夢一場。

此爲李存孝哭述：他死後嬌妻無主，自己以烟草爲伴，木墳爲家鄉，只有夢中才相見，好不悽傷。民間哭喪歌本是女性所唱，但此哭喪詞，則使之出於男性之口，在格律上又大致參用七律形式，押了一、二、四、六、八句尾韻，又不全用它的格律，有所變化、創新，第五句用上十字句；全首先後用上呼告語「鄧夫人也」、「夫人也」和絕望短句「我死後」，穿插其中，更增悲痛。「鄧夫人也」兩短句聲調搖曳，增強了哭喪韻律上的哀情美。

第四折，李克用了解醉後亂言被利用的眞相後，告知妻子，要把那兩個害人的傢伙，拏到鄧家莊殺死，把他們剖腹剜心，好爲孩兒李存孝報仇，並安排靈位祭物，派人叫兒媳婦回來，於是他誦說了哭喪詞：

（做哭科云）哎喲，存孝兒也：我聽言說罷淚千行，過如刀攪我心腸，義兒家將都悲感，只因帶酒損忠良。頗奈存信康君立，五裂存孝一身亡，大小兒郎都掛孝，家將番官痛悲傷。哎，你個有仁有義忠孝子，休怨我無恩無義的老爹娘。

此段同樣是對民間哭喪歌的仿作。由男角以哭聲帶著動作來說。全首十句，哭著說自己醉後亂言，被李存信、康君立利用陷害李存孝至死，全家及家將番官都很哀傷，存孝不愧是仁義忠孝的兒子，不必埋怨老爹娘無恩義了。哭述得坦率、眞誠、悲痛，能扼要地剖述義子受害始末，末尾歸咎自己無恩無義，勸他別再埋怨。全文言簡意賅。先說完「哎喲，存孝兒也，我」，作爲總提性傷心語，才開始首句；末尾加上「哎，你」、「休怨我」等詞語，以作總結，能有助於抒發哀痛之情的語氣。如就抒情的明朗單純，語言的哀痛勁健，和風格的樸素自然看，和許多近代民間流傳的哭喪歌十分近似。可以說，關氏能精心地仿作哭喪歌大大加強了劇作的歌謠化色彩和民間文學性，爲雜劇藝術增添了民族文學的光輝。

### ㈩ 騷體歌的吸取

騷體歌是指句尾常用「兮」字以助語氣，富浪漫主義氣息和抒情成分的古典民歌形式。較古老的作品，如先秦《詩經．魏風》諷刺無功受祿的在位者的《伐檀》，其第一章是：「坎坎伐檀兮，置之河之干兮，河水清且漣漪。不稼不穡，胡取禾三百廛兮，不狩不獵，胡瞻爾庭有縣貆兮，彼君子兮，不素餐兮。」[46]又如《孟子．離婁上》收入孟子和孔子聽過的《孺子歌》：「滄浪之水清兮，可以濯我纓。滄浪之水濁兮，可以濯我足。」[47]此歌說滄浪的水，可以洗帽帶子和腳，元代金履祥（一二三二－一三〇三）考證說：「《滄浪》之歌，乃是荊楚風謠之舊，故屈原《漁父辭》亦有此句。」[48]按之歷史，此種民歌在有「兮」字的有文人詩風味的騷體詩

---

[46] 北宋朱熹著《詩經集傳》，卷三。

[47] 漢趙岐注《孟子趙注》（台北：新興書局有限公司，一九六〇），頁六六上。按：滄浪，一解水名；二說形容水的青綠色。

[48] 史次耘註釋《孟子今註今譯》（台北：商務印書館有限公司，一九七三），頁一八四。

出現前已流行，但有的文人化的艱深的騷體詩不能算是民歌，我這裏所謂騷體歌，純指平民大衆中有「兮」的民間氣息濃厚的民歌，自上古至元代，一直爲民間所喜愛。元代講史話本成就最高的《三國志平話》也兩次引用了騷體歌。[49]

在《柳毅傳書》中，三折寫書生柳毅婉拒和洞庭君女孩兒龍女三娘結親，並要回去奉養老母時，洞庭君設筵致謝他仗義傳書救女之恩，下令奏樂，並勸龍女給柳毅敬酒，他念了一首騷體歌：

> 上天配合兮生死有途，彼不當婦兮此不當夫，腹心煩苦兮涇之隅，風霜滿鬢兮雨雪霑襦。賴明公兮引素書，令骨肉兮家如初，永言珍重兮無時無。（內奏樂科）[50]

接著，在龍女唱過三個歌句後，龍女的叔父錢塘君，也念了一首騷體歌：

> 大天蒼蒼兮大地茫茫，人各有志兮何可思量。狐神鼠聖兮薄社依墻，雷霆一發兮其孰敢當，荷眞人兮信義長，令骨肉兮還故鄉，願言配德兮何時忘。（內奏樂科）[51]

在前歌中，作爲海龍王的洞庭君大致說，因柳毅傳書救了他女兒龍女三娘，又不肯答應爲婿，作爲報恩，心中煩惱，自己年老感到傷心。因柳毅相助，使自己一家得以團圓，無以爲報，惟願他走後永遠珍重。念完，內奏《貴主還宮之樂》。不久，在後歌中，錢塘君大致說，天地蒼茫，人各有志，小人——姪女的前夫涇河小龍，雖暫時得勢，欺負好人——姪女，終難長久，因爲只是有德之人，講求信義才能長久，我永不忘記你，誠心祝願將來你能配個有德淑女。念完，又內奏《錢塘破陣之樂》。以上二歌，原出自唐代李朝威《柳毅傳》，爲了適合劇情，雜劇作者除了換去原歌的個別字外，不作別的改動。二歌在劇中，均保存了古典「騷體歌」民歌的情韻，加上每念完一歌，又奏起相應樂曲，因而洋溢出民歌和民樂相配合的和諧氣氛，把劇情烘托得更富有民族古典戲曲的藝術色彩，同時，也更富有民間文學的藝術光輝，這就見出創造性地吸取騷體歌的妙處了。

---

㊾ 元無名氏《三國志平話》卷中「天下大亂兮，黃巾遍地」首，「天下大亂兮，劉氏將亡」首，均騷體歌。

㊿ 此歌出自唐代李朝威《柳毅傳》，劇詞中，對李氏原文作了改動。在原文中，「煩」作「辛」，「涇」作「涇水」，「滿」作「鬟」，「霑襦」作「羅襦」。李文見《影印文淵閣四庫全書》，冊八八二，頁五二四下——五二五上。

51 在劇詞中，改動了李氏原文。在原文中，「薄」作「藉」，「眞」作「貞」，「願言配德」作「永言慚愧」。李文見《影印文淵閣四庫全書》，冊八八二，頁五二四下。

## 第二節　雜劇上場詩的謠諺化

在這一節中，將依次來分別剖析兩個重要問題：㈠上場詩的謠諺化及其影響的廣泛性；㈡上場詩謠諺化的多樣性面面觀。這二者涉及問題相當複雜，學術界似未深入研討過，我只想提出問題，並作初步的析述就夠了。

### ㈠　上場詩的謠諺化及其影響的廣泛性

在雜劇中，許多角色的上場詩，常以一首五或七言詩自報身份或來歷，這就是上場詩或稱定場詩，是「中國文學中爛語最多的一種。」❶又說：「花有重開日，人無再少年，休道黃金貴，安樂最值錢」，是「最濫用的一首定場詩，任何人、任何身份、任何地點皆可應用。」❷許金榜認爲：「同類人物的上場詩也常用照例公式。」❸誠然，以現代人對劇本的嚴格要求來看，自然會覺得由專業劇本作家寫出、專業演員演出這樣的相同上場詩，是給性格複雜的角色以類型化，未免是公式化和粗製濫造了；其實，這是現代人的看法，從現代戲劇觀來看自無可非議。不過，我們也應從歷史發展的觀點看，在元代，雜劇是以市民和其他平民爲主要欣賞對象的藝術，其中一部分演員的書本文化水平不高，有的也許識字不多（從近代的不少地方戲曲演員識字不多看，就可以推想出有此情況），在那樣特定的歷史背景下，雜劇作家創作出來的角色上場詩，就往往必須是識字不多（或不識字）的演員所易記，而又要易於爲平民觀衆所理解和接受，這就不能採用過份艱深的律絕詩體形式，而較好的途徑就是採取約定俗成、平易生動的歌謠（包括快板說唱）形式；這樣就要使上場詩做到歌謠化，即或直接採取歌謠，或由諺語組合，或由諺語與散語組合，總之，要盡可能寫的平易得像歌謠一般。這樣，才便於演員記憶和演出，也爲平民觀衆樂意接受。劇作家寫作這種上場詩，放在元代社會背景來評價，應該說是戲劇文學的大衆化的表現，從基本上看，是進步的傾向，也是一種好現象。只要這些上場詩寫的符合人物身份，就值得肯定；至於寫得生搬硬套或者公式化的，不消說也有，這自然是缺點。因此，只有正確分析各種上場詩在因人施詞並進行歌謠化的全部藝術成就與不足，才有可能正確估價雜劇上場詩在歌謠化和民間文學化上的重要創造。

到底有多少首歌謠流傳於元代，後來又被吸取到上場詩中呢？因歷史文獻不足，難於作答。不過，自古以來，確有一些作家的優秀詩歌，寫的比較通俗，其思想感情和藝術趣味比較接近平民大衆，長期以來在流傳過程中已口頭化了，應該承認，它們已轉化爲民間歌謠。如明初民族英雄詩人于謙（一三九八—一四五七）寫過七絕《石灰吟》：「千錘萬擊出深山，烈火焚燒若等閒；粉身碎骨全不顧，要留清白在人間。」❹經過民間口頭流傳後，它失去了作者名字，改動了個別字，在近代就轉化成一首詠物謎：「千錘萬鑿出名山，烈火光中走一番；粉身碎骨都不怕，要留清白在人間。」❺廣大地區的人們，當它爲民間謎語，謎底是「石灰」。這說明古代作家的某些特別通俗的詩歌，經過民間化後，就可能成爲歌謠。

雜劇中某些被常常作爲上場詩引用的通俗詩歌，其內容、形式已民間化，又爲好些劇作家所熟習，把它們視爲歌謠化或謠諺化了的詩歌，是完全可以的。即使僅僅是一小部分上場詩如此，但對於促進元雜劇的民間文學化，是十分重要的、深刻的。同以一首歌謠化的詩作爲上場詩，且常在好些劇本中採用，這說明它已在當時平民群衆中口頭流傳，給民間化了，平民群衆已當它是歌謠化（謠諺化）的詩歌或歌謠看待。企圖使雜劇民間文學化的作家，看到這種歌謠

---

❶ 唐著《中國古代戲劇史初稿》（台北：聯經出版事業公司，一九八四），頁一八八。

❷ 同❶，頁一九〇—一九一。

❸ 許著《元雜劇概論》頁一一九。

❹ 譚達先著《中國民間文學概論》頁三五六。
按：于謙《忠肅集》（台北：商務印書館《四庫全書珍本》，未署年月）未收此詩，據吳晗著《春天集》（北京：作家出版社，一九六二），頁二一五引。

❺ 同❹譚著，頁三五七。

化的詩歌或已轉化爲歌謠的詩作，植根於民間已深，便不約而同地在不同劇本中吸取了它，這是民間歌謠對劇作家影響的結果，而非劇作家去故意抄襲別人引用過的詩歌。有的學者對於雜劇中人物上場詩中出現相同的詩，便說是「陳詞濫調」；❻其實，我認爲應具體分析它採用的是否合乎人物性格與劇情發展需要，不能籠統地一概加以否定。不應認爲，凡是多出現幾次的同一首詩，便不分青紅皀白，全斥爲「陳詞濫調」。只有那些用的不恰切的，才算是陳詞濫調。這正如在民間歌謠中，由於口頭流傳的關係，產生了許多同一母題的大同小異的作品，其中當然有陳詞濫調，有公式化作品，但是未始沒有精品，決不能不作具體分析，就一概否定之。

下面，我只想選出八種重要角色的歌謠化上場詩，略作剖析，以探索民間歌謠對雜劇影響的一個重要側面。

### 1. 高官上場詩

龍樓鳳閣九重城，新築沙堤宰相行；
我去我榮君莫羨，十年前是一書生。

這是一首高官的上場詩，出於下列的人的道白中：《凍蘇秦》三折秦右丞相蘇秦；鄭光祖《王粲登樓》一折漢右丞相蔡邕；《小尉遲》二折唐右丞相房玄齡；馬致遠《薦福碑》一折宋天章閣學士范仲淹；關漢卿《玉鏡台》四折王府尹；宮大用《范張雞黍》二折漢吏部尙書第五倫；王實甫《破窯記》三折宋萊國公寇準；關漢卿《陳母教子》二折小官王拱辰；鄭挺玉《金鳳釵》一折殿頭官；《醉寫赤壁賦》一折宋太學博士秦觀；《射柳垂丸》一折宋大司空文彥博。

至於《劉弘嫁婢》四折，則保留了上詩第一、二句，刪去第三句，改作兩個其他句子，第四句雖被保留，也給略爲改動過。經改作後，吸入《水仙子》中，寫老書生劉洛贊美兒子已得了嬰童解元：「龍樓鳳閣九重城，新築沙堤宰相行；白身裏八位中除參政，將皇家俸祿請，十年前誰識你個書生，掃蕩的蠻夷靜，指磨的日月明，從今後天下咸寧。」在此曲中，把前引的上場詩首二句保存下來，刪去第三句，第四句已被改動，作爲改後新曲第五句，新增了第三、四、六、七、八各句，三、五兩句爲九字句，四、六、七、八句爲六字句，全曲比原詩增加了不少新內容，改成每句押韻，使人幾乎不覺它是由詩句改成，但仍不失其母題的原意。

上詩主旨是自述十年前自己是書生，靠了艱苦讀書，才獲皇家高官。它在內容上有較寬的針對性，故依次可以作爲丞相、天章閣學士、府尹、吏部尚書、萊國公、小官、殿頭官、太學博士、大司空、解元的上場詩。其中，除解元是文人外，❼由高至低，各級的官均可採用，但常用以代表較高職位的官。由於此詩對當時文人的「學而優則仕」的傳統思想，有較大代表性，又易懂易記，因此被採用了十一次。

### 2. 讀經史得官者上場詩

黃卷青燈一腐儒，九經三史腹內居；

---

❻ 商韜《論元代雜劇》（濟南：齊魯書社，一九八六），頁二二〇。

❼ 解元：清張廷玉等撰《明史》卷七〇《選擧二》：「士大夫又通以鄉試第一爲解元。」

學而第一須當記，養子休教不看書。

這是前一類詩的近似體，它強調了攻讀經史，終得官位。此詩見於下列劇作角色口中：關漢卿《陳母教子》一折小官陳良叟；鄭挺玉《金鳳釵》二折秀士（注：有德行道義者）；《醉寫赤壁賦》三折參政王安石；《黃花峪》一折書生劉慶甫。用上詩代表小官和讀書人的身份、職業，大致恰切。

此詩在歌謠化過程中，有的作者也許覺得陳陳相因，缺乏新鮮感覺，有時又稍加改動，變作相近的上場詩，如鄭光祖《㑳梅香》楔子的白敏中上詩云：

黃卷青燈一腐儒，九經三史腹中居；
試看金榜標名姓，養子爲何不讀書。

他在《倩女離魂》楔子的王文舉上則云：

黃卷青燈一腐儒，三槐九棘位中居；
世人只說文章貴，何事男兒不讀書。

這兩首詩的口說者是書生，其中句子和前引第一首在語句上有完全相同的，如首句；後三句就多少有了不同，第三句全不相同。鄭氏如此改動，是求創新；但改後表現出通俗好懂、易於上口，仍然是具有通俗歌謠的特色。

再看楊顯之《瀟湘雨》一折，崔甸上詩云：

黃卷青燈一腐儒，九經三史腹內居；
他年金榜題名後，方信男兒要讀書。

而喬孟符《揚州夢》楔子，張太守上云：

昔年白屋一寒儒，今日黃堂駟馬車；
富貴必從勤苦得，男兒須讀五車書。

秦簡夫《剪髮待賓》一折，陶侃上云：

黃卷青燈苦業儒，九經三史腹中居；
寸陰當惜休輕放，治國齊家在此書。

以上三詩，基本格調和前面引用的相近。但喬氏引詩強調了要勤苦地讀五車書；秦氏引詩，則強調了讀書可以治國齊家，當惜寸陰苦讀。可見，後二詩的說法和前面引用的，又稍有不同。

從這一小節所引六首詩看，各劇作者用時有全同的，也有略作改動以求新的，這就視乎劇本中特定的戲劇環境而定，和劇作者的藝術愛好也有關係。但都好懂易記，一樣保存了歌謠化的藝術特色，因而見出劇作者的苦心。

### 3. 老婦人上場詩

花有重開日，人無再少年；
休道黃金貴，安樂最值錢。

這是一首老婦人的上場詩。內容上表達了老人認爲年光不可倒流，希望晚年安樂，合乎她的性格、身分。因而在下列劇本中老婦人上場時得到普遍採用：石君寶《秋胡戲妻》一折的卜兒劉氏；鄭光祖《倩女離魂》楔子的李夫人；岳伯川《鐵拐李》一折的李氏；《劉弘嫁婢》一折的卜兒王氏；《玩江亭》一折卜兒劉氏。可見好些劇作家都喜歡用此詩。至今民諺仍流傳這樣的句子：「花有重開日，人無常少年」；「花開花謝年年有，人老何曾轉少年」。[8]上引上場詩和這二句諺語的說法很接近，姑無論諺語是否已存在於元代，但總可說明上詩全由兩組諺語組成，是徹底地謠諺化了。由於仿作民歌，故易懂好記。

劇作家一方面要歌謠化，另一方面又不要處處相同，要有所創新，如關漢卿對於此詩在三個劇本中，就作了不同運用：

在《裴度還帶》二折，寫韓夫人上云：「花有重開日，人無再少年；休道黃金貴，安樂最值錢。」在《竇娥冤》楔子，寫蔡婆婆上云：「花有重開日，人無再少年；不須長富貴，安樂是神仙。」在《玉鏡台》一折，寫溫夫人上云：「花有重開時，人無再少日；生女不生男，門戶憑誰立。」可見關氏用了上詩三次，他小施變化，使之後二首和第一首用法各不相同，但風格仍是歌謠化的，第三首末二句「生女不生男，門戶憑誰立」，可說與至今仍流傳的民諺「生個男子滿堂紅，添個女孩年年窮。」[9]在思想感情上，多少有某些近似之處。

王實甫在《麗春堂》四折中，寫完顏夫人上詩云：「花有重開日，人無再少年；一從夫主去，皓月幾回圓。」這裏，末二句又略作變化，表達了思念被貶在濟南賦閒的丈夫四丞相之難過心情。此詩易懂易誦，仍是歌謠化風格。

### 4. 農村太公上場詩

段段田苗接遠村，太公莊上戲兒孫；

雖然只得鋤鉋力，答賀天公雨露恩。

此詩敘述了在一片稻田接連遠村的農村幽靜境界中，鄉村太公喝醉了便逗小孫子玩；他認爲雖靠自己勞力，仍賴上天相助，才能使生活安定；這確似鄉間較有家財的太公口吻，有幾分歌謠風味。在關漢鄉《五侯宴》楔子中的趙太公，在《延安府》一折中的劉榮祖老漢，馬致遠《薦福碑》一折的莊家老漢張浩，《漁樵記》二折的劉二公，❿他們的上場詩都用了上詩。只是後兩首有兩字不同而已。

也有的劇作，引用上詩時，改動稍多一些，如李壽卿《伍員吹簫》二折，寫丹陽縣老人上場詩是：

段段田苗接遠村，醉來攜手弄兒孫；
雖然只得飽鋤力，托賴天公雨露恩。

而石君寶《秋胡戲妻》二折，寫大戶上場詩則是：

段段田苗接遠村，太公莊上弄猢猻；
農家只得鋤飽力，涼酸酒兒喝一盆。

前詩第二句頭五字改爲「醉來攜手弄」，末句頭二字改爲「托賴」；後詩第二句末二字改爲「猢猻」（注：獼猴的一種，身上有密毛，生活在北中國山林中），第三句把前詩的「雖然」改爲「農

---

❽　中國民間文藝出版社編輯、出版《俗諺》（北京：一九八三）上冊，頁三一八－三一九。
❾　同❽，頁五五。
❿　按：《薦福碑》、《漁樵記》二劇引詩第三句首二字「莊農」，與上引詩不同。

家」，末句則完全是新的。前詩寫出了農村中醉後攜手逗小孫子玩的莊家老人的雍容形象，後詩則另是一格，寫出農村富有的李大戶是弄猢猻、愛喝涼酸酒的人。不管怎樣，這首上場詩，各劇作家掌握了歌謠化的藝術特色，適應劇中農村太公型角色的需要，作了相應的描寫，使各具一定的農村生活色彩及老年人的某些思想特點，和各具民間歌謠的色彩。

### 5. 一般老漢（或老太婆）上場詩

急急光陰似水流，等閒白了少年頭；
月過十五光明少，人到中年萬事休。

這是一首中年以上的老人的上場詩。自報青春已逝，到了中年，無所成就，因而對生命有所慨嘆。它較多用爲老漢上場詩。如武漢臣《生金閣》楔子的老漢郭二；《盆兒鬼》楔子的老漢楊從善；《硃砂擔》楔子的孛老楊從道；《桃花女》一折的老漢任定；《獨角牛》一折孛老劉太公。但也可用作老太婆的上場詩，如鄭光祖在《王粲登樓》楔子就寫成出自卜兒李氏之口。上詩中的「月過十五光明少，人到中年萬事休」，是當流行的諺語，[11]被關漢卿《緋衣夢》一折老漢李十萬和高文秀《遇上皇》四折老漢劉二公作爲上場諺引用，也流傳至今。[12]「人到中年萬事休」還被吸收到元代王和卿的散曲《雙調·撥不斷·自嘆》中。[13]足見這是典型歌謠化及民間文學化的詩。

以諺語組成詩，也成爲這類上場詩的異式。吸取上述「月過」二句諺語的《遇上皇》一折劉二老漢上場詩：「髮若銀絲兩鬢秋，老來腰曲便低頭；月過十五光明少，人過中秋萬事休。」

除吸取「月過」二句諺語外，末二句再增兩句諺語的，就成為：「月過十五光明少，人到中年萬事休；兒孫自有兒孫福，莫為兒孫作馬牛。」見於孟漢卿《魔合羅》楔子的老漢李彥實上場詩，關漢卿《蝴蝶夢》楔子的王老漢上場詩，也和孟氏所引的相同，只是末句改下二字，成了「莫為兒孫作遠休」。由通俗的諺語組成詩歌，只要是能合乎人物與劇情需要，就更加歌謠化，這就更使雜劇增添上民間文學的藝術香氣。

### 6. 員外（有產者）上場詩

耕牛無宿草，倉鼠有餘糧；

萬事分已定，浮生空自忙。

宋代已流傳諺語：「萬事分已定，浮生空自忙。」⑭至今民間仍流傳著有農家生活色彩的諺語：「耕牛無宿草，倉鼠有餘糧」，⑮這一條也可能是古諺。以上兩條諺語，合成上引五言

---

⑪ 元人話本《種瓜老人》曾引用。見董逸之註《宋元白話小說集錦》，頁二四一。

⑫ 史襄哉編、朱介凡校《增補中華諺海》（台北：天一出版社，一九七五），頁三九八。

⑬ 《自嘆》：「恰春朝，又秋宵，春花秋月何時了。花到三春顏色消，月過十五光明少。月殘花落。」見隋樹森選編《金元散曲簡編》頁二一一。

⑭ 同②，頁二六七。按：此二語已引入宋人《合同文字記》，見⑪，董著，頁九〇。

⑮ 同②，頁五五二。

詩。大意說：家中耕牛飼料充足，全吃新草料，不必吃隔宿的；糧倉富足，倉鼠也有多餘糧食。命運注定我家擁有較多的財產，如命運不好，瞎忙也難富足。這是相信貧富全由上天主宰的員外（有產者）的上場詩。⑯

不少雜劇引用上詩爲上場詩。如關漢卿《裴度還帶》一折的王員外；楊文奎《兒女團圓》二折的員外俞循禮；這便是好例。更多的情況，是它被有一定的職業或產業者所引用，他們不一定是大財主，如李文蔚《燕青博魚》一折的梁山好漢燕青；《桃花女》楔子的小商人石留住；《冤家債主》二折的門館先生陳德甫；《貨郎旦》一折的商人李彥和；等等。關漢卿在《救風塵》三折中，則把此詩改去末二句，拿來作爲店主周舍上場詩；「萬事分已定，浮生空自忙；無非花共酒，惱亂我心腸。」這就更爲切合他對官妓、私科子（私娼）都喜歡的市儈浪子個性，但仍不失爲具有謠諺化色彩的詩篇。

### 7. 武將上場詩

帥鼓銅鑼一兩敲，轅門裏外列英豪；
三軍報罷平安喏，緊捲旗旛再不搖。

這是一首武官自述部下良將衆多、軍容強大、紀律井然、戰術超凡的詩，多用爲將帥或武將的上場詩。如《昊天塔》二折的楊六郎部將岳勝；《小尉遲》一折的北番將軍劉季岳；就全用之。

此外，上詩的異體至少還在六個雜劇中用過，⑰都是基本詞語相同，只有個別語詞有點改動，大體上適合於其人物性格和身份。就這八首詩而論，除上述有兩個劇本所引完全相同外，另外六個劇本的作者，總喜歡按照歌謠創作的藝術表現特點，給以某些改動，這就使它具有歌謠化和民間文學化的特徵。如高文秀在《襄陽會》一折中，把關公的上場詩改成：

帥鼓銅鑼一兩聲，轅門裏外列英雄；

一寸筆尖三尺鐵，同扶社稷保乾坤。

把前詩的首、二句各改去末字，在此詩分別用「聲」、「雄」二字，前詩的三、四句全改為此詩「一寸」二句的樣子。改後，此詩的基調與前詩相似，但聲韻更宏亮昂揚，氣魄更巨大，更能烘托出關公的文（一寸筆尖）、武（三寸鐵）全才，又有「同扶社稷保乾坤」的頂天立地的英雄氣慨。就此詩的整體而論，仍是歌謠化的。

至於張國賓在《薛仁貴》一折中，薛仁貴上場詩為：「將軍三箭定天山，壯士長歌入漢關；

---

⑯ 到了明凌濛初便把「耕牛」首作為詩謠引用，見凌著《二刻拍案驚奇》（上海：上海古籍出版社，一九八四），下冊，頁六〇九，卷三三。

⑰ 尚仲賢《單鞭奪槊》四折徐茂公語；高文秀《襄陽會》一折關羽語；陳以仁《存孝打虎》四折李克用語；《博望燒屯》二折夏侯惇語；《千里獨行》二折張虎語；《黃鶴樓》四折劉封語。

方信定遠多奇相，不在區區筆硯間。」⓲這是他在自報投軍後，前往高麗，他擋住海口，三箭定了戰局，殺退敵將，班師回朝報功時說的。前二句就正是吸收了唐代薛仁貴部下的軍中歌謠而來，全首在藝術上的歌謠藝術化特點更鮮明了。

### 8. 牢子上場詩

手執無情棒，懷揣滴淚錢；
曉行狼虎路，夜伴死屍眠。

牢子就是封建社會中看管監獄的衙役，這首上場詩，表示他上場時自述任務艱苦危險：手持棍子，懷揣辛苦錢，早行危險路，夜間可能要看守囚犯屍體，這正說明了他是管押囚犯的。此詩很通俗，格律、風格都近似一首五言短謠，在不少雜劇中被牢子（有的雜劇或稱張千、李萬，或稱衙役）引用爲上場詩。如關漢卿《蝴蝶夢》三折的張千、李萬；孫仲章《勘頭巾》楔子的張千；《村樂堂》三折的牢子；李致遠《還牢末》三折的衙役劉唐；等等，都是好例。

以上，可見八個類型人物的上場詩是歌謠化的（自然，歌謠化的上場詩遠遠不止這八類），正因如此，加上又能適合劇情需要，便更易爲元代文化不高的演員掌握，也易爲平民觀衆所理解。在戲劇未高度現代化的元代，觀衆聽了某主角的上場詩，就大致知道這個類型人物的身份、職業、個性，便於吸引他們聽下去，就這一意義上說，歌謠化（或謠諺化）的上場詩的藝術成就是主要的。至於有的雜劇把有的上場詩用的過濫或不適切，也是有的。但不能因此而否定其主要成就及其民間文學特色。

## (二) 上場詩謠諺化的多樣性面面觀

上場詩的謠諺化，是雜劇藝術創造的一個方面，這是僅就一個劇本來說的。我們還可以換一個角度來看問題。爲了使劇作收到更大的藝術效果，不少劇作家對於相同母題的上場詩，還盡可能採取多樣性謠諺化表現方法。這方面成就很大，大大地豐富了雜劇表現藝術的內容和姿采，很値得重視。

民間歷來對某些謠諺在口頭傳播時，因時代、地區、接受對象的不同，往往給予某些修改，以適應新的需要，這就是相同母題的謠諺產生大量大同小異作品（即其「異式」）的主要原因。許多雜劇中的上場詩，也具有謠諺的這種性質，所以產生了不少異式。下面，只想以「店小二」上場詩爲例分析其類型及其多角度化，以見其豐富性。

### 1. 店小二上場詩的三大類型

在雜劇中，店小二有時也稱酒保。他的上場詩，在不同雜劇中大多仿作歌謠形式，有的雖

---

⑱ 此詩首二句出薛仁貴「軍中歌」，見北宋歐修、宋祁等撰《新唐書》《列傳三十六薛仁貴傳》。按：此歌指公元六六二年西北部鐵勒族進擾甘肅一帶，集結十多萬人，並選出驍勇兵將幾十人來挑戰，薛仁貴連發三箭，射殺三人，其餘鐵勒兵將紛紛下馬投降，遂使該省祁連山（天山）一帶得到了安定，當時軍中流傳此歌，贊美薛仁貴的貢獻。

接近於或完全採用「七絕」的平仄格律，仍不失通俗明快的歌謠（或快板）風味。此詩被普遍採用的共有三大類型。

第一種：刻劃環境型，共五見：

曲律竿頭懸草稕，綠楊影裏撥琵琶；
高陽公子休空過，不比尋常賣酒家。

這是店小二、酒店及小酒店主人的上場詩。首二句描寫酒店門口懸掛著用竹竿挑起禾草束成的草圈；在綠楊掩映下，店內有人彈著琵琶，招徠顧客，這是一間非常幽靜且有詩意的酒家。如有西漢高陽地方（今河南杞縣）酈食其（？—前二〇三）那樣的酒徒走過，非進來喝酒不可。此詩描繪優美的環境以吸引顧客。它被楊顯之《酷寒亭》三折店小二、康進之《李逵負荊》一折老漢王林、武漢臣《生金閣》一折店小二、高文秀《遇上皇》二折酒保、《黃花峪》一折店小二所採用。以上是通過店小二在各劇中的自報，一則顯示自己的身份、職業，二則交代酒店舒適，吸引觀衆看下去。

第二種：誇耀街招型，共四見：

酒店門前三尺布，人來人往圖主顧；
好酒做了一百缸，倒有九十九缸似頭醋。

末句「頭醋」也作「滴醋」。此詩說酒店門外懸掛著三尺高的布招牌爲特別標誌，很引人注意，希望顧客進店；接著自我打趣說，藏有好酒百缸，末尾說有九十九缸全是酸的，進行逗笑，引起觀衆興味再看下去。此詩（有時有個別的字不同）見於鄭光祖《王粲登樓》一折店小二、鄭廷玉《後庭花》三折店小二、《冤家債主》二折、賈仲名《昇仙夢》一折酒保等口中。其末句滑稽風趣，另是一格。

第三種：訴說艱苦型，共三見：

買賣歸來汗未消，上床猶自想來朝；
爲甚當家頭先白，一夜起來七八遭。

此詩著重訴說酒店經營者發展業務的極度艱辛，老板每日買賣回家，流著汗上床，也難入睡，又得籌劃明天的生意，耽心店務過度，一夜起床七八次，未老先衰。反映了小酒店主人經營之難，頗有生活實感，全詩通俗樸素。用此詩者，有高文秀《黑旋風》楔子、《生金閣》三折、《衣襖單》二折等三處的店小二。此外，還有前三句和上詩相同，末句改爲「曉夜思量計萬條」者，有兩例；[19]末句改爲「每日思量計萬條」者，有一例；[20]末句改爲「日夜思量計萬條」者，也有一例。[21]

從以上三大類型上場詩看來，可約略看出雜劇謠諺化對形成店小二上場詩的類型化，有重要的影響，這是雜劇的民間文學性的表現形式之一，這是不可忽視的。

### 2. 店小二上場詩的多角度化

---

[19] 楊顯之《酷寒亭》三折張保語；高文秀《遇上皇》一折店小二語。
[20] 《合汗衫》一折店小二語。
[21] 宮大用《范張雞黍》一折賣酒人語。

上述店小二上場詩的類型化是一方面：另一方面是這種詩也是多角度化的，二者並不矛盾，而是互相補充的。由於這種上場詩既有共性，又有個性，就出現了大量「形似實異」的作品，表面看來就誤認是公式化；但只要深入分析，就覺並非如此。下面選抄九首詩在一起，作較全面的比較，就看出各有不同的著重點，只要一看對各首的扼要分析，便可明白：

①我賣稀粥眞個稀，誰個不與我相知；
由你連喝一百碗，吃了依然肚裏饑。[22]
（未注扮演角色。自嘲喝了他稀粥等於沒喝。）

②百般買賣都會做，及至做酒做了醋；
算來福氣不如人，只是守著份做豆腐。[23]
（丑扮。自嘲本領差，只會做豆腐。）

③隔壁三家醉，開埕十里香；
可知多主顧，稱咱活杜康。[24]
（淨扮。自贊酒香十里，是釀酒聖人。）

④營生道路有千條，若無算計也徒勞；
爲甚青年便頭白，一夜起來七八遭。[25]
（淨扮。自嘲算計不精，未老先衰。）

⑤別家水米和勻搞，我家水多米兒少；
若到我家買酒來，雖然不醉也會飽。[26]
（丑扮。自贊釀酒法別致，喝後不醉亦飽。）

⑥俺家酒兒清，一貫買兩瓶；
灌得肚兒脹，漲得膫（注：男子陰部）兒疼㉗
（淨扮。自贊酒清價廉，可喝個痛快。）
⑦我家賣酒十分快，乾淨濟楚（注：漂亮）沒人賽；
茅廁邊廂埋酒缸，褲子解來做醡（注：壓酒具）袋。㉘
（丑扮。自贊酒好，賣的快。）
⑧別家做酒全是米，我家做酒只靠水；
吃的肚裏脹膨脝，雖然不醉也不餒。㉙
（丑扮。自嘲所賣水酒，喝後不醉不餓。）

---

⑲楊顯之《酷寒亭》三折張保語；高文秀《遇上皇》一折店小二語。
⑳《合汗衫》一折店小二語。
㉑宮大用《范張雞黍》一折賣酒人語。
㉒《爭報恩》三折。
㉓李文蔚《燕青博魚》一折。
㉔同㉓，二折。
㉕《硃砂擔》一折。
㉖同，二折。
㉗馬致遠《岳陽樓》一折。
㉘李行道《灰欄記》三折。
㉙《盆兒鬼》一折。

⑨造成春夏秋冬酒，醉倒東南西北人；

若是空心吃一盞，登時螫的肚皮疼。[30]

（未注角色。自贊好酒刺痛肚皮。）

對於說這些詩的店小二或酒保，作者大多注明了扮演的角色，不外是下列二者之一：有的是「丑」。今俗稱三花臉、小花臉，按明代徐文長在《南詞敘錄》釋「丑」爲「以粉墨塗面，其形甚醜，今省文作丑。」[31]以「丑」角扮滑稽人物，鼻梁上抹白粉，有文丑、武丑之別，店小二屬文丑類。有的是「淨」。今俗稱花臉、花面，扮演性格剛烈或粗暴的人物。以上九首詩依作者所注明的，各有一定的性格特色，注明「丑」角的語言較滑稽逗笑；注明「淨」角的語言較剛烈莊重。每首詩的說法各不相同，不管風格如何，均較性格化，具有民間生活氣息，諧趣逗笑，歌謠（或快板）風味很濃，易懂易記，使觀衆喜聞樂見。

以上的上場詩全是押韻的四句頭詩歌形式；但爲了民間文學化，有時也可以諺語化。如《漁樵記》楔子的劉二公感到朱買臣戀著他女兒，捨不得離開，必須激發他去進取功名，於是以四句不押韻的五言諺語，作爲上場詩：「冰不搭不寒，木不鑽不著，馬不打不奔，人不激不發。」以諺語代替上場詩，暗寓激勵上進之意，富有民族特色、生活氣息，而又精美巧妙，可以見出劇作家運用民間語言的別具匠心，並不是全是定型化的。

---

[30] 《玩江亭》二折。

[31] 中國戲曲研究院編校《中國古典戲曲論著集成》（北京：中國戲劇出版社，一九五九），冊三，頁二四五。

# 第四章　民間諺語、歇後語和元雜劇

## 第一節　民間諺語、歇後語和元雜劇的關係

諺語大多是哲理性、文學性較強的約定俗成的短小民間口頭格言。每條短的一兩句，長的幾句。其中結構別致的歇後語便是一句由兩截組成的話：前截是比方，後截是主旨。它是諺語的特殊形式。

日本學者吉川幸次郎說：「諺語在元人雜劇中，或一字不易，或改頭換面，出現相當頻繁。」❶他又根據和元代同時的高麗學習漢語的通俗課本《朴通事諺解》一書分析說：「把諺語插入會話之中，乃是當時一般的習慣。」❷這說的很有理，可惜他未能給予深入的分析。雜劇是演給平民看爲主的，其戲劇語言必須爲他們所聽懂和喜愛，而富有民族特徵、生活氣息、地方色彩而且深入人心的諺語、歇後語是民間語言的精華，因之，往往爲劇作家所注意，在劇作中給出色地吸取或改寫，這成爲雜劇中十分突出的藝術語言特徵之一。

---

❶《元雜劇研究》頁二六四。

❷同❶，頁二六五。

在雜劇中廣泛地吸取諺語雖被有的學者注意到了，但對於劇作者運用的多彩性、靈活性和創造性三方面，却從未有人作過較全面的析述。如果只看出諺語被採用的廣泛性，而未能看出它們被採用的多彩性、靈活性、創作性，仍然是未能看到雜劇作家已在戲劇語言運用上邁入了一個劃歷史的嶄新時代。爲什麼如此說呢？在宋人白話話本中，的確吸取了不少諺語，但用歇後語甚少；即使有，也缺乏多彩性、靈活性、創造性。唯其如此，元雜劇中的諺語、歇後語在語言藝術上，就占有重要的地位，應引起人們的重視。

對於諺語、歇後語在雜劇中的重要地位，前代戲劇家也有極爲忽視的。如元代戲劇家周德清評論雜劇語言的特點時說：「凡經史語、樂府語、天下通語，可入雜劇，如俗語、蠻語、謔語、嗑語、市語、譏誚語、各處鄉語、書生語、构肆語、張打油語皆不可入……總之造語必雋，用字必熟，太文則迂，不文則俗，文而不文，俗而不俗。」❸在他看來，只有經史語、樂府語（詩詞化語句）、天下通語，才可入雜劇。所謂俗語、市語、各處鄉語，其中至少有一大部分是諺語、歇後語，却不可入雜劇，周氏此種主張，和雜劇作品並不相符。日人吉川幸次郎說：「雜劇所用的語言，有不少在今天狹義的北京話裏早已死去，而仍然存在於其他北方方言之中。」❹這些話，有相當道理，但仍不全面。當然，由於缺乏文獻紀錄，已無法全面考知元代到底流傳過多少民間諺語、歇後語。但從元代流傳至今天的作品看，也可大致推知它們在元代必然是十分豐富，和影響廣泛的。其中有少數諺語、歇後語可能只見於元雜劇，後代都不見著錄了，❺但因其內容深刻、藝術新穎，仍不失其當年豐富、滋潤藝術語言的重大價值。

因此，對於諺語、歇後語和元雜劇的密切關係，必須從歷史觀點給以恰切的評價。

❸ 周德清：字挺齋，江西高安人，善音律，兼長北曲，在一三二四年根據元代北曲用韻著成《中原音韻》一書，是北京韻書的創始者。引文見《元曲選》，冊一，頁一九《高安周挺齋論曲》。

❹ 同❶，頁二四六。

❺ 有些諺語、歇後語，曾在某一特定的歷史時期流傳過，可能因過於冷僻，或其他原因，後代不再流傳。也有些由劇作家仿作的諺語、歇後語，因缺乏群衆性、民間性，只流傳於一時，未以口頭形式流傳到後代。

## 第二節　民間諺語被雜劇吸取的情況

在雜劇中，吸取的諺語很多，涉及每一個劇本，下面，只想著重就三個方面，作扼要的分析。

### (一) 意同語異型諺語的吸取

此小節介紹的是主旨相同而說法不同的諺語被吸取情況，它的句式是每則一、二、三、四句不等。以四組例句分析如下。

1.

人不說不知，木不鑽不透，冰不搭（注：捏）不寒，膽不嘗不苦。（《凍蘇秦》四折陳用語、
關漢卿《裴度還帶》四折長老語）

人不說不知，木不鑽不透，冰不搦（注：握）不寒，膽不嘗不苦。（鄭光祖《王粲登樓》四折
曹植學士語）

話不說不知，木不鑽不透，冰不搭不寒，膽不試不苦。（關漢卿《謝天香》四折錢大尹語）

冰不搭不寒，馬不打不奔，人不激不發。（《漁樵記》楔子劉二公語）木不鑽不透，人不激
不發。（《舉案齊眉》四折孟從叔語）

這條諺語，母題相同，大意說：做任何事必須嘗試才知其甘苦，不努力即得不到好成績。至今相近諺語仍有：「人不說不明，木不鑽不透」、「人不說不知，木不鑽不透，話不說不明。」❶前引五條諺語，在雜劇的角色上，都是用於有經驗的老人或有知識者的道白中，大多能較好符合表現特定的人物性格的要求。

2.

一馬不背兩鞍，雙輪豈輾四轍。（《鴛鴦被》三折正旦語）

一車骨頭半車肉，一馬不鞁（注：同「帔」）兩鞍，雙輪不碾四轍。（岳伯川《鐵拐李》二折
旦語）

一馬豈背兩鞍，單輪豈輾四轍，烈女豈嫁二夫。（尚仲賢《單鞭奪槊》尉遲恭語）

一馬不背兩鞍，雙輪豈輾四轍，烈女不嫁二夫。（關漢卿《五侯宴》楔子正旦語）

這條諺語，母題相同，大意說：妻子死了丈夫，要守節不嫁，它充滿著封建正統的貞操觀。至今仍有類似諺語：「一馬不配兩鞍，一腳不踏兩船」、「一女不嫁二主」。❷就正是上引一類諺語的異式。還有另一條宋諺「忠臣不事二主，烈女不更二夫」，和上引四修諺語相類，不同者是它是雙主旨的，被引入《梧桐葉》三折中。❸在雜劇的角色上，以上五條諺語都是用在有封建貞操觀的旦角口中，較切合塑造人物性格的要求。

3\. 嫁的雞隨雞飛，嫁的狗隨狗走，嫁的孤堆（注：土阜；以喻土塑木雕）坐的守。（武漢臣《老生兒》三折卜兒語）

嫁的雞，一處飛。（石君寶《秋胡戲妻》二折正旦曲詞）

鸞鳳只許鸞鳳配，鴛鴦只許鴛鴦對。（同右，李大戶語）

嫁的雞兒則索（注：只能）一處飛。（《舉案齊眉》二折正旦曲詞）

這條諺語，母題相同，大意說：出嫁後的婦女，必須一切行動跟隨丈夫。反映了封建社會中「出嫁從夫」的正統思想。❹至今仍有諺語「嫁雞隨雞飛，嫁狗隨狗走，嫁給兔子不跟鷹走。」

---

❶《俗諺》（北京：中國民間文藝出版社編輯、出版，一九八三），中冊，頁三三〇。

❷同❶，下冊，頁三四四，頁三四六。

❸此諺最初見於宋人話本《馮玉梅團圓》，參董逸之選註《宋元白話小說集錦》，頁九。

❹《儀禮·喪服》：「婦人有三從之義，無專用之道；故未嫁從父，既嫁從夫，夫死從子。」見《十三經注疏》（藝文印書館），冊四《儀禮注疏》，頁三五九。

❺上引四條諺語，是前一項「一馬不背兩鞍」等諺語的另一種近似的說法，比較口語化。在雜劇的角色上，被用在具有「出嫁從夫」思想的老婦和旦角口中，相當恰切。

4\.

老實的終須在。（武漢臣《玉壺春》三折、關漢卿《蝴蝶夢》四折正末語；正旦語）

老實的終須在。（鄭廷玉《金鳳釵》三折正末語）

這條諺語，母題相同，大意說：處世之道，是得有老實的品德。至今諺語仍有其異式：「老實人常在」、「老實人常在，脫空（一作「狡猾」）常敗」、「老實人常在，強盜死在牢獄裏。」❻上引兩條諺語，主旨明確，形式簡短、精鍊。在雜劇角色上，作者使之出於爲人端莊老實的正末、正旦之口，就大多符合於人物性格的要求。

## (二) 意近語異型諺語的吸取

此小節介紹的是主旨相近而說法不同的諺語，其句式是一或二句不等，舉一組五個句子爲例。

好男不吃婚時飯，好女不穿嫁時衣。（《舉案齊眉》二折梁鴻語）

男兒當自強。（李潛夫《灰闌記》楔子張林語）

虎瘦雄心在。（馬致遠《青衫淚》一折正旦曲詞）

貧不憂愁富不驕。（鄭挺玉《金鳳釵》三折正末曲詞）

不信好人言，果有恓惶事。（關漢卿《救風塵》二折外旦語）

這五條諺語意思相近：第一條說，人不要有依賴性，要自立，現代的近似諺語是「好男不吃分家飯，好女不穿嫁時衣」。❼第二條說，男子當奮發有為，現在仍照樣流傳。❽第三條說，人窮志在，現在仍有「虎瘦雄心在，人窮志不窮」。❾第四條說，要安然自處，不愁不驕，現在仍有「貧寒休要怨，富厚不須驕」。❿第五條說，不聽老人好經驗，就會吃虧。現在仍有「不聽老人言，必有悽惶事」。⓫以上五條諺語，在各個劇本中，或用於道白，或用於曲詞，選取精當，均恰切地表現了相應角色的思想風貌。

## (三) 警句型諺語的吸取

警句型諺語是指格律上較接近中國古典詩歌中平仄交叉相配的詩句的諺語，誦之琅琅上口，聲韻優美。就全條諺語的形式看，其結構有的似工整的小詩，有的又很像是從五言或七言律絕

---

❺ 同❶，頁一五。

❻ 同❶，頁一〇三。

❼ 同❶，上冊，頁二九三。

❽ 同❶，上冊，頁二〇一。

❾ 同❶，上冊，頁三一六。

❿ 同❶，中冊，頁二五三。

⓫ 同❶，上冊，頁四七。

詩中抽出的一組句子，一般較整齊、凝練。關於前者，如在《飛刀對箭》一折，薛大伯的道白有：「俺莊農人家，欲要富，土裏做；欲要牢，土裏鉋。……」這吸取了「欲要」這組音韻優美的短謠式農諺，出之於老莊農之口，顯示他對農耕的深厚感情，極其恰切。關於後者，在雜劇中引例極多。如鄭光祖《王粲登樓》一折，寫曹植學士見王粲文武全才，勸他前去考取功名，爲帝王家出力。王說：「爭奈小生家寒，無有盤費。」曹說：「却不道，寶劍贈烈士，紅粉贈佳人。小官有白金兩錠……送賢士去投託荊王劉表……若得官呵，則休忘了曹植者。」⑫這裏用了「寶劍」這條有古典味的諺語，表現了當時送行的特定情景和文人曹植的慷慨助人風格，十分雅緻、確切。同一折中，寫書生王粲在京師欠下旅店的賬，店小二追討說：「巧言不如直道，買馬須索雜料。閒話休說，好歹要房宿飯錢還我。」⑬用「巧言」這條諺語，表現店小二坦率討賬，又和他最熟悉的買馬索取飼料相聯繫，就富有社會低層人物的生活氣息，也逼肖店夥性格，妙甚！

上引一類諺語，用於對白中，固見精警；但是，也有另一類諺語，或按其原型，或稍改動個別字鎔鑄到詩歌或曲子中，達到了水乳交融般結合在一起，根本看不出它原是來自諺語的，用的十分精妙。舉二例於下：

宋諺：鰲魚脫卻金鉤去，擺尾搖頭再不回。⑭

無名氏《隔江鬥智》楔子，有劉玄德上場詩：急離江東躦路歸，荊州還隔綵雲偎；「鰲魚脫卻金鉤釣，擺尾搖頭再不回。」

宋諺：金風未動蟬先覺，暗送無常總不知。⑮

孔文卿《東窗事犯》二折，呆行者唱：《二煞》：你看看業貫滿，漸漸死限催，那三人等候在陰司內，這話是「金風未動蟬先覺，暗送無常死不知。」……

以上兩個雜劇各引用了一條宋諺。前諺說，鰲魚脫險後永不回頭；劉備借喻逃離東吳後不再回頭，把宋諺首句末字改為「釣」字；後諺說，蟬能預知死期，人卻不能；呆行者（地藏神扮）面對秦太師（秦檜），借喻他不知死期，把宋諺末句第五字改為「死」字。兩例均是改字後音韻更響亮。前劇是把諺語吸入詩中，後劇是把諺語吸入曲中，對原句改動不多，極見精妙。

## (四) 諺語的活用

對於諺語的活用，不僅是指可稍為改動個別的字；而且也指只要合宜處就可以用上。關於後者，詳言之，其活用有下列三方面：

1. 白、曲兩用　舉兩條諺語在白、曲中均可活用為例。

「踏破鐵鞋」諺：

---

⑫此諺又作「寶劍賣與烈士，紅粉贈與佳人。」見《凍蘇秦》一折王長者語，今諺有「寶劍贈與烈士，紅（一作「花」）粉贈與佳人。」同見❶，上冊，頁一九。

⑬同上冊⑫，頁八〇九。

⑭見宋人話本《錯斬崔甯》，見❸《宋元白話小說集錦》，頁一〇三。

⑮元代無名氏《全相平話五種·秦始皇傳》（建安虞氏新刊、文學古籍刊行社，一九五六），頁一八四；頁二一一。

李壽卿《伍員吹簫》三折：（正末背科云）若得此人助我一臂之力，愁甚冤讎不救，則除這般。正是「踏破鐵鞋無覓處，得來全不費功夫。」大哥你肯和喒做一個朋友麼？

馬致遠《岳陽樓》四折：（呂洞賓唱）《七弟兄》由你到大處，告去，只揀愛的做，你道是「踏破鐵鞋無覓處，算來全不費工夫。」可乾吃了半碗脂膪（注：骯髒）吐。

前者是道白中用，後者是曲子中用，但把下句首字改成了「算」字。

「求灶頭」諺：

《陳州糶米》三折：（張千云）你兩個眞傻，豈不曉得「求灶頭不如求灶尾」。關漢卿《玉鏡台》三折：（正末唱）《么篇》：我「求灶頭，不如告灶尾」，爲求我今日，媒人根前，做小伏低……

前者是道白中用，後者是曲子中用，但把原句拆作兩段來用，各見恰到好處。

2. 改動較多　這裏僅舉一例。如「瓦罐不離井上破」，原爲宋人諺，見於宋人話本《馮玉梅團圓》，⑯意指惡因必有惡果，做壞事無好結果，這是勢所必至。但在不同劇作中，劇作家做了靈活的有創造性的改造，使合乎各曲子平仄格律的需要，下面是它在四個曲子和一段詞（韻白）中被不同改動的情況：

①《爭報恩》一折：（正旦唱）《混江龍》……「那瓦罐兒少不的井上破」，夜盆兒刷殺到頭臊……

②楊顯之《醒寒亭》二折：（正末詞云）……則你是個腌腌臢臢潑婆娘，少不得「瓦罐兒打翻在井水底。」③賈仲名《對玉梳》二折：（正旦唱）《賽鴻秋》：……呆廝你收拾買花錢，休習閒牙磕，常言道：「井口上瓦罐終須破。」

④關漢卿《緋衣夢》三折：（三婆唱）《尾聲》……殺了這賊醜生呵天平地平，人性命怎干休，「休瓦罐兒須離不的井。」

⑤《替殺妻》一折：（末唱）《么篇》：嫂嫂道：「瓦罐終須不離一邊。」你未醉後人在言……

同樣的一句古諺，一到上引五個劇作家筆下，各自發揮巧思，作了不同的改寫，以適應不同的劇詞和劇情，把原來的句型作了伸縮，用字也可增減，而且都和劇詞融合得十分貼切，又通俗自然，各有特色，仍饒有諺語風味。

3. **折散或串聯**　這二者的做法，是爲了使變動後的諺語，更富於變化新穎的姿態，也便於舞台上的表演。

首先，看看折散諺語的情況。如有的諺語可以靈活地拆成兩段，在曲、白中各吸取一段。諺語「逢山開道，遇水搭橋」起源於何時，已不可考。其異式「遇水疊橋，逢山開路」，見於雜劇《飛刀對箭》二折中，張士貴道白作「逢山開路，遇水疊橋」；但在正末薛仁貴的《朝天子》曲詞，爲了使它符合曲律，令「路」字押韻，於是調動了句子爲「遇水疊橋，逢山開路」。但康進之《李逵負荊》三折：（正末李逵唱）《逍遙樂》有：「倒做了『逢山開道』，（魯智深云）山兒，我還要你『遇水搭橋』哩！……」此段劇詞中，把上引諺語分爲兩節，前節「逢山開道」由李逵唱，後節「遇水搭橋」却改用道白，由魯智深說，然而語意也很明白，表演時兩句緊密配合，前後呼應，饒有風趣。

⑯ 同③，《宋元白話小說集錦》，頁八。

其次，看看串聯諺語的情況。爲了使劇詞具有特殊的民間文學色彩，雜劇家有時也善於把幾條諺語組織進一支曲子中。如羅貫中《風雲會》三折，正末趙匡胤唱《滾繡球》：

銀台上畫燭明，金爐內寶篆香。（韓王執壺斟酒科）（正末唱）不當煩老兄自斟佳釀。（旦進酒科，正末唱）何須教嫂嫂親捧奉霞觴。（普云）臣妻與臣乃糟糠之妻也。（正末唱）卿道是「糟糠妻不下堂」，朕須想「貧賤交不可忘。」常言道：「表壯不如裏壯，妻若賢夫免災殃」。（云）朕得卿卿卿得嫂嫂，可比四個古人……

此段，把諺語「糟糠之妻不下堂，貧賤之交不可忘」，⑰各刪去「之」字，分爲二句，每句前先後各加三個字「卿道是」、「朕須想」；「表壯不如裏壯」⑱是原型諺語，前面加「常言道」三個字，「妻若賢夫免災殃」是諺語「妻賢夫禍少」、「妻要賢良夫禍少」的縮寫。⑲在當時特定的環境下，劇中宋太祖趙匡胤引用此三條諺語，面對大臣及其妻子來說話，表現了他的性格是既有帝王的莊嚴身份，又對大臣及其夫人有尊重及謙遜的美德，而且還具有民間語言風味，這就見出諺語的妙用。當然，這樣地串聯諺語，是較極端例子，但從中也可見出諺語之不可或缺了。

## (五) 上場詩對諺語的吸取

上場詩的作用，在讓角色一登場，立即自報家門、身份，向觀衆交個底，以吸引他們更好看下去。在「第三章民間歌謠和元雜劇」第三節「雜劇上場詩的謠諺化」中，已介紹過有的四句頭上場詩吸取的諺語或兩句或四句，這是爲了使它民間文學化，這是一種直接吸取諺語的方式。這一節說的是兩句頭上場詩，是兩句頭對聯型短謠形式，也是另一種直接吸取諺語的方式。雖然只有兩句，其作用和四句的相同，我仍稱爲上場詩。兩句頭上場詩有一部分是作家自創，另一部分則是直接吸取傳統的諺語而成。在本小節中，我只想剖析一下兩句頭上場詩（更恰切地說是「上場諺」）吸取諺語的四種形式及其具體作品如下：

1. 四言諺　如：「行不更名，坐不改姓。」出現了六次之多，張國賓《合汗衫》二折邦老語等。[20]「事有足詫，物有固然。」見《千里獨行》二折曹操語等。[21]「事不關心，關心者亂。」出現了九次以上，見關漢卿《謝天香》二折錢大尹語等。[22]「得人錢財，與人消災。」見李行道《灰闌記》二折街坊語。「殺人可恕，情理難當。」見鄭廷玉《金鳳釵》四折楊衙內語。「堂上一呼，階下百諾。」見《舉案齊眉》二折孟宅嬤嬤語。

---

[17] 同[1]，下冊，頁四二一。

[18] 同[1]，上冊，頁三〇。

[19] 同[1]，中冊，頁二六二。

[20] 見張國賓《合汗衫》二折邦老語；《爭報恩》一折徐寧語；《硃砂擔》一折邦老語；《盆兒鬼》一折盆罐趙語；《金鳳釵》一折邦老語；《射柳捶丸》三折葛監軍語。

[21] 另高文秀《澠池會》二折趙成公語。

[22] 另楊文奎《兒女團圓》一折搽旦語；關漢卿《魯齋郎》四折包待制語；戴善夫《風光好》二折宋齊丘語；鄭庭玉《後庭花》四折趙廉訪語；《氣英布》二折隨何語；紀君祥《紀氏孤兒》二折屠岸賈語；關漢卿《裴度還帶》楔子長老語，關漢卿《五侯宴》四折李從珂語。

2. 五言諺 如：「恨小非君子，無毒不丈夫。」見《謝金吾》三折王樞密語等。㉓「雷霆驅號令，星斗煥文章。見白樸《東墻記》五折使臣語等。㉔「不聽（一作「信」）好人言，果（一作「必」）有恓惶事。」見關漢卿《貨郎旦》三折外旦語等。㉕「隔墻需有耳，窗外豈無人。」見《舉案齊眉》二折孟從叔語。「一生皆是命，半點不由人。」見張國賓《合汗衫》四折張孝友語。「打噴耳朵熱，一定有人說。」見康進之《李逵負荊》三折宋剛語。

3. 六言諺 如：「歡來不似今朝，喜來那逢今日。」見楊顯之《瀟湘雨》一折孛老語等九次。㉖「人無橫財不富，馬無夜草不肥。」見《合汗衫》三折邦老語。

4. 七言諺 如：日間（或「白日」）不做虧心事，半夜敲門不吃驚。」見《陳州糶米》三折小衙內語等。㉗「萬里雷霆驅號令，一天星斗煥文章。」見《舉案齊眉》四折使命語。㉘「不如意事常八九，可與人言無二三。」見《誶范叔》一折須賈語。「金風未動蟬先覺，暗送無常死不知。」見史九敬先《胡蝶夢》二折太白金星語。「腹中曉盡世間事，命裏不如天下人。」見鄭廷玉《忍字記》楔子劉均佑語等。㉙「閻王注定三更死，並不留人到五更。」見《桃花女》二折周語。

上引的全是原型諺語，都通俗、精煉、新穎、生動，往往能反映出場角色某方面（如職業、出身、性格、嗜好、交遊等的任一方面）的特點，這便見出劇作家吸取諺語的別出心裁。此外，由於劇作家能注意學習諺語通俗、精煉、新穎、生動及聲韻美，因此不少自己創作的二句型上場詩，便寫的既切合角色性格，也取得了一定的諺語風味。如關漢卿《緋衣夢》二折邦老上場說：「兩隻腳穿房入戶，一雙手偷東摸西。」用作裴炎自報是打家截舍的賊人的上場語，雖不合律句平仄格律，但卻是樸素自然的口語，也是對他劣行最眞切的寫照。《黃鶴樓》二折諸葛亮上場說：「筆頭掃出千條計，腹內包藏萬卷書。」既全合乎律句「平平仄仄平平仄，仄仄平平仄仄平」的格調，近似對聯，今用來概括他具有文武全才的本領，也相當切合，還有點諺語風味。這一類兩句頭的上場詩，即使非直接自諺語中吸取，也可以說是在某種程度上借鑑過諺語藝術特點而創作出來的。商韜把一些上場諺如「中老年人出場總是說什麼『花有重開日，人無再少年』」之類，全評爲「陳詞濫調」，㉚這從某種意義上說，雖持之有故，但仔細剖析一下，就可看出看法片面化，忽視了劇作家有意把上場詩加以諺語化的成果。當然，有的上場諺

---

㉓ 另《馬陵道》楔子龐涓語；《博望燒屯》四折曹操語；《千里獨行》楔子張虎語。

㉔ 另鄭光祖《老君堂》四折使命語；賈仲名《昇仙夢》二折使命語；《劉弘嫁婢》四折李春郎語；《九世同居》三折使命。

㉕ 另關漢卿《救風塵》二折外旦語。

㉖ 另曾瑞卿《留鞋記》二折郭華語；關漢卿《單刀會》四折魯肅語；高文秀《襄陽會》四折劉備語；高文秀《澠池會》楔子趙成公語；陳以仁《存孝打虎》二折李克用語；秦簡夫《剪髮待賓》四折韓夫人語；《獨角牛》四折孛老語；《黃鶴樓》四折劉備語。

㉗ 另《黃花峪》四折蔡衙內語。

㉘ 蔡衙內語。

㉙ 另李行道《灰闌記》一折張林語。

㉚ 商韜著《論元代雜劇》，頁二二〇。

用的或仿作得不貼切的，應予否定；至於一見上場詩吸取兩句諺語，便不問其是否用的貼切，便以似曾相識而一概否定之，這就是不明白劇作家採用民間文學類型化寫作法的特點和積極意義了。

## (六) 下場詩對諺語的吸取

下場詩是指角色在下場前所說的結束性詩句。它可以是四句頭的詩，也可以是兩句頭如對聯般工整的對句。其主旨在總結前文，或寄希望於未來，語句精鍊，有的還可造成一個懸念，吸引觀衆看下去，它多少有些賣關子的性質。在引用前，常冠以「正是」、「詩云」、「詞云」、「常言道」、「某某去了也」之類的詞語，然後接以引文。自然，有時角色下場也可以不用下場詩，有時還可用四句頭下場詩。下面介紹的，較多是剖析兩句頭下場詩吸取諺語的三種常見的例句：

1. 四言諺　如：「三十六計，走為上計。」見無名氏《馬陵道》四折田忌語。「一計不成，又有一計；看他明朝，怎生躲避。」見《桃花女》三折周公語。前例全是諺語，後例的首二句是諺語。

2. 五言諺　如：「眼觀旌捷旗，耳聽好消息。」見石君寶《曲江池》楔子鄭府尹語等十三處。㉛「將軍不下馬，各自奔前程。」見《爭報恩》楔子趙通判語等四處。㉜「恨小非君子，無毒不丈夫。」見馬致遠《漢宮秋》一折毛延壽語等五處。㉝「養得一子孝，何用子孫多。」見李壽卿《伍員吹簫》一折費无忌語。

3. 七字諺　如：「強中更有強中手，惡人終被惡人磨。」見《桃花女》二折周公語。「是非只為多開口，煩惱皆因強出頭。」見《魔合羅》三折令史語。「文章把筆安天下，武將提刀定太平。」見秦簡夫《剪髮待賓》四折末語。「大鵬飛上梧桐樹，自有傍人說短長。」見《抱粧盒》三折承御語。「踏破鐵鞋無覓處，得來全不費工夫。」見《留鞋記》三折張千語。」「閉門不管窗前月，一任梅花自主張。」見《旱天塔》四折長老語。「善惡到頭終有報，只爭來早與來遲。」見馬致遠《薦福牌》三折龍門語。「不是一番寒徹骨，誰許梅花噴鼻香。」見賈仲名《對玉梳》三折荊楚臣語。㉞「金風未動蟬先覺，暗送無常死不知。」見關漢卿《哭存孝》二折李存孝語。「虎著痛箭難舒爪，魚遭絲網怎番身。」見《爭報恩》楔子關勝語等。㉟

---

㉛ 另《合汗衫》三折旦語；《凍蘇秦》楔子蘇大語；《王粲登樓》楔子老旦語；《漁樵記》楔子，王安道語，《舉案齊眉》二折孟從叔語；《竹葉舟》三折孛老旦語；一折老旦語；尙仲賢《柳毅傳書》關漢卿《望江亭》二折白士中語；《襄陽會》二折卜兒語；鄭廷玉《金鳳釵》楔子旦語；《飛刀對箭》一折孛老語；《玩江亭》三折卜兒語。

㉜ 另李文蔚《燕青博魚》四折衆弓兵語；李直夫《虎頭牌》一折使命語；《合同文字》楔子社長語

㉝ 另《誶范叔》一折須賈語；《連環計》三折李肅語；李致遠《還牢末》楔子劉唐語；尙仲賢《柳毅傳書》二折老龍語，老龍下場詩為五律一首，第五、六句即吸取此諺。

㉞ 按：「不是」諺所在的下場詩為一首七絕，此為末二句。

㉟ 按：「虎著」諺所在的下場詩為一首七絕，此為其首二句。此諺的異式為「虎著重箭難展爪，魚經鐵網怎翻身」，是李致遠《還牢末》楔子李逵七絕下場詩的前二句。

下場詩吸取諺語，大多按原型收入。但有時爲了使語言有較大的表現力，也可以加字，如：無名氏《連環計》一折董卓有一首四句七言體下場詩是：「從來此賊多奸計，教咱如何不防備；雖則人無害虎心，爭奈虎有傷人意。」末二句由宋人諺語變來。在宋人話本中收入的原型是「人無害虎心，虎有傷人意」，㊱吸取後，每句之前，各加二字，然後嵌入詩中，語意自然，不見斧鑿痕，妙甚。

有時，劇作家爲了使戲劇語言更活潑，還可以把一組諺語的前後句加以變動，插入下場詩中，對每一句詩都可以加上修飾的字，如原型諺語有：「強中更有強中手，惡人終被惡人磨。」（見上節）無名氏雜劇《賺蒯通》三折隨何下場詩是：「則因他曾與韓信爲故友，以此上暗遣隨何來辨剖；那裏也，『惡人自有惡有磨』，這的（注：眞）是『強中更遇強中手』。此詩所引的原型諺語的前後句次序給劇作者顛倒了一下，並各被改動一、二字，然後嵌入詩中作爲末二句。而且在這兩句的開頭，依次各加上「那裏也」、「這的是」，就顯出劇作者鑄煉諺語的高度技巧，使表意更適合劇情。

---

㊱ 宋人小說《汪信之一死救全家》，見明馮夢龍編《古今小說》（台北：世界書局，一九五八），冊下，卷三九，頁一九。

## 第三節　歇後語在雜劇中的活用

歇後語是中國各族諺語中的特殊形式，❶它的完整形式是由兩部分組成的一句意義完整的話，如：「把棒呼狗——必不來。」以謎語相比，前半似謎面，是比喻成分；後半似謎底，是主旨所在。歇後語起源很早，表現手法多樣。❷關於漢族歇後語，唐末李義山、北宋王君玉（約一〇二五年前後世）、蘇軾已各在自己的筆記小說中有不少記錄。❸金院本已有在正雜劇演出前的「沖撞引首」段數《歇後語》。❹這是金代（一二七九—一二三四）在正雜劇開場前演出的以念誦爲主的小劇目。因劇本已佚，其內容不可知，但正由於它的存在，可以推知金代劇作家已有人十分注意它的特殊藝術價值和娛樂逗笑作用。很可能，這個段數已大量採用歇後語，以表現劇情和逗樂，要不，決不會以它作爲劇目名稱的。

---

❶中國有五十六個民族，各有歇後語，孫治平等編《新歇後語》（上海：上海文化出版社，一九八六）一書，所收除少量是漢族歇後語外，全是少數民族歇後語，約二千多條。

❷《歇後語試論》，見譚達先著《講唱文學。元雜劇。民間大學》（台北：貫雅文化事業有限公司，一九九三），頁二六三—二八五。

❸李義山纂、王君玉、蘇子瞻續纂《雜纂及其他七種》（上海：商務印書館叢書集成初編，冊二九八七，一九三七），頁一—二六。

❹元陶宗儀《輟耕錄》卷二五，頁一七上金《院本名目》「衝撞引首」項下有《歇後語》。

在宋元話本小話中，對於歇後語這種特殊形式，較少引用。但一到元雜劇却開始較多地採用。單以《元曲選》和《元曲選外編》爲例，據我分析結果，可以確定是歇後語的，至少大約有一百一十條；由於因文獻不足，我一時無法確定它是歇後語的，尙不計算在內。歷來被作家忽視的歇後語能極其精確地被吸收和活用到雜劇中，這是作家有意識地使語言更民間文學化的重要特徵之一。由於歇後語的採用，終使雜劇語言更有民族性、時代性、地方性和形象性，也有助於角色得到了鮮明的個性。因此，也可以說，活用歇後語，已使雜劇語言藝術比之前此的劇作躍昇至一個新的高度，很值得戲劇家評論家的注意。下面，試據鄙見，分爲：㈠完整式；㈡省後式；㈢諧音式；㈣故事式；㈤改編式。一共五式，較好地剖析雜劇在語言（更多是在說白）中活用歇後語的藝術成就於下。

㈠　完整式　這就是把元代流傳的歇後語，由頭至尾全句引用，約有三十條，可以說這種歇後語在被吸取．活用的各類歇後語總體中，比重較大，在數量上是佔第二位的，足見相當受注目。如李行道《灰闌記》四折寫開封府尹包待制明白了張海棠無奸夫，不曾藥殺丈夫，未強奪孩兒和混賴家私，都是大渾家養下奸夫趙令史，告官時由趙令史掌案，被屈打成招；他又智設「灰欄計」，辨清了冤案眞相後，逼使趙令史招供，令史說：「哎喲，小的做個吏典，是衙裏人，豈不知法度？都是州官，原叫蘇模稜，他手裏問成的。小的無過是『大拇指頭撓癢——隨上隨下』，取的一紙供狀，便有些什麼違錯，也不干吏典之事。」❺趙令吏是個營私舞弊的衙門小吏，上述一段話是他爲自己詭辯，「大拇」句歇後語正足以表現他油腔滑調，故意推卸錯判張海棠爲犯人的罪責，並顯示他凶狠自私的小吏性格，眞是用的非常生動，且合其口吻，妙甚！

吳昌齡《東坡景》一折，寫宋代端明殿大學士蘇東坡告訴廬山東林寺一個痴愚行者，往溪河楊柳邊小舟中叫善歌的妓女白牡丹，當她應了一聲時，他便要急身往回走。原文是：

（行者云）走遲了却怎麼？（東坡云）走遲了，只教你做雪獅子向火，酥了半邊。（行者做跌科）早酥倒了也。轉灣抹角，此間就是溪河楊柳邊。小舟兒上叫一聲，白牡丹在麼？（旦兒云）誰叫？（行者做跌科云）聽他嬌滴滴的聲音，眞個酥了也。東坡先生喚你哩！

和上引「雪獅」句結構相似的歇後語，至今仍有：「雪獅子向火——癱（一作「軟癱」）了半邊」的流傳。❻劇中「雪獅」一句是說：見了女子便銷魂，全身軟下來。對白中用了它，是用誇張語烘托妓女白牡丹相貌的極度漂亮迷人。又輔以行者「做跌」的動作，這樣對她美貌的魅力，就刻劃的更精細入微了。

有的歇後語是前半比喻語只用一句，後半主旨語卻用兩句，比較別緻。❼如無名氏《舉案齊眉》一折，寫財主孟從叔給女兒孟光招婿，請來了官員、財主、窮秀才梁鴻三人，要她選官員或財主之一，好「得受用」。她答道：「父親，秀才是『草裏旛竿——放倒低如人，立起高

---

❺ 按：劇中這句歇後語，見中國民間文藝出版社資料室等編《歇後語大全》（北京：中國民間文藝出版社，一九八七），冊一，頁三〇六。

❻ 《歇後語大全》，冊四，頁三一〇，參❺。

❼ 同❷，頁二九一「目的語雙句式」例句。

故如人』，便嫁他也不誤了孩兒也。」❽這裏，歇後語隱寓了目下窮秀才梁鴻未有高中科舉，被人看不起，一旦考中科舉時，自會得高貴的地位。這歇後語出自小姐之口，一則暗評父親迫使她嫌貧嫁富的不對，二則也表達了對梁鴻才學的尊敬，預料他必有美好前程，因而很好地刻劃了她有辨識人才的眼光，用語精確！

有的歇後語被吸收到曲詞中時，爲了使用字符合曲牌的格調和平仄規律起見，劇作家也很善於做一些必要的改動。如楊顯之《酷寒亭》二折，寫鄭州衙門把筆司吏鄭嵩新亡了正室，奉府尹命令，和祇候趙用「攢造文書上京師去」，半路上因遺漏了一紙文書，由趙用重回鄭家代取；這時，趙用却聽見那已從良，且正想嫁給鄭嵩的官妓蕭娥，打罵凌辱他的一對小兒女的聲音。也在這時，趙用意外地代取鄭嵩遺剩文書，正在要走時，那對兒女怕再被打，哭著硬要跟他去。於是他唱起《聖藥王》：「俺只見兒又啼，女又啼，哭的俺是鐵人石意也酸嘶，他待要來也隨，去也隨，恰便似『螞蝗釘了鷺鷥飛，寸步不教離。』」至今歇後語尚有「螞蝗叮了鷺鷥腳——擺不開（一作「纏住了」）」，❾細細推敲，上劇引用的歇後語原型句子，前半末字可能是「腳」字，在曲詞中被改爲平聲「飛」字，後半三字改成五字句，以「離」字收，使和「飛」字協韻，以合曲律。如此，末二句末「飛」、「離」二字，便和該曲前面各句尾的「啼」、「嘶」、「隨」三字押了韻。這改法，既不失原意，又符合曲律的平仄格律，也能更好地表達當時說話人的語氣。妙甚！可見恰切的改動，就是活用方法之一。

㈡　省後式　這種歇後語是僅說前半的比喩部分，删去後半的主旨語的一部分（或全部），但語意還很明白，語言更含蓄、精練、生動。在雜劇中，選用了四十八條，佔了使用歇後語總量的首位。這一類有兩種形式：

一類是把主旨語末尾的字省去一個。如無名氏《陳州糶》三折，寫搽旦王粉蓮趕驢上場，說：「……我騎上那驢子，忽然把我宜跌下來，傷了我這『楊柳細』，好不疼哩……」，⑩引語原型是「楊柳細——腰」，劇中已省去尾部名詞「腰」字。雜劇中用此法者少。

另一類是把後半的主旨語部分整個句子省去。例句很多，如：鄭廷玉《後庭花》二折，寫廉訪使府內的堂候官王慶看中了下屬祇候人李順的妻子，暗中和她有不伶俐的勾當，逼令李順寫休書，後來李順明白妻子早準備了筆、紙、墨，妻子在假哭，他邊寫邊唱了《鬥蝦蟆》：「……你休那裏雨淚如珠，可不道『鳳凰飛上梧桐樹』，見放著開封府執法的老龍圖，必有個目前見血，劍下遭誅。」⑪上引歇後語的完整句子是「鳳凰飛上梧桐樹——自有旁人說短長。」⑫在元代，略去下句，人人皆懂，而且如盡錄後句原文，便多七個字，不合曲律，故刪之。在

---

⑧ 所引歇後語，文獻無記錄，但以下列各句比較，推知它是元代作品：「草上的霧水——不久長」，「草窩裏趴個狀元——埋沒人才。」見⑤，《大全》，冊一，頁一五八。「秀才打飽嗝——福（書）氣不小」，「秀才研墨——大有文章。」冊四，頁二〇九—二九八〇「旗杆上瓷瓶——站得高，想（響）得遠」，又「旗杆上的燈籠——高高在上，四下有名（明）。」冊三，頁二一〇七。

⑨ 《歇後語大全》冊三，頁一九。參⑤。

⑩ 黃麗貞《金元北曲語彙之研究》（台灣商務印書館股份有限公司，一九六八），頁一五七。

⑪ 《元曲選》冊三，頁九三七。

⑫ 《歇後語大全》冊一，頁四九四。參⑤。

曲詞中，李順唱出了被逼寫下休書的痛苦感受，和要向包公告發王慶罪行的憤慨心情，所插進的這句歇後語，正針對妻子假哭，來說明自己受騙，蒙在鼓裏；至於誰對誰不對，讓別人評論去，以此句式表達，很像平民大衆口吻，妙甚！

再看一個省去後半主旨語的例子。如民間向來有歇後語：「銀樣蠟槍頭─中看不中用（一作「上陣就軟」或「沒上陣先軟了」）」⓭，大約元代已很流行。王實甫《西厢記》四本二折，寫書生張生和相國家崔鶯鶯小姐秘密幽會的事被老夫人知道後，老夫人責罵鶯鶯玷辱家門，便迫她嫁與張生，又責備自已養女不長進，叫丫頭紅娘到書房喚出張生那「禽獸」來。紅娘對張生說，小姐已招認，要他去見老夫人，這時他很惶恐，不敢去，紅娘便唱了《小桃紅》：「……你休愁，何須約定通婚媾？我棄了那部署不收，你原來苗而不秀。呸！你是個「銀樣鑞槍頭。」」此段，紅娘勸張生前去說：何必先定婚才成親，我不再協助處理你們的婚事，也不收你禮物，你好似不結實的禾苗，眞不中用，沒出息。末句「銀樣鑞槍頭」是鄙視他爲人，有如槍尖雖似銀子般閃亮，但卻是似用錫、鉛合金的鑞做的，性質軟弱，中看不中用。雖省去了後半的主旨語部分，當時平民大衆很易領會，妙甚！此語爲後代不少劇作引用，成了出色的典故，⓮可見影響之深遠。

㈢　諧音式　這就是在歇後語後半採用的諧音詞，字面上是一種意思，但說者所指却在與它諧音所隱藏起來的另一個詞。它常能給人某種啓迪，具有含蓄、風趣、機智的特點。它在雜劇中被採用的數量之多，在歇後語總體中是佔第三位的。可見它對雜劇語言影響很大。諧音詞有兩種形式。

一種是以同音詞諧音的。如李亞仙《曲江池》一折歌妓劉桃花，對結義的歌妓李亞仙說：

「姐姐，我『瞎漢跳渠，則是看前面』便了。「前」是「錢」的諧音，是同音詞，原句應指「瞎漢跳渠——看錢面上」，正表明她與李大戶作伴，是爲了錢，用語以含蓄見妙。今天近似句子有：「瞎子跳河——不想活了」、「瞎子跳崖——凶多吉少」⑮，試比較一下，可見劇中引語之妙。又如近代歇後語有：「無梁的水桶——休提」、「無梁桶——休題」⑯，在高文秀《黑旋風》三折，寫莊家山兒要進牢獄裏探望孫孔目，牢子向他索錢，他唱《得勝令》：「呀，便問我要東西……則你那沒梁桶兒——便休題……」⑰馬致遠《任風子》三折，正末向前來哀求的妻子唱《五煞》：「……打悲歌休想我有還俗意……(小叔云)哥哥，跟俺嫂嫂家去罷。(正末唱)哎，你個「無梁的哥哥——枉了提，……」前例中，以「休提」諧「休題」，指「別說了，我不會給你錢」；後例用「枉提」是「休題」的異式，意指：「別說，我決不回去。」上引二例歇後語在表達說話者的原意時，各見幽默、精警。

另一種是以近音詞諧音的。歇後語有：「肋(一作「脅」)底下插柴——自穩(一作「內

---

⑬《歇後語大全》冊四，頁四三〇。參❺。

⑭例句如《氣英布》三折英布《么篇》語；康進之《李逵負荊》一折正末《賺煞》語；武漢臣《三戰呂布》二折正末《夜行船》。

⑮《歇後語大全》冊四，頁二一四—二一五。參❺。

⑯《歇後語大全》冊三，頁七二；冊四，頁一六〇。參❺。

⑰《歇後語大全》冊三，頁四六七。參❺。

忍」）。穩、隱、忍字音相近；自穩即自隱忍著痛苦。如關漢卿《救風塵》三折，要無理痛打他的妻子，正旦趙盼兒唱《脫布衫》：「我更是的不待饒人，我爲甚不敢明聞？「肋底下插柴——自穩（注：諧「忍」）」，怎見你便打一頓。」這是寫趙盼兒雖是個旁人，看不過眼，覺得他太無情，忍不住要出面勸阻。歇後語也用的巧妙。

㈣**故事式**　就是指有的歇後語，原是由一個故事概括而來，因相傳已久，甚至不明原意的聽者也可聽懂。因此，它已轉化爲一般歇後語，所不同者是帶有一定的傳說色彩而已。如歇後語有：「呂太后（前二四一—前一八〇）的筵席——不好進口（一作「禍福不測」或作「不是好吃的」）」[18]，也作「呂太后筵席——凶筵」。此條原指漢高祖劉邦的妻子呂后，即呂太后嘗宴群臣，以軍法勸酒，如有一人不肯喝，便當場把他殺死[19]。民間俗傳：她喜怒無常，去吃她的筵席，不知是禍是福。據此衆所週知掌故，在選用上引歇後語時，常省去其後半，比喻爲「到禍福不測之處去」。如無名氏《殺狗勸夫》二折，寫無賴員外孫大醉了臥倒在風雪堆中，那被他逐出了門的弟弟路過見了怕凍壞他，好心背他回家，大嫂請他吃麵，孫大醒來，問是誰吃麵，盯著他。他唱了《太平令》：「……吃的是親嫂嫂的酒食，更過如『呂太后的筵席。』」這裏用歇後語的前半「呂太后的筵席」來說明，大嫂給他酒食吃，本是心地善良，很愛護他，因受凶殘哥哥的斥責，冷眼，他就會感到如吃呂太后的凶筵般，禍福不測，用語有省略，却十分精確、生動。

又語：「趙老送燈台——一去更不來」之類的歇後語故事，最早爲北宋歐陽修所著錄。[20]至今此類故事之一是《趙佬送燈台》，大意說，某年天旱，魯班請龍王到人間下雨，龍王要他做個精緻燈台。他做了兩個：一好一壞，命大徒弟趙佬把好的送給龍王，自己把壞的帶回。徒弟入海，海水讓路。他違背了命令，把壞燈台給了龍王，還得到隆重招待。飯後，提了好燈台出龍宮，但海水不閃路，龍宮又已閉門，這樣就在海底淹死了。因魯班在壞燈台內裝有避水珠，能叫海水讓路，大徒弟不聽話，給了龍王，也就回不來了㉑。「佬」和「老」同音，和「杲」、「槀」音近，故趙老又轉爲趙佬，又轉爲趙杲、趙槀；也可能反復流傳後，還受到方言影響，燈台轉爲曾哀，在元代也可能如此，故在好些雜劇中就出現了種種異式。例如：馬致遠《黃粱夢》二折正末唱《雙雁兒》：「哥哥也恰如『趙杲送燈台』……」；白樸《墻頭馬上》二折正旦唱《牧羊關》，也有：「你道爲甚著你個丫嬛迎少俊，我則怕似，『趙杲送曾哀』。」爲使字音平仄合乎曲律，「趙槀送曾哀」句，也可顛倒次序，如張國賓《薛仁貴》二折正末唱《雙雁兒》，有：「恰便似『送曾哀趙槀不回來』」之句，在此三例句中，無非是把歇後語後半主旨部分的「一去不回」省去，但仍有濃郁的民間歇後語氣息。

有的歇後語雖非由故事演變而來，但也常有些故事性因素。如宋釋普濟（約一一五七前後在世）編《五燈會元》十九《昭覺勤禪師法嗣》有：「師曰：侍者認取這僧著，又舉問僧，僧

---

⑱《歇後語大全》冊二，頁五四六。參❺。

⑲朱居易著《元劇俗語方言例釋》（台北：商務印書館股份有限公司，一九六七），頁一二一。

⑳見《歸田錄》卷下，頁四上：「俚諺云：『趙老送燈台——一去更不來。』不知是何等語，雖士大夫亦往往道。」見《影印文淵閣四庫全書》，冊一〇三六，頁五四六，參❹。

㉑《趙佬送燈台》，見湖北民間文藝研究會編《巧媳婦》（黃岡：長江文藝出版社，一九八二），頁三三九—三四〇。

曰：「甕裏怕走却鼈？」那師下禪休。」㉒此歇後語比喻不能走脫，或在掌握之中，伸手可得有一定的故事性因素，很可能說時已被刪去後半，只說前半。至今仍有以「甕中捉鼈」爲前半，後半有「手到拿來」、「穩拿」等七種說法㉓選取其一種來組合，就成了「甕中捉鼈——手到拿來」。這可能是當時的全文。如康進之《李逵負荊》四折寫宋江要李逵去擒拿兩個賊漢，將功贖罪時，李逵便笑著說：「這是揉著我山兒（注：李逵別名）的癢處，管教他『甕中捉鼈——手到拿來。』」此句歇後語用在李逵口中，很合乎平民口吻，巧妙地顯示了他的平民性格中粗心輕敵的特點。

㈤ 改編式　這一類是指民間原有一條或幾條歇後語，劇作家覺得意思很好，但又覺有點不切合劇情，或覺稍改動個別的字仍不合曲律，於是另外組合爲一句新的話。因無足夠文獻爲根據，我只能根據一些歇後語綜合分析，以推測劇作者的巧思。如民間至今仍有「丈八的燈台——光照別人，不照自己（後半一作「照遠不照近」）」、「丈二燈台——不自照」、㉔燈台——照人不照己」㉕把這三條一綜合，便成了「燈台不自照」，在《李逵負荊》三折，寫李逵眞的明白梁山伯英雄宋江強搶去杏花莊酒店王林老漢女兒滿堂嬌是全出於誤解時，他自嘆不是，便唱《浪裏來煞》：「方信道『人心未易知，燈台不自照。』從今後開眼見個低高，沒來由共哥哥賭賽著……則這三寸舌是俺斬身刀。」劇中的歇後語有「人心未易知，燈台不自照」，可能是由「人心隔肚皮——辦事兩不知（一作「沒法猜」）」㉖，和前面說的「丈二燈台——不自照」等合併、改編而成。在上引曲詞中，李逵後悔爲了給王林捉拿賊漢，誤輸了自己的頭，將給斬去，是既不知人，也不知己。以二語表達「自責且悔過」的心態，既貼切地刻劃了他的農民口吻，也十分細緻生動。

在雜劇中有不少好句子，雖缺乏相類的歇後語可作比較，但它們都具有歇後語般濃重的泥土氣息，和特有的表現方式。如以現存的近似歇後語相比較，也似乎可以大致推測到它們如不是歇後語的原型，也是改編和仿作出來的。

如《李逵負荊》三折，正末唱《後庭花》「……恰便似『牽驢上板橋』，惱的我怒難消……」這裏，「牽驢」句指牽驢過板橋，牠必害怕不肯走，用以形容前進困難，妙甚！此句可能是「牽牛過（一作「上」）紙橋——過不去」、「牽牛上獨木橋——難過」之類的句子改編的㉗。又如關漢卿《陳母教子》一折，陳良佐說：「大哥，你得了官也，我和你有個比喻，似那搶風揚谷，你這等粃者先行；瓶內配茶，俺這濃者在後。」上面道白中有兩個句子，稍改動結構便是：「搶風揚谷——粃者先行」；「瓶內配茶——濃者在後。」前句和現存歇後語「搶風

---

㉒《影印文淵閣四庫全書》，冊一〇五三，頁八二一九上。

㉓《歇後語大全》，頁一四二。參❺。

㉔《歇後語大全》冊四，頁四九四—四九五。參❺。

㉕《歇後語大全》冊一，頁三五三。參❺。

㉖《歇後語大全》冊三，頁二六八。參❺。

㉗《歇後語大全》冊三，頁二一六。參❺。

使簸箕——物降一物」相類似[28]；後句和現存歇後語「瓶口封蠟——滴水不漏」、「瓶裏裝大椒——辣乎乎」相類似[29]。據此，可以推知關氏用的，即使不是已失傳的歇後語原型，也可能是仿作，很有歇後語的民間生活氣息。

也有的劇中的好句子，在現存歇後語中，已找不到任何近似的句子，但從結構上看，前半似比喻，後半似主旨語。如無名氏《劉弘嫁婢》一折，王秀才說：「連你也這等，罷罷罷我和你兩個恩斷義絕，血臟蕈車兒，扯斷這條腸子罷。」末二句如改寫一下，便會成爲「血臟牽車——扯斷腸子」，豈不是和歇後語的結構與情韻完全相同了嗎？因此，它即使非歇後語的原型，也是改編的，同樣具有它的幽默風格。

---

[27] 《歇後語大全》冊三，頁三二六。參[5]。

[28] 《歇後語大全》冊三，頁三二八。參[5]。

[29] 同[8]，頁一八八。

# 第五章　民間謎語和元雜劇

## 第一節　民間謎語和元雜劇的關係

中國先秦古書《易經·歸妹上六》已記下了最早見之於文字的謎語：「女承筐，无實，士刲羊，无血。」❶意指女子捧著的筐子，放的東西不實在，很鬆散；男子以刀割羊，不流血，謎底是「羊毛」。這像遠古帶有勞動氣息和民謠風味的物謎。至南宋，吳自牧（約一二七〇年後在世）記及臨安藝人對市民獻藝情況說：「商謎者，先用鼓兒賀之，然後聚人猜，詩謎、字謎、戾謎、社謎，本是隱語。」❷從中可見南宋時臨安說書藝人說謎語的情景，是先打鼓，再聚集市民猜測，謎語種類有四種，都具隱語性質，當時民間謎語在各地流行很廣泛。❸又根據和元代高麗用的漢語教科書《朴通事諺解》一書所記謎語看，可知元代首都的大都民間謎語很盛行。❹

❶元龍仁夫撰《周易集傳》（四庫全書珍本八集。台北：台灣商務印書館，未署年月），卷五，頁二七下。

❷吳著《夢粱錄》（杭州：浙江人民出版社，一九八〇），卷二〇《小說講經史》條引。

❸譚達先著《中國民間謎語研究》（香港：商務印書館香港分館，一九八二），頁一八—二一。

❹同❸，頁二二—二四。原書名稱爲Paktongsa Ônhae.

宋元間市民文學話本主要是爲平民大衆服務的，作者是民間無名藝人，是學有專長的知識分子，爲了適應市民聽衆需要，很喜歡在話本小說中，插入謎語，如宋元講史話本《新刊大宋宣和遺事》「亨集」開頭講宋江進入九天玄女廟，看見香案上文書，即寫著一首詩：「破國因山木，兵刀用水工；一朝充將領，海內聳威風。」宋江讀了，心想：「這四句分明是說了我裏姓名。」❺其實，這是以人名「宋江」爲底的字謎。元代講史話本《三國志平話》，也善於吸取民間謎語：「黃絹者，色系也，是個絕字；幼婦者，少女也，是個妙字；外孫者，女子也，是個好字；臼者，受辛也，是個辭字。此八字者，是絕妙好辭也。」❻此段文字，改編自南朝宋劉義慶（四〇三—四四四）《世說新語》有關節段，❼原文是魏武帝主簿楊修對他說的，但話本中則適應話本藝術的特定情景，改編爲由曹操先猜中了謎底去罵擾亂軍心的兵部侍郎楊修的話。文字也稍有不同。此外，如宋元話本《蔣淑貞刎頸鴛鴦會》說：「本婦便害些木邊之目，田下之心。」❽這是引用了以「相思」二字爲謎底、「木邊之目，田下之心」爲謎面的字謎，屬「拆字格」的表現手法。

話本和已往文人作品不同，和民間文學也有一定區別，但它已很注意創造性地吸取民間喜愛的謎語，以增強平民化的藝術色彩。從上引三個例子，大致看出宋元話本引用謎語是較簡要的。其引用的全是字謎，而採用的文字技巧，也是比較樸素和平鋪直敘的。元雜劇比之宋元話本是更爲平民化了，就現存劇本看，它也有意識地吸取、仿作相當數量的民間謎語，雖大多是字謎，也偶有物謎；它在劇中的位置，十分恰切。爲了完全適應曲詞、說白和戲劇氣氛的特定需要，劇作家進行了創造性的運用，使謎語的具體形式決不如在話本中引用時那麼呆板，而是變化莫測的、別具匠心的。因此，可以說，雜劇在吸取、仿作民間謎語以求更好地民間文學化方面，其多采多姿已超過了前此的宋元話本，從中可以窺見其卓越之成就。

❺佚名《新刊大宋宣和遺事》（上海：上海古典文學出版社，一九五四），頁四一。
❻元佚名《三國志平話》（上海：上海古典文學出版社，一九五五），頁一二一。
❼宋劉義慶著、梁劉孝標注《世說新語》《捷悟第十一》：「楊德祖」段。
❽明馮夢龍著《警世通言》（台北：文化圖書公司，一九七九），頁四六三。卷三八。樂蘅軍視爲宋元作品，收入所選《宋代話本小說》（台北：河洛出版社，一九七六）。

## 第二節　民間謎語在元雜劇中的活用

在元雜劇中，爲了增強其民族特徵、時代氣息與大衆化的藝術情趣，好些作者較善於別開生面地活用民間謎語形式，因缺乏與作家所引謎語相類似的謎語流傳下來，已較難於指出某劇中某一謎語確切的民間來源。不過，如從思想情趣上和語言表現的技巧上來鑑別，仍可大致看出它是否合乎民間風格的。同時，也可以約略窺見作家是活用過民間謎語的。這種活用，包括在下列會意型、併合型、韻語型三種形式中。

㈠　**會意型**　這就是把全首謎面的各句含意加以綜合，得出的事物或事件名稱，就是謎底。謎語常以定型的形式集中在一起，被吸入劇作的說白中，大多爲四句頭五言體或七言體，如關漢卿《緋衣夢》三折，寫天將晚王員外家的婢女在後花園中被賣豬肉的賊人殺死，剛巧小末朱慶安被王員外抓去見開封府尹。府尹把他枷弓，後來懷疑李慶安是小孩，必然冤枉他，叫給他開枷，在獄神廟歇息。下文是：

（小末李慶安睡科，作寢語云）非衣兩把火，殺人賊是我，趕的無處藏，走在井底躲……（孤作意計云）這賊人只在頭一句詩裏面，非字在上，衣字在下，不是個「裴」字？兩把火，上下兩個火字，不是個「炎」字？這賊人不姓炎名裴，必姓裴名炎。看第二句殺人賊是我，正是前面這個人；看第三句趕的無處藏，是拿的那廝慌了；看第四句走在井底躲，莫不是這殺人賊趕的慌了，投井而死。莫非不是這等，說這城中街巷橋梁，果必有案著個井字……這城中街橋梁，有按著個井字的麼？（現任城隍使竇鑑云）大人，有個棋井底巷。（孤）……那殺人不是炎裴，就是裴炎，你則去棋盤街井底巷尋拿殺人賊去……。

上引五言詩，就全首看，是會意型謎語，頭句五字，依次組成人名「裴炎」二字，「裴」是姓，「炎」字不是姓，自然人名是「裴炎」了。在劇中，此人是賣狗肉的，後二字暗示，他殺了人回到棋盤井底巷的家去了。這裏以一個字謎，佈個疑陣，暗中作爲戲劇繼續發展的線索，有助於把劇情寫的更含蓄生姿，創造出一懸念，緊緊繫著觀衆的心；並較好刻劃了府尹審案善於揣摩、分折，不輕易判人死罪的品德。如無此謎，則全劇平直無味了。如就上謎的謎底看，和本劇很切合，可以確定是關漢卿的仿作，但就其結構新穎和語言口語化看，則和宋元間民間字謎相似，可見這該是一種仿作。

又如無名氏《度柳翠》四折，寫上廳行首旦兒柳翠向正末月明和尚問禪：「（正末云）速道！（旦兒云）師父，弟子借這扇子爲題。（偈云）柔柔軟軟一團嬌，曾伴行人宿幾宵。（正末云）柳翠，你道是柔柔軟軟一團嬌，曾伴行人宿幾宵；你那徹骨清涼誰不愛，若不是我呵，敢著這個搖了那人搖。」末尾正末所答，名義是偈，實爲以「扇子」做謎底的物謎，試把四句七言詩的原型保存，刪去其修飾性的詞、短語，便成爲：「柔柔軟軟一團嬌，曾伴行人宵幾宵；徹骨清涼誰不愛，這人搖了那人搖。」從思想內容和藝術表現看，淺顯，親切，有味，和眞正的民間謎語似無差別。即使不是民間謎語的原型，也是仿作得極爲逼肖的。它即使加了些字，作品原型的風貌仍然可見。這樣的謎語，便使劇作中的偈語更具有民間文學的風味。

㈡併合型　就是把謎面詞句中有關部分兩兩結合，便可組成一個謎底。有時每句也可組成一個謎底。也有人稱此等爲離合體，它大多是字謎。這也可分爲幾種形式；一種形式是四句詩體式的。如戴善夫《風光好》一折，寫宋學士陶穀奉太祖命往南唐，說李主歸降，抵達後，已月餘，剛遇李主抱疾不朝，昇州太守韓熙載供給盡禮，成十二字，寫在壁上，（念云）「川中狗，百姓眼，虎撲兒，公廚飯。」後來韓熙載入見勸酒。之後，他出去更衣，再進來，見陶學士已睡去，見有字便抄了給丞相宋齊丘回話。這十二字的含意，暫不說明，作爲一個懸念，一直貫串至第二折。待韓見到丞相時，對他說：「……說他正大，則看這十二個字上，便見他平日所守：川中狗者，蜀犬也，蜀字著個犬字，是個獨字；百姓眠者，民目也，民目著個目字，是個眠字；虎撲兒者，爪子也，爪字著個子字，是個孤字；公廚飯者，官食也，官字著個食字，是個館字。團句道「獨眠孤館」，此人客況動矣！陶穀，你如何瞞的過我？……」這首字謎，每句各以一字爲謎底，組成三言四句頭小詩形式，在第一折先出現原文，第二折才由有關角色來解謎，揭示謎底四字全部的含意，正與主角陶學士的思想感情息息相關，因而也可以說這謎語有如一根暗線貫串了全篇。如此，由於謎語用的好，就使劇作生色不少。此謎雖是作家仿作的，也相當巧妙。

另一種形式是不用四句詩體式的。可分爲兩類：即一類是散語式二句體，另一類是散語式單句體。先說前者。如王實甫《西廂記》五本三折，丫環紅娘罵那想奪崔鶯鶯小姐爲妻的卑污小人鄭恒時，唱《調笑令》：「……我拆白道字，辯與你個清渾。（淨扮鄭恒云）這小妮子，省得什麼拆白道字，你拆與我聽。（紅唱）君瑞是個肖字這壁著個立人，你是個木寸馬戶尸巾。（淨云）木寸馬戶尸巾，你道我是個村驢屌……」所謂「拆白道字」，是宋元時代帶遊戲性的一種文字體製：把一個字拆開，變作一句話。其實，紅娘的兩句唱詞，正是併合型字謎。「君瑞」句謎底是「俏」字，即贊美鶯鶯敬愛的張君瑞，長的相貌俊俏好看；「你是」句謎底是「村驢屌」，即斥罵鄭恒是一頭蠢公驢的生殖器，很下流。鄭是張、崔婚姻的破壞者，以此句罵他，痛斥他的鄙卑，罵的狠，罵的妙，這類謎語，因用俗語自較口語化，正是仿作民間字謎表現手法而來的。

再說另一類散語式單句體。這是可以隨便說出的謎語。元代下層平民也認識一些字，會創作淺顯字謎流傳於世間，可惜文獻未有記錄。雜劇作家較注意民間以猜字謎爲一種益智的文娛形式，搜集或仿作了一些較淺顯的字謎，如楊顯之《瀟湘雨》二折，寫試官覆試來應考的秀才崔甸士云：「……我如今寫個字你識，東頭下筆西頭落，是個什麼字？」崔云：「是個『一』字。」這裏，引了個「一」字謎給秀才考試，顯得別開生面，正加強了劇作的民間文學藝術色彩。

㈢　韻語型　一般是指採用兩個尾字押韻的音節和諧句子組成的謎語。這裏，先介紹一種猜測法較奇特而又有別於平常謎語的「商謎」。它的謎底無明確範圍的限制，任由猜測。據蘇東坡《問答錄》的《與佛印商謎》條載：「東坡即拾一片紙，畫一和尚，右手把一柄扇，左手把長柄笊籬，與佛印云：『可商此謎。』佛印沉吟良久，『莫是《關雎》序中之語歟？』東坡曰：『何謂也？』佛印曰：『風以動之，教以化之。非此意乎？』東坡曰：『吾師本事也。』相與大笑而已。」又載《佛印與東坡商謎》：「佛印持二百五十錢示東坡云：『與你商此一個謎。』東坡思之少頃，謂佛印曰：『一錢有四字，二百五十個錢，乃一千個字，莫非《千字文》謎乎？』佛印笑而不答。」❶南宋吳自牧《夢粱錄》追記南宋汴京猜謎活動有云：「商謎者，先用鼓兒賀之，然後聚人猜詩謎、字謎、戾謎、社謎，本是隱語。」❷從上引兩段，可以大致推知宋代有「商謎」，是給人猜測的隱語，可供笑樂，在作家至平民中，頗爲流行。這應是民間謎語的別體，元代文獻雖未有記載，料亦爲平民所喜愛，且看無名氏《連環計》二折，寫爲了智擒漢朝奸賊董卓，就三次採用同一韻語型謎語和二次採用同一商謎，以推動情節發展。劇中說，東漢太師董卓妄想篡奪皇位登基，上界太白星扮成風魔先生望府門大笑三聲，大哭三聲，把一物件當頭打過來，便化金光不見。請蔡邕學士看過，蔡解釋說：「哦，是一疋布，可長一丈，上面有兩行字：『千里草青青，十日卜長生。』……千字下面著個里字，千字上面著草頭，

---

❶ 唐李義山纂、宋王君玉、蘇子瞻續纂《雜纂及其他七種》（上海：商務印書館叢書集成初編，冊二九八七，一九三七），《問答錄》，頁六。

❷ 同見前節❷。

可不是個董字，卜字下面著個日字，日字下面著個十字，可不是個卓字，這是包藏著太師的尊諱，這是一疋布，兩頭兩個口字，上下疊起，可不是個呂字，這是包藏著『呂布』二字，布可長一丈，是報太師有十全之喜，皆憑呂布英雄（注：呂爲董養子，武藝超人），此乃天意，亦人力也。」這裏，「千里草」二句是韻語型謎語的謎面，以「董卓」二字爲謎底，是根據東漢獻帝初年（約一九〇）京都童謠「千里草，何青青；十日卜，不得生」改編而成，❸有短謠韻味，相當優美。「一疋布，可長十丈」，可解釋爲有十全之喜，皆憑呂布英雄，這顯然是上述一類商謎形式了。經蔡邕一解釋，叫他把那疋布收去，使董卓樂極忘形。蔡邕拿了這疋布給司徒王允看，王允也看出布上有上述兩行字，就指「董卓」名字。王允看過說：「布上兩頭一個口字，分明是藏著呂布二字，但這布不長九尺，又不長一丈一尺，主何意思，這個卻解不過來。」蔡邕說：「……這布足足一丈，單主著董卓數足，早晚死也，若死必在呂布之手。」此段同是蔡邕的話，和他前次的解法不同。此次把謎底解成「董卓必死在呂布之手。」可見「一丈布，兩頭兩個口字，上下疊起，可不是個呂字」，可前後作出不同的解釋，這就是吸取了民間商謎手法來釋義的。這樣以韻語謎、商謎各一個，先後地巧妙組織起來，使情節更曲折地發展，正能較好地刻劃蔡邕的足智多謀，善於和權奸董卓鬥智的性格。這就可見出活用謎語對雜劇的妙用了。

---

❸ 南朝范曄《後漢書·五行志一》「獻帝踐祚之初，京都童謠曰：「千里草，何青青；十日卜，不得生。」案千里草爲董，十日卜爲卓……卓自下摩上，以臣陵君也，青青者，暴盛之貌也；不得生者，亦旋破亡。」

# 第六章　結束語

元代是中國古典戲劇史上的黃金時代，產生過大量前無古人，而且也影響後世深遠的優秀雜劇；有的還有過世界性的影響，如關漢卿的《竇娥冤》，❶紀君祥的《趙氏孤兒》，武漢臣的《老生兒》，李行道的《灰闌記》，馬致遠的《漢宮秋》，❷等便是好例。元雜劇中有不少作品，至今仍然閃耀著令人喜愛的異樣的藝術光輝。這是中華民族的驕傲！

---

❶ 在西方，《竇娥冤》被譯爲《六月雪》(Snow in Midsummer)，久已成爲世界名作。見東方亮著《中國的古典名劇》（香港：九龍大方圖書公司，未署年月），頁一二。按：百年來京戲演此故事，即名《六月雪》。

❷ 歐洲人都．賀路德(J. B. du Halde)在一七三五年出版的《中國帝國及韃靼人的描述》，就中波摩(de premare)神父翻譯了元劇《趙氏孤兒》，使歐洲人大受驚訝。一八二九年，元雜劇在歐洲已有三個不完整譯本：波摩神父的《趙氏孤兒》，英國約翰．戴維斯(John Francis Davis)的兩個英文譯本《老生兒》（一八一七）及《漢宮秋》（一八二九）。斯塔尼斯拉斯．茹蓮(Stanislas Julien)有《灰闌記》的譯本，一八三二。見施叔青著《西方人看中國戲劇》（北京：人民文學出版社，一九八八），頁四─五。《趙氏孤兒》在西方譯做《中國孤兒》，久已成爲世界名劇。見《中國的古典名劇》，頁二五。《灰闌記》很早已被譯成拉丁文，傳入歐洲，後又有法文、德文重譯本。一九五〇年又被譯成波蘭文。此劇在東歐十分轟動。同見前書頁二八，參❶。按：參看第一章注㉜。

如就整體而論，元雜劇在內容上反映了元代（一二七一－一三六八）九十多年間相當廣闊的時代風貌，❸其前半期的劇作就更爲出色。就其主題與題材看，有的劇作與現實生活直接有關；有的劇作雖採用了仙界冥間乃至異域人物，也間接反映了現實生活。二者各從不同角度、不同程度上反映了廣大人民的思想與願望。可以說，正是元雜劇的大量作品，反映了元代豐富多彩的生活樣相，匯織成了一幅元王朝巨大的社會風貌畫卷。

如就所塑造出來的人物說，上自帝王、宰相、名臣、酷吏、清官、貪官、內奸、武將；中至詩人、學者、隱士、道士、和尙、英雄、書生、閨秀；下至匪盜、叛徒、平民、工匠、刺客、娼妓、鴇母、歌姬、乞丐、衙役、獄卒，乃至異國君臣以及全靠虛構創作出來的仙、佛、神、鬼、精怪，等等，在雜劇中無不應有盡有。這一切人物，凡刻劃得較成功者，無不栩栩如生，而那些被刻劃得最成功者，則成爲巨大的浮雕式的典型人物。例如：關漢卿偉大悲劇《竇娥冤》中向封建社會黑暗衙門以死抗爭的典型少婦竇娥；和許多爲民伸冤的典型清官包公，就各給人不可磨滅的印象。竇娥的性格是：善良淳厚，剛強悲壯，爲了力抗封建官吏的迫害而至死無畏；包公的性格是：謹愼細心，爲了深究案情，費盡心機，除惡扶弱，終伸張正義。前者是元代下層社會中反封建官吏迫害的少婦典型；後者則是元代人民心目中景仰的安良除暴的清官典型。二者各代表了中華民族古代人民某一方面的思想與願望，至今仍然有其認識歷史的價値和藝術的美學意義。其實，塑造得成功的典型人物，在元雜劇中比比皆是。這裏不過是只提出兩個例子而已。要之，無論就反映時代風貌的眞實說，就塑造人物性格的深刻說，元雜劇在中國戲劇史上都眞正達到了前所未有的思想與藝術的高峰。正因如此，元代以來，許多學者、戲劇史家才幾乎一致地公認雜劇爲元代文學的代表，並使之和《詩經》、《楚辭》、漢賦、唐詩、宋詞並列，應該說，如此高度評價它，是十分中肯的。

當然，元雜劇能在中國戲劇史上別樹一幟，自有種種的社會的（如政治的、經濟的、文化的）重要原因，但其中有一個在文學創作上的重要原因，在過去並未有被引起高度的重視。這就是：其一，大多數的劇作者（包括已署名的和未署名的）都生活在或關心著元代社會的低層，較了解平民大衆的生活、痛苦和願望，善於從下層平民，或較接近於平民大衆的眼光去審視種種複雜的社會現象和生活事件。對於合理的事象，讚美之；否則抨擊之。他們的觀點，又往往較多地和平民大衆的感情、美學觀念相接近，有時竟至於相一致。這就使元雜劇取得了內容上較強烈的民間性，因而得到了當時和元後平民大衆的喜愛。其二，元雜劇作者既生活在社會的低層，自然對那些在平民大衆中廣泛流傳、富有濃郁民族文學特徵和地方色彩的民間文學作品，耳聞目濡，愛好極深。因之創作雜劇時，就往往自覺或不自覺地較多吸取，進行融會貫通，推陳出新，有時還把它和自己所創作的部分鎔鑄得那麼水乳交融，那麼清新有味。在有的雜劇中，有時甚至完全使人無法看出哪些成分來自民間文學作品，而哪些成分又是劇作家的自己所創。正由於上述二者的存在，便構成了一個文學創作上的特殊現象，使元雜劇獲得了較多的民間文學性，閃耀出新的藝術光輝。

由於元雜劇作家大多能重視學習、吸取（即使不一定出於完全的自覺，這在實質上也是學習、吸取）民間文學，民間文學終給他們的雜劇創作以巨大的影響：使他們的劇作在主題思想、

---

❸ 有的劇本，還產生於元王朝建立前。

題材、戲劇結構、故事情節、戲劇矛盾、戲劇氣氛、人物形象、曲詞道白等方面，得到民間文學豐富而新鮮的藝術營養，而他們又善於消化和進一步創新，這自然就使雜劇出現了爲元代以前一切作家文學作品所少有的鮮明的民間文學藝術色彩。以關漢卿爲例來說，他在元雜劇作家中，是最善於學習民間文學的一個典型作者，因之，他的劇作也就是具有最濃郁的民間文學性的，別開生面的，最接近民間文學風格的；這樣，就某種意義上說，更爲人民大衆所喜聞樂見，是並不奇怪了。對於別的作者的劇作，又何嘗不是如此呢？

總之，今天我們在充分贊美優秀的元雜劇巨大的思想和藝術成就時，必須客觀地全面地估價優秀的劇作家是自覺或不自覺地認眞學習、吸取過民間文學這一歷史事實，因而他們的雜劇藝術才獲得鮮明的民間文學性，具有嶄新的生命力，也才能在戲劇史上和文學史上放射出令人贊不絕口的燦爛藝術光輝。

今天，是一個文學和戲劇日新月異的偉大時代，劇作家們如要創作出能表現民族戲劇特徵而且爲人民喜愛的新劇作，那麼，認眞地繼承元代雜劇作家的現實主義創作傳統，學習他們創造性地吸取民間文學思想與藝術精華的可貴經驗，進行推陳出新，有所創造，以豐富自己的劇作，這仍是有著重大的現實意義的事。

# 後記

一九五〇年七月，我畢業于廣州的國立中山大學中國文學系，翌年十月，應聘回系任教。一九五三年夏天起，開始研究「中國民間文學」，並在秋天起，開始講授此科。其後，或授或停，常不固定。至于研究工作，則慶幸地能堅持至今，彈指間已四十年，歲月蹉跎，憶起我走過的學術道路曲折而漫長，比之同行朋友，則成績甚微，回首前塵，不勝愧赧。

一九八〇年二月二十八日，我移居香港。七月起，至一九九一年八月，我一直主要是在香港大學校外課程部、中文大學校外進修部任文學導師，進行多門中國文學課的教學。其中，一九八一年春、秋兩學期，在香港大學校外課程部講授「中國民間文學」，次年至八三年，改授「中國民間文學專題講座」。一九八一年秋季學期，在中文大學校外進修部講授「廣東民間文學」，次年春季學期，則改授「廣東民歌介紹」，八三至八四這兩年春季學期，又改授「廣東民間文學」。此後，改授別的中國文學課。一九九〇至九一年，我曾應邀到香港博物館，分別作過有關「傳說」、「神話」、「民間謎語和民間童謠」的專題講演，每次聽衆擠滿了講演廳，約達一百五十人。同時，又應香港「無線電視台」之邀，到該台對香港電視觀衆作過有關「哭嫁歌」、「傳說」、「民間笑話」等三次電視談話，介紹民間文學知識。以上是我普及民間文學的公開活動。至于在多種香港報刊發表文章，並不包括在內。

我對于研究中國民間文學，向來興趣濃厚。一九八二年四月，我在教授大專文學課程的同時，曾進入香港大學文學院碩士班進行研究，八四年六月，以論文「中國婚嫁儀式歌謠研究」，獲哲學碩士學位。八五年三月十二日，獲得日本漢學權威、民俗學家、翻譯家君島久子教授的熱情推薦與特邀，出席大阪國立民族學博物館召開的四天國際性民間文化學術會議。會後，又應邀由青年學者百田弥栄子女士、新島翠小姐陪同，訪問了神戶、奈良、京都共三天。二十日起，應東京都立大學飯倉照平、加藤千代兩教授及慶應大學伊藤清司教授之邀，訪問東京，並在都立大學向東京「中國民話之會」的學者們，作過「中國、日本民間故事比較研究初探」的專題講演。廿四日回香港。在日本的十三天內，我慶幸地會見了不少同行學者，除上所述外，尚有臼田甚五郎、波多野太郎、直江廣治、大島建彥、韓國崔仁鶴等教授，和中、青年學者如鈴木健之、櫻井龍彥、松岡正子、廣田律子等，彼此交換過心得。我還參觀過大阪國立民族學博物館圖書館、東京的都立大學中國文學研究部圖書館、日本國會圖書館中文部，和擁有一百三十多間書店的著名的神田古籍街等處。此行使我看到了不少日、韓同行學者的新成就，更加強了我深入研究中國民間文學的興趣與信心。

一九八五年秋至一九八七年夏，我先後兩年在澳門東亞大學公開學院文史系兼授「中國哲學」、「中國文學批評」，它們對我的民間文學研究，多少有一點間接的促進作用。八六年九月至次年六月，我同時也在香港樹仁學院中文系兼授四年級的「元曲」和二年級的「中國文學欣賞和創作」兩科。在前者中，專門講授元代的散曲和雜劇；在後者中，加授了民間文學賞析專章。在四九年秋冬間大學時代，我曾學過大陸元曲著名學者王起（季思）教授的「元曲選」一科，今在樹仁時正好重溫舊課，從頭學習元雜劇，並開始研究它和民間文學之間的密切關係。由民間文學而兼及元雜劇，雖歷時五年多，進行研究，頗爲艱辛，但這到底是一種新的探索，既饒興味，亦有意義。

這裏，要說及的是，一九八五年十月起，我再次進入香港大學文學院博士班，以「民間文學與元雜劇之關係」爲題，進行研究。論文于八九年十月呈交，次年三月十七日，在論文答辯會上，頗獲好評，後來再精心修改多次，於九一年二月廿七日，獲哲學博士學位。

一九八九年和九〇年兩個春季學期，我曾應邀到香港嶺南學院文史系講授「民間文學」一科。同時，在九〇年春季學期裏，我在該院翻譯系兼授「中文的白話傳統」一科，也講授過「中國民間文學」專章。一九八九年九月初旬，應特邀出席台北的「中國民間文學國際研討會」四天，並宣讀了「關漢卿雜劇與民間文學之關係初探」的論文。一九四九年後，在香港著名大專院校開設此科，這是破天荒第一次。我趁此良機從新擬製了新的教材體系，務使在內容上做到古今並包，兼顧中國大陸、台灣、香港、澳門漢族和少數民族作品的實況，也介紹國內外著名學者的新成就，還把自己近十多年研究的新心得鎔鑄到教材中來。而此書也正吸取了上述新成果，可以說，它比過去的拙著來，有了一些微小的進步，也開拓了某種新的研究領域。

一九九〇年一月廿二日，我和內子徐佩筠女士移民澳洲雪梨市。廿九日，再回到香港，繼續未了的研究工作。至次年十一月三十日，才回到雪梨市定居。近四十年來，我處在一個風雲激變的時代，住地屢易，但終能使此書面世，仍值得慶幸。中國民間文學作品之豐富，遠在世界各國之上，它是一座無比富麗的巨大藝術寶庫，今後研究它的學人將日多。現在，我出版此書，意在建設這門新的科學上，提供一得之見，並求教于同道者。茲記下自己的曲折學習歷程，作爲後記，亦藉以表示對故鄉因不幸早逝的雙親譚承銘先生、陳業秋女士的哀思於萬一。此書能面世，悉賴丁文治先生鼎力支持，謹此致謝！

作者，一九九四年三月十三日于雪梨市

附錄：

# 本書作者專著目錄（單篇論文目錄從略）

1. 廣州工人大躍進歌謠選　與徐佩筠合編，廣東人民出版社，一九五八。
2. 范丹（廣東民間故事集）　與徐佩筠合編，廣州文化出版社，一九五九。
3. 廣東兒歌　與徐佩筠合編，廣東人民出版社，一九五九。
4. 民間童謠散論　廣東人民出版社，一九五九。
5. 民間文學散論　同右。
6. 廣東童謠、歇後語、客家情歌（論著）　香港廣角鏡出版社，一九八一。
7. 廣東民間故事　與徐佩筠主編，香港世界出版社，一九八一。
8. 廣東傳統兒歌選　與徐佩筠編選，商務印書館香港分館，一九八一。
9. 中國民間文學概論（中國民間文學理論叢書之一）　商務印書館香港分館，一九八〇。
10. 中國神話研究（中國民間文學理論叢書之二）　商務印書館香港分館，一九八〇。
11. 中國民間寓言研究（中國民間文學理論叢書之三）　商務印書館香港分館，一九八〇。
12. 中國民間童話研究（中國民間文學理論叢書之四）　商務印書館香港分館，一九八一。
13. 中國動物故事研究（中國民間文學理論叢書之五）　商務印書館香港分館，一九八一。
14. 中國民間戲劇研究（中國民間文學理論叢書之六）　商務印書館香港分館，一九八一。

15.中國評書（評話）研究（中國民間文學理論叢書之七） 商務印書館香港分館，一九八二。
16.中國民間謎語研究（中國民間文學理論叢書之八） 商務印書館香港分館，一九八二（以上八種香港版本）。
17.民間文學隨筆 廣西人民出版社，一九八三。
18.中國文學史大綱 香港青木出版印刷公司，一九八五。
19.中國神話研究（中國民間文學理論叢書之一）。
20.中國民間寓言研究（中國民間文學理論叢書之二）。
21.中國民間童話研究（中國民間文學理論叢書之三）。
22.中國動物故事研究（中國民間文學理論叢書之四）。
23.中國民間戲劇研究（中國民間文學理論叢書之五）。
24.中國評書（評話）研究（中國民間文學理論叢書之六）。
25.中國民間謎語研究（中國民間文學理論叢書之七）（以上七種均一九八八年出版）。
26.中國婚嫁儀式歌謠研究（中國民間文學理論叢書之八） 一九九〇，以上八種台灣商務印書館有限股份公司版，均台北版本。
27.中國民間文學概論（修定本） （中國民間文學知識叢書之一）一九九二。
28.講唱文學·元雜劇·民間文學 （中國民間文學知識叢書之二）。
29.中國傳說概述 （中國民間文學知識叢書之三）
30.中國四大傳說新論 （中國民間文學知識叢書之四）。
31.中國描敘性傳說概論（中國民間文學知識叢書之五） 以上四種一九九三。

32. 中國解釋性傳說概論（中國民間文學知識叢書之六） 一九九五，以上六種台北貫雅文化事業公司。

33. 民間文學與元雜劇 台北學生書局，一九九四。

34. 譚達先民間文學論文集 北京中國友誼出版公司，一九九三。

35. 廣東民間謎語選（注釋本） 香港南粵出版公司 即出。

## 未刊手稿：

一、《中國相聲知識》（論著）

二、《中國曲藝學》（論著）

三、《中國近代曲藝優秀作品選注》

注：包括北京評書、快書、快板書、京韻大鼓、西河大鼓、山東快書、河南墜子、四川清音、四川相書、廣西文場、福建錦歌、福建伬唱、廣東粵謳、廣東木魚、台灣蓬萊花鼓、台灣時調、青海平弦、蘇州評彈、蘇州彈詞、唱詞等類作品；末附各種曲藝簡介專文。

四、中國人物傳說（選注本）。

五、中國各族民間巧女故事選（選注本）。

國立中央圖書館出版品預行編目資料

民間文學與元雜劇／譚達先著.--初版-- 臺北市：
臺灣學生，民83
面；　公分. --（中國文學研究叢刊；47）
ISBN 957-15-0618-4（精裝）.--ISBN 957-15-0619-2（平裝）

1. 中國戲曲 - 元(1260-1368) - 評論

824.857　　　83004749

# 民間文學與元雜劇（全一冊）

著作者：譚達先
出版者：臺灣學生書局
發行人：丁文治
發行所：台灣學生書局
臺北市和平東路一段一九八號
郵政劃撥帳號〇〇〇二四六六八號
電話：三六三四一五六
FAX：三六三六三三四
本書局登記證字號：行政院新聞局局版臺業字第一一〇〇號
印刷所：淵明電腦排版
地址：永和市福和路一六四號四樓
電話：二三一三六一六
定價　精裝新臺幣三一〇元
　　　平裝新臺幣二五〇元
中華民國八十三年六月初版

85806



ISBN　957-15-0618-4（精裝）
ISBN　957-15-0619-2（平裝）

㉘中外比較文學研究　第一冊（上、下）　李達三、劉介民 主編

㉙文學與社會　中國古典文學研究會 主編

㉚中國現代文學新貌　陳炳良 編

㉛中國古典文學研究在蘇聯　俄・李福清 著　田大長 譯

㉜李商隱詩箋釋方法論　顏崑陽 著

㉝中國古代文體學　褚斌杰 著

㉞韓柳文新探　胡楚生 著

㉟唐代社會與元白文學集團關係之研究　馬銘浩 著

㊱文轍（二冊）　饒宗頤 著

㊲二十世紀中國文學　中國古典文學研究會 主編

㊳牡丹亭研究　楊振良 著

㊴中國戲劇史　魏子雲 著

㊵中外比較文學研究　第二冊　李達三、劉介民 主編

㊶中國近代詩歌史　馬亞中 著

㊷近代曲學二家研究——吳梅・王季烈　蔡孟珍 著

㊸金元詞史　黃兆漢 著

㊹中國歷代詩經學　林葉連 著

㊺徐霞客及其遊記研究　方麗娜 著

㊻杜牧散文研究　呂武志 著

㊼民間文學與元雜劇　譚達先 著